# 吉田健一ふたたび

Ken'ichi Yoshida Revisited

編
川本 直／樫原 辰郎

執筆
柴崎友香／富士川義之／川本直／樫原辰郎
仙田学／渡邉大輔／武田将明／宮崎智之
渡邊利道／白石純太郎／興梠旦

吉田健一邸の玄関は緑にかこまれていた。

撮　　影：樫原辰郎（口絵 P.1 ～ 5）
写真提供：文藝春秋
協　　力：吉田健一ご遺族

吉田健一の書斎。英文を打つためのタイプライターと、
手書きの筆記用具が背中合わせに配置されている。

吉田が愛用していたスミス・コロナ社のタイプライター。

右手にペン、左手に灰皿。我々を魅了した吉田の文章の大半はここで書かれたようである。

吉田が生涯の最後に読んでいた本だろうか。アンドレ・ティシエという研究家による中世フランスのファルス（笑劇）の研究書らしい。

吸殻を遺してゆくのがいかにも吉田健一的ではないか。

今も売られているフランスの紙巻煙草ゴロワーズが吉田のお気に入りだったようだ。その下の丸いコースターは元祖レイズン・ウィッチで有名な新橋の洋菓子店、巴裡 小川軒のもの。

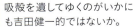

吉田の本棚。丸谷才一の著作が見える。

近藤日出造による吉田茂と健一親子の似顔絵。『宰相御曹司貧窮す』の表紙に使われた。

応接間に飾られていた吉田の肖像画と愛用していた帽子。

愛用のカメラ。1952 年に旭光学工業株式会社（現ペンタックス）から発売された日本初の一眼レフカメラ、アサヒフレックス。

昭和の文士は手酌が似合う。

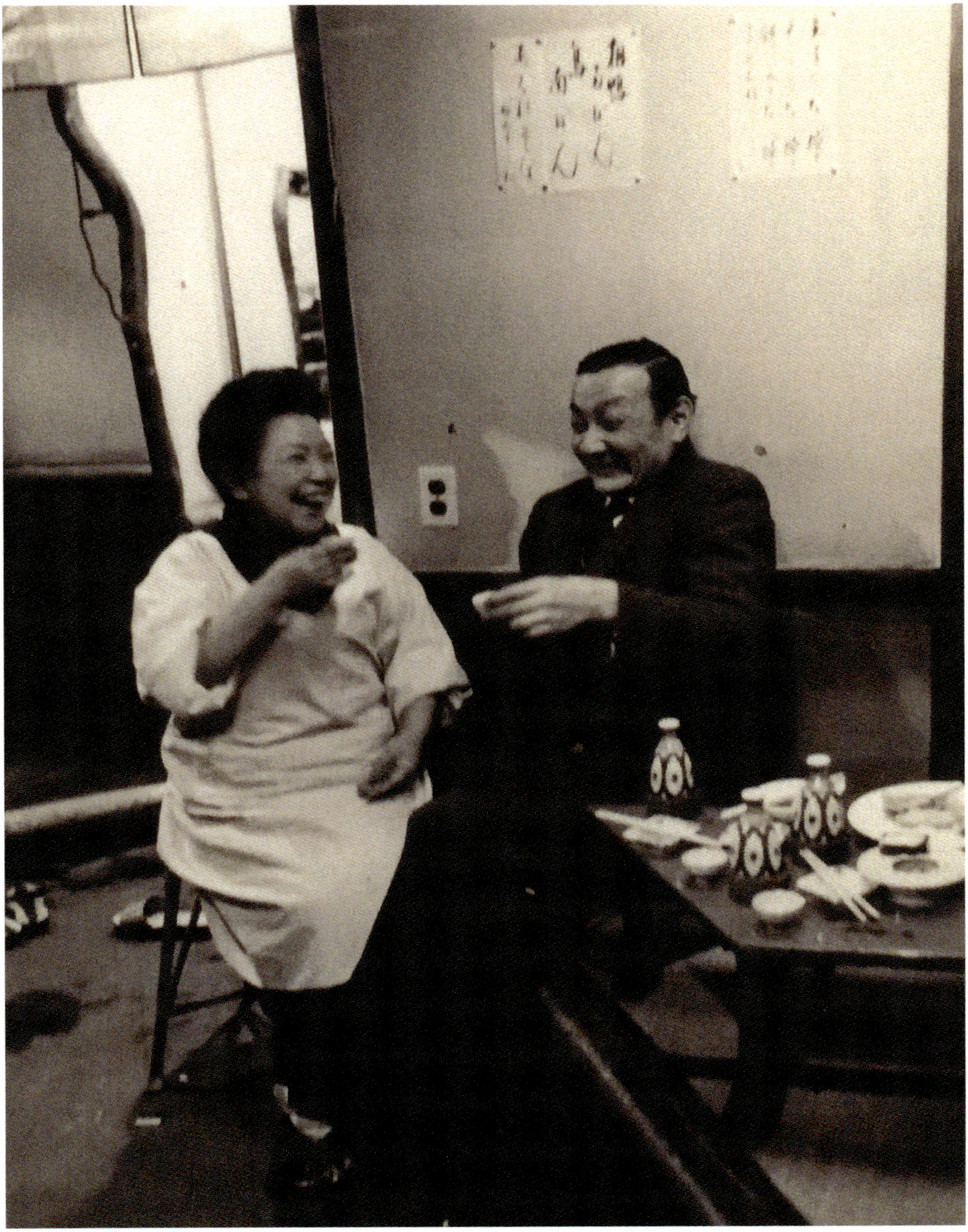

いかにも吉田健一らしい一枚（撮影場所不明）。

買物をする姿もダンディだった
(往時の銀座並木通りで)。

銀座5丁目、並木通りにあったドイツ料理店ケテルのデリカテッセンでお買物。

# はじめに

吉田健一はその生涯を通じて文学は楽しむものだと言い続けた。

　芸術はここではどうでもいいとして、文学がただそれだけの為に存在するのと考えるのは、切手を集めるものがただそのことに凝って集めるのと同様に、あるいはすべて人間が熱中するものに人間が熱中する場合と変らず、無理に色々な目的を持って来てくっ付けるよりも文学にとって健全なことである。（吉田健一『文学の楽しみ』河出書房新社、一九六七）

吉田健一は「鹿爪《しかつめ》らしい」という言葉を嫌った。もっともらしい御高説は垂れなかったし、議論のための議論をすることもなかった。小林秀雄に始まる批評の立役者たちとはそこが違う。吉田健一は楽しいのだ。

没後四十年に合わせて吉田健一の著作や関連書籍が立て続けに刊行されている。二〇一四年には角地幸男の評論『ケンブリッジ帰りの文士　吉田健一』（新潮社）と長谷川郁夫の評伝『吉田健一』（新潮社）が、二〇一五年には『池澤夏樹=個人編集　日本文学全集20　吉田健一』（河出書房新社）が出版された。日本文学全集に吉田健一がまるまる一巻を割いて収められたのは初めてだ。二〇一七年には中公文庫から新編集のアンソロジーが四冊、刊行された。吉田健一の評価はかつてなく高まっており、読者も増え続けている。現在、新刊で入手できる吉田健一の著作は三十二冊に及ぶ。

＊＊＊

これまで吉田健一論を書いてきたのは生前に交流があった批評家が多かった。彼ら――篠田一士、清水徹、高橋英夫、長谷川郁夫、角地幸男――が吉田健一読者の第一世代とすれば、吉田健一が亡くなる前に生まれ、リアルタイムで著作に触れた愛読者たち――池澤夏樹、柳瀬尚紀、四方田犬彦、丹生谷貴志、松浦寿輝――は第二世代にあたる。本書の主な執筆陣は物心がつく以前に吉田健一が亡くなっていたり、その存命中には生まれてさえいなかった、言うなれば第三世代だ。

吉田健一と交友があった富士川義之氏にご参加戴いたことで、本書は第一世代、第二世代の成果を継承しつつ、吉田健一の豊穣な魅力を新しい世代の視点から読み解く形となった。年齢で言えば八十代、五十代、四十代、三十代、そして、二十代の執筆者もいる。白石純太郎と興梠旦は本書がデビュー作となる。執筆陣の職業も批評家、映画監督、ライター、小説家、学者と多岐にわたり、専門分野も文芸、映画製作、社会時評、映画史、ＳＦ、英文学と様々で、あらゆるジャンルに手を伸ばした吉田健一に多角的にアプローチすることを目指した。

＊＊＊

本書は川本と樫原辰郎のざっくばらんな対談「健坊、文士になる―吉田健一の生涯」で吉田健一の人生を見渡すことから始まり、故国喪失者・吉田健一が如何に自己表現にたどり着いたかを論じた宮崎智之の批評「吉田健一の執着と自己表現の地平」、言葉と人生を一致させた文学観を平成生まれの視点から見た白石純太郎の批評「交遊する精神の軌跡」が続く。

珠玉の随筆「或る田舎町の魅力」の舞台である児玉訪問をユーモラスに描いた宮崎のエッセイ「『或る田舎町の魅力』に導かれて―吉田健一が愛した児玉という町」で小休止。

孤独な先行者だった吉田健一と日本文学の関係をつぶさに論じた渡邊利道の「孤独な場所で―吉田健一と日本文学」と、「同語反復の知性」をキーワードに最も難解と言われる批評『時間』を明晰に分析した渡邉大輔の「『時間』の窪地に」でふたたび批評に戻る。

川本が売却寸前の吉田健一の邸宅を訪れた顛末を綴ったエッセイ「吉田健一邸を訪ねて」を間に挟んで、小説・翻訳に関する批評の章に移る。

樫原辰郎の「吉田健一の長編小説に就て」は六篇の長編小説をヌーヴォー・ロマン、ジェイムズ・ジョイス、マルセル・プルーストと比較した批評で、タイトルも文体も吉田健一へのオマージュになっている。「こういう積み重ねがなくて人間はどこにもいることにならない」では連作短編『旅の時間』を題材に小説家・仙田学が自身の小説論を展開。「楽園からの逃亡」で、川本は吉田健一の翻訳で最も知られているイーヴリン・ウォーの『ブライヅヘッドふたたび』を取り上げ、翻訳家としての魅力と限界を指摘した。

次のセクションは吉田健一の没後四十年目の二〇一七年に東京大学で行われたシンポジウム「吉田健一と文学の未来」だ。富士川義之は「英国」と「文学」をキーワードに「吉田健一という生き方」をその謦咳に接した者として畏敬の念を込めて語っている。柴崎友香の「吉田健一の東京、小説の中の場所」は自身の小説でも強く意識している「場所」を軸に小説『東京の昔』を読み解く試みだ。そして、本編の最後を飾るのは武田将明の「吉田健一と『英国』と文学」である。武田は「記号としての『吉田健一』の呪縛」から冷静に距離を取りつつ、その「英国」観を緻密に検討して、吉田健一の文学観の本質に迫る。

ブックガイドは二〇一八年現在、新刊で入手可能な三十二冊に限り、川本、樫原辰郎、仙田学、渡邉大輔、武田将明、宮崎智之、渡邊利道、白石純太郎、興梠旦が担当している。

＊＊＊

以上、本書の構成を長々と書いてきたが、対談、批評、エッセイ、講演、ブックガイドのどこから読んで戴いても構わない。筆者たちは「吉田健一の著作に触れたことがない読者にもわかるように」という編集方針に基づいて執筆した。また、吉田健一の句読点がほとんどない一文一文が長い文章や、おびただしい同語反復に辟易する人もいるようだが、筆者たちは吉田健一の文体模写は差し控えたので、難解な箇所はほとんどないから気楽に読んで戴きたい。吉田健一のような文章を書いた場合、吉田健一を超えることは不可能であり、下手な物真似になってしまうからでもある。

本書をきっかけに吉田健一の著作も楽しんで戴ければ嬉しい。吉田健一は批評にも随筆にも小説にも区別をつけなかったし、彼にとっては文学もお酒も食べ物もまったく等価で、それはすべて楽しむものだった。

「文学は終わった」と言われて久しい。出版不況も続いている。たしかに「文学がなくても誰も困りはしないのである」（吉田健一『余生の文学』新潮社、一九六九）。文学は本来贅沢品だ。しかし、贅沢を楽しめない人生は空虚でしかない。私達は原点に立ち帰り、吉田健一にならって文学を楽しむことからふたたび始めよう。

川本　直

吉田健一ふたたび

目次

装幀／滝口裕子

引用した吉田健一の文章は、若い読者のために読みやすさを考慮して
すべて新漢字新仮名遣い表記にあらためました。

# I

# 対談

# 健坊、文士になる――吉田健一の生涯

川本直・樫原辰郎

川本：吉田健一の著作に最初に触れたのは高校生の時でした。イーヴリン・ウォーの『ブライヅヘッドふたたび』（筑摩書房、一九六三）（★1）の翻訳を読んだんです。滅びゆく貴族社会を描いた小説にふさわしい、とても雅な文章で他の翻訳家にはこうはいかないな、と思いました。『ブライヅヘッドふたたび』の舞台のひとつはオックスフォード大学です。吉田健一はウォーの九歳年下ですが、幼い頃からたびたびイギリスを訪れていました。オックスフォードと並び称されるケンブリッジ大学には十九歳の頃留学していましたから、当時のイギリスに強い思い入れもありましたし、時代の雰囲気を上手く伝えています。そういうことも含めて吉田健一は『ブライヅヘッドふたたび』翻訳の最適任者だったと思います。それから随筆『私の食物誌』（中央公論社、一九七二）を読み、同語反復が多い文章に驚きました。「それはバタも同様でパンはパンの匂いがし、バタ臭いという言い方を神戸のバタで思い出した」（「神戸のパンとバタ」）。こういう書き方は他の書き手は絶対にしない。そこに魅せられました。それから随筆、批評、小説と読んでいきました。

樫原：ふむ。僕は今五十二歳なんですけれど、子供の頃に、今ではUMAと呼ばれていますが、ネス湖のネッシーですとかヒマラヤの雪男等の未確認動物ですとか空飛ぶ円盤いわゆるUFOですとか心霊写真とか昭和のオカルトブームというものがあって、これがもう非常に面白くて子供にとってはワクワクするわけです。その流れは、一九六〇年代頃からあって、古い写真を見ると江戸川乱歩と三島由紀夫がこっくりさんをやっていたり、三島は空飛ぶ円盤研究会にも入っていましたし、文化人が遊び半分でそういうのに関わっていて、石原慎太郎がネス湖にネッシーを探しに行ったりして、それがたしか僕が小学校三年生の時かな。そんな中で吉田健一には「ロッホネスの怪物」（『謎の怪物・謎の動物』所収、新潮社、一九六四）という著作があって、かなり早い段階で未確認動物ものに手を出している。その分野では先駆者なんですね。こちらは子供なので、吉田健一というのはそういう分野の人だと思っていたのですが、実は食べ物やお酒にも詳しい、いやそもそも専門は英文らしいぞ、というまるで鵺のような存在で。その後に植草甚一とか今のサブカルチャーの源流の、さらに源流に吉田健一がいるという認識を若い時に持ちました。翻訳だとチェスタトンの『木曜の男』（東京創元社、一九五六）（★2）ですね。僕の中で生涯ベストに入るくらい好きなんですけど、翻訳は『木曜の男』が一番最初で、それからウォーなんかを読んでいきましたね。そして、だいたい小説は割と最後なんですよね。自分がお酒を飲む年齢になってから、『酒宴』（東京創元社、一九五七）とか『金沢』（河出書房新社、一九七三）とか『東京の昔』（中央公論社、一九七四）とかどれを読んでも美味しそう。

川本：どの小説でも登場人物がひたすら酒を飲んでいる（笑）。

樫原：僕は谷崎潤一郎が専門なんですが、後期の谷崎を吉田健一は非常に高く評価していて、吉田健一の後期の文章も谷崎の影響にあるな、という感じで、息の長い官能的な文章。最終的には文章が好きということで吉田健一とは長い付き合いになっているわけです。今日は吉田健一の生涯について、吉田健一はどのような人なのか、どこから来たのかということを中心に話していこうと思います。

川本：吉田健一は一九一二年三月二十七日、東京の千駄ヶ谷に生まれました。大久保利通の曾孫にあたります。祖父が牧野伸顕伯爵、父は後の首相、吉田茂です。

樫原：生誕した年が明治四十五年で大正元年でもある。この年の元旦に中華民国、台湾が成立していますね。そして元旦から夏目漱石が『彼岸過迄』の連載を開始しています。二月には清が滅亡。愛新覚羅溥儀が皇帝を退位する。四月十五日にはタイタニックが沈んでいる。そういう年に生まれたんですね。

川本：激動の年ですね。

樫原：明治というのは四十五年あったんですが、江戸から四十五年かけて東京にしたようなものですから、その一区切りが終わった時に生まれた。名門の血筋で、本人は名門と言われるのは好きではなかったのですが、良い家柄なので教養がすごくあったのですが、明治の教養を持って生まれたという。

川本：祖父の牧野伸顕に育てられ、六歳（一九一八年）の時には学習院初等科に入ったものの、すぐに外交官だった父・茂について中国へ渡っています。七歳の時にはパリへ。

樫原：父の外遊が始まって外国暮らしが始まった。ちなみにこの時、青島に行くんですが、ここはドイツが支配していました。今も有名な青島ビールが美味しいのはドイツの技術で作られているからです。ですから中国の中にドイツがあるような状態を六歳から七歳の時に経験している。これは後々の教養のあり方に影響を与えたと思います。

川本：それからは海外を転々とします。パリ、ロンドン、天津。天津から一時帰国している時にタイミング悪く関東大震災が起きています。

樫原：関東大震災はとてつもなく大きな災害だったわけですが、それについてはほとんど書いていない。帰ってきたら国が酷いことになっていた。東京は何度も崩壊した都市ですけれども、それが何度か仕切り直しするきっかけのひとつですね。

川本：また天津に戻るのですが、十三歳（一九二五年）の時、帰国できることになって東京の九段下にある暁星中学に入学します。暁星は私の出身校でもありますが、極めつけのお坊ちゃん学校です。吉田健一はそこでフランス語の文法をフランス人の神父に徹底的に叩き込まれた。その頃の作文に「ギネアピッグ」というモルモットについて書いたものがあります。今残っている吉田健一のまとまった文章としては最古のものです。十八歳（一九三〇年）の時、暁星中学を卒業して、今度はイギリスに渡り、ケンブリッジ大学の受験準備を始めます。ケンブリッジに入ってすぐにG・L・ディッキンソン（★3）とF・L・ルカス（★4）に教えを受けます。

樫原：ルカスとは彼の晩年まで文通は続いた。

川本：この二人はブルームズベリー・グループと交流があり、その縁で吉田健一はブルームズベリー・グループを代表する作家のひとり、E・M・フォースターと会っています。二人は食事の席で「真実」について語り合ったそうです。十八歳の少年と英文学の巨匠が、です。吉田健一はシェイクスピアの『あらし』の中に真実があると言ったら、フォースターは「そんなことを言えば海岸で拾った貝殻の一つにもそれがあることになる」と反論した。当時、ケンブリッジではI・A・リチャーズを中心としたニュー・クリティシズムの嵐が吹き荒れていました。ディッキンソンとルカスはブルームズベリー・グループと交流があるくらいですから、ニュー・クリティシズムと対立する立場で、当時としてはどちらかと言えば時代遅れな学者でした。吉田健一はこの二人の薫陶を受けたがために後にニュー・クリティシズムに批判的な姿勢を取ります。T・S・エリオットもニュー・クリティシズムに属しますが、エリオットの理論に懐疑的だったのはこの時の教育によるものでしょう。そういったハイレベルな教育を受けていたわけですが、半年もしないうちに辞めてしまいます。

樫原：近代国家の礎を築くような時代に最も難しい大学ですから、優秀な人がゾロゾロいたわけですね。

川本：ディッキンソンに「外国語で書くということは、到底できないことだ。コンラッドの文章でも、間違いだらけだ」と言われたことが、退学の原因だったようです。

樫原：コンラッドは大作家ですが、母国語作家ではありませんね。彼は英語で書いていたわけですが、異国から来た作家です。たしかに後の吉田健一は目覚ましい活躍をするんですが、形になる小説を書いたのは遅い。創作としての小説に手を出すのはずっと後です。

川本：それは批評の活動でも同じで、吉田健一は帰国後、『批評』という同人誌に書いていたわけですが、文章が硬く、まだ自分の文体を確立していません。単著を出すまでは修行時代ですね。そして、大学を辞めた時、「これから文士になりましょう」と思ったと。

樫原：ここで重要なのはケンブリッジに入った時、文士になる予定はなかったことで、英語教師にでもなろうとしていたということです。退学してからローマの吉田茂のところに姿を現すのですが、この時は父親から凄く怒られたとのこと。それはまあ、せっかく学校に入れてやったのに半年もいなかったわけですからね。

川本：当時、物書きというのは凄く身分が低かったわけですから「これからヤクザになりましょう」と言ったも同然でした。

樫原：吉田健一が生まれた年に漱石は連載小説を書いていたわけですが、漱石が小説家になった時、「漱石ほどの人が何故小説を書くのか」と言われたくらいですからね。新聞記者も羽織ゴロと呼ばれていたんです。吉田健一のように一貫して家柄が良い人が文士になるということは、「俺は不良になる。グレてやる」という気持ちがあったのでしょう。日本に帰ってから文士仲間との交流が始まりますが、彼らはみんな不良ですからね。

川本：帰国して日本近代批評の立役者・小林秀雄の女房役と言われた河上徹太郎に弟子入りするわけですが、河上徹太郎は三十代にもかかわらず実家暮らし。そこに押しかけてきて何を言うわけでもなく、満足気に煙草を吸っていただけ。困った河上徹太郎は吉田健一をアテネ・フランセに通わせる。

樫原：この当時の日本には、いわゆる批評という形の文芸ものはジャンルとしては確立されていませんでした。もちろん、明治の時代から政治的な論評はたくさんあり、文学においても論評はあったのですが、今でいう批評、文芸評論のようなジャンルが確立されるのは後のことです。日本の近代文学というのは幕末から明治にかけて仮名垣魯文たちが出た後、二葉亭四迷と坪内逍遥のふたりが言文一致を作り、ふたりのお蔭で小説がメインストリームになった。二葉亭の『浮雲』の後を漱石が追いかけるという形で、今我々が普段読み書きしているベーシックな日本語が確立した。明治時代の教養というのは基本的に漢学です。漢詩を読んだりするのが教養だったんですね。例えば明治の末に作家デビューした谷崎潤一郎は子供の頃、漢学を学んだものの、小説、批評、戯曲には手を出したけど、漢学は避けるというスタートをした。つまり、谷崎の若い頃に漢字の時代が去りつつあったようです。文学にまつわる批評自体は明治の頃からあったんですが、商業的なジャンルとして成立していなかった。二葉亭と坪内が小説を立ち上げたとすれば、小林秀雄は批評を立ち上げた。小林秀雄は詩では友人の中原中也に敵わなかったし、小説家は凄い人が周りに幾らでもいた。そこで批評を選んだ、という感じではなかったかと思います。そのあたりの批評というジャンルが立ち上がった時に、若き吉田健一は文士になるつもりで帰国した。

川本：吉田健一は河上徹太郎に言われてアテネ・フランセでフランス語を学び、すぐに卒業し、ギリシャ語をやれと言われたらギリシャ語を学んですぐに卒業し、ラテン語をやれと言われたらこれもすぐに卒業してしまう。次に河上徹太郎は森鷗外と幸田露伴の全集を読めと言ったところ、これもすぐに読んでしまう。酒しか教えることがなくなってしまった。

樫原：大事なのは帰ってきた時の吉田健一が、仲間内では「健坊」と呼ばれていたんですが、この「健坊」は日本語が変だった、と河上徹太郎たちが証言している。吉田健一は帰国子女で未成年で、立居振る舞いもナヨナヨしていて変わった人だったんですが、この頃はほとんどの人が和装だった時期。

ところが、「健坊」はいつも洋装だった。なおかつ日本語が変だった。ですから河上の森鷗外と幸田露伴を読めというのは、非常に良いアドバイスでしたね。当時の日本語の環境では鷗外と露伴が最高水準だったでしょう。後に吉田健一は非常に個性的な文章を書く人になったわけですが、それに先立って鷗外と露伴のテクストを、まるで外国語を学ぶように学んだのではないでしょうか。なにしろその頃の吉田健一は家庭内では弟と英語で会話していたくらいですから。

川本：日本語が変だった例として「人妻」を「じんさい」と読んで冷やかされていた。いじめていたのは小林秀雄たちだったわけですが。

樫原：小林秀雄たちは本当に不良だったんですね。中原中也も酒の席で喧嘩してビール瓶で人の頭を殴ったりする。不良と文学者が混ざっているのが特徴だったというか、実際に文学者というのはならず者の集団だったわけですね。そこで吉田健一が可哀相だったのは、彼ら不良たちのいい鴨にされたことです。育ちの良いボンボンですから。

川本：河上徹太郎は小林秀雄から「あいつはものにならないからよせ」と言われたのに吉田健一を庇い続けました。この頃は文章も得意ではなかったし、酒の席ではずっと飲んで、酔うと奇声を発するような人だった。

樫原：ただし、この時に酒を覚えたことが後々エッセイストとしての財産になりましたね。ものにならないと思われていた時期に、みっちりと人生の取材をしていたんですね。

川本：アテネ・フランセを二十三歳で卒業し、エドガー・アラン・ポーの『覚書（マルジナリア）』（芝書店、一九三五）（★5）の翻訳を出しています。その後、『文學界』の校正をボランティアで手がけるようになる。小林秀雄と河上徹太郎が『文學界』の再建に乗り出していて、弟子格の吉田健一が働くようになった。

樫原：この時期の学習量は凄いですよね。十代の終わりからたった数年で日本語力があがった。並々ならぬ勉強量だったと思います。

川本：この頃、生涯の友人になった中村光夫が『文學界』に寄稿していたので、出会っています。横光利一とも会っています。

樫原：中村光夫と吉田健一が対照的なのは、中村光夫はこれから海外に出たかった人で、吉田健一は帰ってきた人だったということですね。横光利一はモダニズムの作家で、この頃は川端康成よりも売れたベストセラー作家だった。小林秀雄の周囲からは、河上徹太郎、中村光夫、吉田健一と批評家が育っています。吉田健一はその中で最後に現れた形ですね。

川本：吉田健一は中村光夫の留学試験の合否を先に聞いてきて、中村光夫に告げた。「君も来るか？」と中村に訊ねられた吉田健一は「僕は行かない」と答えた。海外に渡航することは戦後イギリスから招かれるまでなかった。

樫原：若い頃しか海外に行っていなかった。吉田健一の全仕事を見ると大半が海外についてのことなのに。洋書は読むけど、自分の足で、旅行以外で海を渡るということはなくなる。

川本：校正者を経て『文學界』に評論の寄稿を始めます。批評家としてスタートを切った。中村光夫たちと一緒に『批評』という同人誌も始めますが、この頃の吉田健一の文章というのはまだ硬い。
樫原：教養としては入っていますが、まだ消化しきれていない。
川本：単著を出すこともなく、翻訳をえんえんとやっていた。
樫原：二葉亭四迷が『浮雲』を書く時、新しい日本語を作らなければいけない、と悪戦苦闘していた。二葉亭はロシア語がべらぼうにできたんですが、『浮雲』の最初の方はロシア語で書いてから翻訳して日本語にしたりしていた。この頃の吉田健一も頭の中では英語で書いて、日本語に翻訳しようとしていた感じは受けますね。
川本：後期になってからも「それ」とか「あれ」とか「これ」とか異様に指示代名詞が多い。
樫原：フォークナーを読んでいるような気分がしますね。僕の友達が大学でフォークナーをやっていたんですが、「関係代名詞の数が増えていくと人間の脳の限界を超える」と言っていました（笑）。晩年の吉田健一の文章は正にそんな感じですね。
川本：翻訳と批評をやる中、二十九歳（一九四一年）で大島信子（★6）と結婚します。野上豊一郎・野上弥生子夫妻が媒酌人です。未だに単著はありません。翌年、長男の健介（★7）が生まれ、『批評』が廃刊になりますが、すでに日本は戦争に突入していた。
樫原：第一次世界大戦、ロシア革命、第二次世界大戦と物書きとして出るまではずっときな臭い時代を生きてきた。祖父と父は二・二六事件で殺されかけたわけですから。
川本：そんな激動の時代を生きてきたのに吉田健一は安定していますよね。

樫原：反骨精神があったのでしょう。政治的なイデオロギーにかぶれることもなく、オンタイムでも古いものを翻訳したりしている。タイムリーなものを書いたほうが仕事としてはキャッチーなはずなんだけど、そういうものは避けて欧米の古いものを紹介するということをメインにしていた。

川本：やっていたのはポー、ラフォルグ、ヴァレリー。ラフォルグは吉田健一の文学の中で非常に重要な役割を果たしたわけですが、日本ではマイナーですね。

樫原：それから兵役にも行く。

川本：五月に招集されて八月に戦争が終わっている。

樫原：何の役にも立っていない。

川本：しかし、吉田健一にとって戦争体験は重大だったらしく、中村真一郎や福永武彦のマチネ・ポエティクを「でも、彼らは戦争に行っていないから」と批判しているんです。しかし、自分も外地に行っていない。三ヶ月しか兵役についていない。

樫原：大岡昇平なんか戦地でえらい目に遭っているのに（笑）。

川本：復員してからは渋谷に住んだ。ちょうど退役した時に長女の吉田暁子（★8）が生まれました。しかし、戦後の出版好景気には乗り切れず、ひたすら翻訳をしていた。

樫原：ルンペンのような。戦後はモク拾いという吸い殻を拾ってほぐして新たな煙草をリ・クリエイトするという素晴らしいお仕事をなさっていたりして（笑）。

川本：どこまでが本当だったかはわからないんですけどね。

樫原：そのへんから晩年のホラを吹くサービス芸みたいなことを始めているわけですよね。この人の随筆には、なんというか、芸のない人の芸談みたいな節があって、その芸風を確立してからは水を得た魚のように精力的な仕事をしています。

川本：「乞食時代」（『三文紳士』所収、宝文館、一九五六）というエッセイによるとまず闇の担ぎ屋を始めた。しかし、警察に捕まった。そこでモク拾いを始めたが、モク拾いより乞食をした方が割りがいいのではないかと考える。乞食になって、文藝春秋の社屋の前に座って空き缶を置き、知り合いの物書きや編集者にお金を入れてもらった、というのが「乞食時代」のオチです。

樫原：実際、服がなくて復員兵の格好で色んなところに出入りしていたというエピソードはある。これは、偉大な父親に対する韜晦《とうかい》というものを、ずっと引っ張っていたという面もあるでしょう。ですが、戦後ようやく物書きとしては良い流れが来る、膨大な教養が遂に役立つ時が来たんですね。

川本：翻訳をずっと出していたが、売れなかった。この頃は鎌倉に住んでいました。「貧乏物語」（『三文紳士』所収）というエッセイによれば、当時、鎌倉に一流の文士がたくさん住んでいた。彼らは東京で飲んでから、終電車の一番後ろの車両に乗って帰ってくる。そこで懇意にしている元ギャングで進駐軍の大佐にその車両を爆破してもらおうとする。一流文士を全滅させれば、自分のような者にも仕事が来ると考えたからです。が、大佐に頼んだ後に人殺しをすることになると思いあたり、怖くなってやめてもらった、と書いている。まあホラ話なんでしょうね。

樫原：でも仕事は回っているんですよね。翻訳ブームだったから。戦後は出版物の点数が凄く増えたバブリーな時期だったので、お金になった。良い育ちだから、貧乏だったのをアピールしたかったんだと思うんです。その割には美味い物を食べていたし。

川本：韜晦癖《とうかいへき》ですね。

樫原：これは晩年まで続きますね。

川本：この頃、吉田健一にとって初めて波が来た。『批評』は復刊するし、翻訳もどんどん出る。三十六歳（一九四八年）の時、福田恆存、中村光夫、大岡昇平、三島由紀夫、神西清、吉川逸治と鉢の木会という文士の集まりの母体を作る。

樫原：仕事のことは話さないという集まり。凄く「らしい」んですよね。文学の話はするな、という。韜晦の話と繋がりますけれども、趣味人を気取る。

川本：毎月誰かの家に集まって、酒を持ち寄り、みんなでひたすら飲むという政治的な色彩がまったくない会合。そしてようやく三十七歳の時、初めての単著を出します。『英国の文学』（雄鶏社、一九四九）。

樫原：『英国の文学』は今読んでも面白いじゃないですか。要するに吉田健一というキャラクターが完成するまでに三十七までかかったわけです。

川本：そのうえ『英国の文学』はその後書き直しているんですね。三十七で出したのに納得していない。この頃から批評の単著を出せるようになっていく。

樫原：著作集がありますが、全三十二巻（『吉田健一著作集』集英社、一九七八～一九八一）。スタートが遅い割に冊数が多い。終戦直後から昭和三十年代、東京オリンピックあたりまで、よくまあ書いた。

川本：著作集は全集ですが、翻訳が入っていない。翻訳を入れたら凄い量になりますから。四十歳（一九五三年）の時、「家を建てる話」（『三文紳士』所収）というエッセイに書かれた新宿区払方町の家を建てました。ここには亡くなるまで住んでいました。この年には二十二年ぶりにイギリスを再訪します。イギリスでは荒れていたらしいですね。

樫原：自分としてはようやく一本立ちできた。ようやくイギリスに行って……。彼の国に対しては、ある種の心残りとかトラウマとかあったんでしょうかね。

川本：あったと思いますよ。「外国語で書くことはできない」と言われて帰ってきたんですから。

樫原：それで日本に帰ってきたら日本語が変だと言われたわけですからね。

川本：二十二年間、イギリスに行かなかったというのは大変なことです。

樫原：終戦までと比べると平和な時代に突入していたので、ようやく活動の場ができた。吉田健一の仕事というのは「贅沢品」なので、平和な時代の方が仕事も回る。戦後の時代、昭和三十年代から昭和四十年代というのは世界文学全集が「家具」として使われた。高度成長期というのは、学校に行けなかった人がたくさん行く時代、教養とか学業というのが文化資産になった時代。そういうことが吉田健一にとってはプラスになったと思います。戦前は文士は不良だったけど、戦後はそうではない。教養のある人は偉いんだ、という風潮は吉田健一にとってかなり美味しい（笑）。

川本：四十二歳の時、転機が訪れます。初めてのエッセイ集を出します。『宰相御曹司貧窮す』（文藝春秋新社、一九五四）というタイトルなんですが、本人は出版社の文藝春秋につけられたので、あまりお気に入りではなかったらしく、私家版に『でたらめろん』というタイトルをつけた。

樫原：これは自信があった作品だったんでしょうね。

川本：出版後、しばらくしてから絶版にしてしまいますが、その後のアンソロジーに組み込んでいるエッセイがほとんどです。

樫原：この頃からエッセイ仕事が増えていますね。食べ物系、お酒系のエッセイと小説が増えるのが四十代。それを器用にこなしていく。

川本：それなのに私生活では胃潰瘍になって大食らいができなくなった。先輩の林房雄にビール・コンテストに出るように言われ、ビールを鯨飲し、予選は通過したものの、優勝できず、悔しがって自棄酒。バーでウイスキーをボトル一本飲み、家に帰ってからブランデーをボトル一本飲んで吐血した。要はこれから後に書かれた食事エッセイはかなり記憶と想像の産物なんです。酒はずっと飲んでいたんですが、ほとんど食べない人になってしまった。しかし、公私共に充実した生活を送り、評論では『シェイクスピア』（池田書店、一九五二、増補版・垂水書房、一九五六）と『東西文学論』（新潮社、一九五五）を出版します。四十五歳の時、『シェイクスピア』の増補版で読売文学賞を受賞。これが初めての受賞です。

樫原：今の四十五歳とは違いますね。大変な遅咲き。

川本：もうそろそろ晩年に差し掛かっている。同じ年に『日本について』（大日本雄弁会講談社、一九五七）で新潮文学賞も獲り、地位があがっていく。

樫原：彼の周囲にいた友人たちは若くして批評家のヒットメーカーになっていたのですが、遅ればせながら最後に大物が出たという感じですね。小林秀雄や中村光夫より教養と知識の量は上でそれが最大の武器だった。何より雑学が凄まじい。

川本：四十五歳（一九五七年）の時には食べ歩きガイドブックの先駆となった『舌鼓ところどころ』（文藝春秋新社、一九五八）を連載。翌年、出版して一般読者にも知られるようになります。三島由紀夫や中村光夫、福田恆存、大岡昇平という鉢の木会のメンバーと『聲』という雑誌も出しています。この頃から吉田健一は安定した生活を送るようになります。

樫原：この頃から良い意味で「ランチョンひきこもり」みたいな人生に突入する（笑）。羨ましい限りです。

川本：神保町のビヤホール、ランチョンに通いつめる。毎週、木曜日以外は外出せず、木曜日は昼から編集者や後輩の作家とランチョンで飲んでいて、夜は銀座で河上徹太郎と飲み続ける。それ以外はほとんど外出していない。

樫原：娘さんの暁子さんの記憶だと出かけると酔って帰ってくる。

川本：外では陽気な酒仙なんですが、家庭ではしっかりした人。外と家庭では違いますね。

樫原：暁子さんも言っておかねばならないと思ったんでしょう。「私をお風呂に入れてくれるような父親だったんですよ」と。しかし、飲む人っていうのは酒の席では何かしら面白い話をしたくなるものですよね。書く時は孤独なものですが、友達や仕事相手というのは他人で家族ではないから、たまに出かけたら人を楽しませよう、自分も楽しもうということだったんでしょうね。『舌鼓ところどころ』のせいもあってか、一般誌の仕事が増えてゆき、一般的な知名度も急上昇していく。

川本：四十六歳の時、『英国の近代文学』（垂水書房、一九五九）を出して英国三部作を完結させてからは、あとは余生だ、繰り返しに過ぎない、と言って、著作を量産するようになります。この後の生活は毎年の金沢旅行、東北旅行、そして時々海外へ行く以外は「ランチョンひきこもり」ですね。木曜日に外出するだけ。ほとんど家族と一緒に時間を過ごして仕事をしている。

樫原：食も細くなって、晩年の写真は痩せていますよね。若い頃にはなかなか書けなかった小説も多くはこの頃のランチョン隠遁時代に書かれていて、余生とは言ってはいるものの、作品は充実していた。

川本：一九六三年には五十一歳で中央大学の教授にもなっています。一九六七年には代表作のひとつである『文学の楽しみ』（河出書房新社、一九六七）を出版します。学生運動華やかなりし時に。

樫原：また戦前と同じで、世間の流れには背を向けますよ、という吉田健一の「らしさ」が出た。

川本：吉田健一の批評の読者は増えていましたが、読者には「反俗」「反骨」と映った。

樫原：彼と喧嘩した三島由紀夫なんかは楯の会の方向に行くんですよね。文学者というのは社会が動いた時に、自分はこちらにつく、という意思表示をしなければいけないところがある。知識人と見られているわけですから。ですから、これは明らかに「私は今の世情には乗りません」というひとつの意思表示ですね。

川本：『文学の楽しみ』を刊行した年に晩年は仲が良かった父・吉田茂が亡くなります。十年後に吉田健一も亡くなるわけですが、この後はひたすら書いている。
樫原：世代的にお父さんの方が長生きなんですね。人類史を顧みれば、祖父は父より早く死んでいることが多い。子供は自分の親たちよりは長生きをして、基本的に寿命は伸びていくんです。しかし、父より子供が長く生きられない場合もあって、その原因は戦争や病気です。若い時の栄養失調などが歳をとってからの疾病につながったりする。吉田健一もそれなりに生きているけど、まあ飲み過ぎという説もありますが、豊かな文化と接しながらも飢えなどがあった。モク拾いをしていた若い時期に栄養失調になると、年を取ってから病気になりやすい。
川本：五十七歳（一九七〇年）の時に中央大学を辞め、批評の代表作『ヨオロッパの世紀末』（新潮社、一九七〇）を出します。ヨーロッパについて日本人が語る時は所謂「西洋かぶれ」に陥ることが多いのですが、そうじゃない。日本の西洋文化受容の問題点を、ヨーロッパの十八世紀、そして十九世紀末を問い直すことで根源的な形で示したとも言える評論です。その後、怒涛のように六篇の長編小説を連続で出しています。生き急ぐように書いている。
樫原：生き急いでいる割には小説の内容は安定している。量産しているのに、その文章は常に落ち着いており、決してハイテンションにならなかったのは凄いと思います。晩年の小説というのは良い空気が流れて、美味しいお酒と美味しいお水がある、という精神の糧になるようなものばかり。何故ああいうものを量産できたのか、というと不思議ですね。
川本：量産すると筆が荒れるということが一般には言われますが、そういうこともない。しかし、あと十年も時間は残っていない。そして、難解な『時間』（新潮社、一九七六）を発表します。

樫原：問題作ですね。読むのに「時間」がかかる（笑）。これについて話し出したら一時間では終わらないので、「時間という言葉の迷宮」ということだけを言っておきます。人生の後半戦で『ヨオロッパの世紀末』から『時間』、そして小説をたくさん書いており、集大成的な圧倒的な作品群が出ており、どれを読んでも熟した柿の如し。

川本：『時間』を書いてからもう時間はほとんど残されていなかった。翌年に夫婦でイギリスへ旅行します。体調が悪くなったものの、娘の暁子さんがパリに滞在していたので訪ねて行き、さらに悪化する。ロンドンを経由して帰国。聖路加国際病院に入院します。退院はしましたが、そのまま自宅で亡くなってしまう。

樫原：最後にイギリスに行けたのは本人にとって良かったですね。

川本：死ぬことがわかっていたのか、友人たちに別れを告げていたようです。

樫原：二葉亭四迷に似ている。仕事は集大成した。正直、『時間』より先に何かがあるとは思えないくらい『時間』が凄い。ジェイムズ・ジョイスの『フィネガンズ・ウェイク』のようなものじゃないですか。プルーストの『失われた時を求めて』の最後の巻『見出された時』のようでもあり。しかし、パリで娘さんと会えたのは幸いでした。暁子さんは亡くなってから急遽帰国したんですが、死に目には会えなかった。

川本：告別式の出棺の時、吉田健一を見守り続けた河上徹太郎がラフォルグの詩を朗読しました。吉田健一がこよなく愛したラフォルグの詩「はかない臨終」でした。

二〇一七年一月六日　サロンド冨山房 Folio にて

★1　『ブライヅヘッドふたたび』（一九四五）。イギリスの小説家、イーヴリン・ウォー（一九〇三～一九六六）の小説。語り手のチャールズ・ライダーと貴族の息子セバスチャン・フライトとの友情、ライダーとセバスチャンの妹ジュリアとの恋を滅びゆく貴族文化とカトリックの信仰を背景に描く。後にTVドラマ化、映画化された。

★2　『木曜の男』（一九〇五）。イギリスの作家、批評家、詩人、エッセイスト、G・K・チェスタトン（一八七四～一九三六）の小説。無政府主義者の秘密結社をめぐる諷刺とユーモアに満ちたスリラー。

★3　G・L・ディッキンソン（一八六二～一九三二）。イギリスの政治学者・哲学者。新プラトン主義の研究で頭角を現し、一九二〇年に退職するまでケンブリッジ大学キングス・カレッジのフェローを勤める。ブルームズベリー・グループと密接な関係にあった。

★4　F・L・ルカス（一八九四～一九六七）。イギリスの文学者。ケンブリッジ大学キングス・カレッジ・フェロー。小説、文芸批評、詩、劇作など幅広い分野で健筆を振るう。著書多数。

★5　『覚書（マリジナリア）』（一八五〇）。アメリカの小説家・詩人・評論家、エドガー・アラン・ポー（一八〇九〜一八四九）のエッセイ集。一八四五年から一八四九年まで複数の雑誌に断続的に掲載されたエッセイをまとめたもの。吉田健一訳にはヴァレリーによる注釈がついている。

★6　大島（吉田）信子（一九一三〜一九九七）。旧家の長女として生まれ、一九四二年、吉田健一と結婚。大の競馬好きだったことが知られている。

★7　吉田健介（一九四二〜二〇〇八）。物理学者。吉田健一の長男。東京大学に入学して二年目にケンブリッジ大学へ留学。イギリスで理学博士の学位を取得。ローマ大学で物理学教授として教鞭を取る。イタリア人女性と結婚し、一子（娘）をもうけた。二〇〇八年八月二十九日、東京の聖路加国際病院にて死去。

★8　吉田暁子（一九四五〜）。翻訳家。吉田健一の長女。翻訳にはフランスワーズ・サガンや父の愛読書だったエリオット・ポール『最後のパリ』（河出書房新社、二〇一三）などがある。著書に『父　吉田健一』（河出書房新社、二〇一三）。


［参考文献］
吉田健一『吉田健一著作集』（集英社、一九七八〜八一）
吉田健一『吉田健一集成　別巻』（新潮社、一九九四）
長谷川郁夫『吉田健一』（新潮社、二〇一四）
吉田暁子『父　吉田健一』（河出書房新社、二〇一三）
清水徹編・解説『新潮日本文学アルバム69　吉田健一』（新潮社、一九九五年）

# Ⅱ

# 批評1（随筆）

# 吉田健一の執着と自己表現の地平

宮崎智之

## 一　肉体的な欲望に対する執着

戦争に反対する唯一の手段は、各自の生活を美しくして、それに執着することである――

吉田健一が没して、四十年以上の月日が経った。「維新の三傑」の一人である大久保利通の曽孫にして、戦前に内大臣などを歴任し、二・二六事件で青年将校らに襲撃された牧野伸顕の孫、そして昭和の大宰相・吉田茂を父に持つ吉田は、何世代も前の文章家という印象があるかも知れない。しかし、二〇一七年には中央公論新社が没後四十年記念エッセイ集を相次いで刊行するなど、今なお新しい読者を獲得し続けている。吉田の文章に影響を受けたと公言する文章家も多い。

作家の高橋源一郎は、『一億三千万人のための小説教室』（岩波新書、二〇〇二）で、晩年の代表作『時間』（新潮社、一九七六）を引用し、「わたしは、何カ月も、吉田健一の書いたものばかりを読み、そのうち、吉田健一風の文章で、吉田健一が考えそうなことを、ノートに書くようになりました」と、二十代の青年期に経験した吉田への傾倒を明かしている。さらに、独特な思考のリズムを持った文章を評価し、影響を受けた作家は多いが、みんな黙っているのだと、吉田の存在感について記している。

ある意外な人物も吉田に影響を受けた一人だ。音楽家の小西康陽である。小西は、渋谷系の音楽として一世風靡した「ピチカート・ファイヴ」（二〇〇一年解散）のメインメンバーとして知られ、旺盛な文筆活動も注目を集めている。

小西はコラム集『ぼくは散歩と雑学が好きだった。小西康陽のコラム 1993-2008』（朝日新聞出版、二〇〇八）において、本稿の冒頭に掲載した吉田の文章を引用している。さらに、同文章からの引用をタイトルにした『戦争に反対する唯一の手段は。―ピチカート・ファイヴのうたとことば』（READY MADE INTERNATIONAL、二〇〇二）というトリビュート・アルバム（ピチカート・ファイヴの楽曲をカヴァーしたアルバム）が制作されていることからも、吉田への思い入れの強さが伺える。高橋、小西といった現役で活躍し、数多くの若いファンから支持される表現者が吉田の文章に感化されているという事実は、吉田健一の現在における影響力の大きさを考えるうえで、我々に極めて深い示唆を与えてくれる。

さて、冒頭の文章だが、これは『吉田健一著作集　第十三巻』（集英社、一九七九）に収録されている『新聞一束』（垂水書房、一九六三）の中のエッセイ「長崎」からの引用である。吉田が戦後に長崎を訪れた際に感じたことを綴った文章で、「戦争に反対する最も有効な方法が、過去の戦争のひどさを強調し、二度と再び、……と宣伝することであるとはどうしても思えない」との言葉の少し後に、引用した文章が続く。この箇所だけ読むと、吉田はいわゆる「平和活動」を否定していると捉われかねないが、そう断定するのはあまりにも浅薄である。吉田の他の著作を読めば、吉田が明らかに平和を愛していることがわかるからだ。「生活」に「執着」することこそが、吉田なりの反戦の貫き通し方だった。
吉田は、観念的な思想やものの考え方を、よしとしない批評家だった。『宰相御曹司貧窮す』（文藝春秋新社、一九五四）に収録された「わが人生処方」というエッセイの中で、このようなことを述べている。少々長くなるが、引用しよう。

どうも人間が生きて行く上では、各種の肉体的な欲望が強いことが大切だという気がしてならない。食う為に仕事をすると言うが、実際に食いたくて仕事をするのと、ただ食う為と思っているだけでは随分話が違う。腹が空いた時に御馳走を食うのは全く旨いもので、その味が解らないと、食う為というのは月々のお金を女房に渡す為に働くことになり、人間がそんなことで生きて行けるものではない。それでも生きているのは死にたくないからだということになれば、そういう生きていることに対する執着の仕方は汚らわしい。（中略）
愛国心を説くペリクレスがアテネの美しさを描くことで国粋主義者にならずにすんだようなもので、先ず友達を二人家に呼んで飲み食いする楽しみの為に稼ぎ、それがなんでもなくなったら五人呼ぶ為にという風にすれば稼ぐ金に意味があり、だから幾ら本屋に印税のことを煩く言っても汚らわしい感じがしない。（中略）
つまり、魂を失わずに生きて行く為に、肉体的な楽しみに執着することが必要なのであり、人間が出世するのは珍しいことではないのだから、そうなると益々食欲その他を旺盛にして、魂を繋ぎ留めて置くことが大切になる。

人間は食うために働く。が、「食う」という行為は、本来抽象的なものではない。「どこそこの生牡蠣を五人前食ってやろうと思って仕事をしている」（「同」）といった具体的の肉体的な欲求なのだ。吉田は精神的な楽しみそのものに拘泥し、食欲その他の欲望を無視して過ごす危険性を、同エッセイで指摘している。

冒頭に引用した文章でも、同じ主張が繰り返されている。各自の美しい生活に執着し、魂を繋ぎとめておくことこそが、戦争に至るような観念的で精神的な暴走を止める手立てになると考えた。吉田にとってみれば、戦中の国粋主義も、反戦だけを声高に主張するイデオロギーも、地に足のついていない肉体的な欲望を無視した抽象論として、同じく危なかしいものに映っていたのだろう。

もちろん、『舌鼓ところどころ』（文藝春秋新社、一九五八）といった「食味評論家」としての仕事が、吉田なりの反戦論として書かれたわけではないことは明らかである。しかし、「食」や「酒」にこだわることは、吉田にとって、各自の生活を美しくする営みの最たる実践例でもあった。例えば同書に収録されている「味のある城下町・金沢」には、こんな記述がある。

鯛の塩焼きをそのまま大きな皿に入れて酒を掛け、これに一度火を付けてから、又その上に酒を注いで飲むのである。鯛で取った酒のスープが出来る訳で、それが酒なのだから、ただ旨いだけではすまされない。河豚の鰭酒《ひれざけ》よりももっと広々とした感じのもので、はっきり海を思わせる。

金沢で飲んだ鯛のこつ酒を、「はっきり海を思わせる」と書く吉田の筆は、我々を抽象的な観念の世界から現実に引き戻す。そのなまぐさい実感に満ちた記述は、後の項で詳しく参照する中村光夫の公開書簡「自己表現について」に記されているとおり、読者を生理的に興奮させる力を持っている。さらに、吉田の食べることに対するこだわりと信頼が如実に表れているのが、『書き捨てた言葉』（垂水書房、一九六二）収録の「食べものの話、又」で述べられている以下の記述である。

だから、もう一度繰り返して、旨いものを旨いと思って場合によっては感嘆するのは、贅沢なことでも、食通であることでもないのである。寧ろ、そう思わない方がどうかしているので、このことに就いてもう少し厳密に考えて行くと、何を食べても同じ味がする人間は、その人間の仕事に掛けても信用出来ない。少なくとも、その人間がものを食べている時は頭が遊んでいることになり、そういうものが自分の仕事のことになると急に注意深くなるというのは、ありそうなことではあっても、俄かに信じ難い。（中略）何だろうと、自分がしていることに不注意であれば、それだけ不注意の癖が付いて、仕事をする時になると急にその癖が抜けるなどというのは話が旨過ぎる。

吉田が書く文章の根底にあるのは肉体的な欲望への執着であり、そこにこだわり続けることが、観念、もしくは精神的な楽しみに陥らず、魂を繋ぎ留めておくことでもあった。のちの評論や小説にも受け継がれている、初期の随筆に見られるこうした態度は、吉田文学の重要な要素の一つだと言ってよいであろう。

## 二　祖国喪失者の文学修行

吉田が「執着」したものとして、もう一つ触れておかなければならないのが「言葉」である。『文学概論』（垂水書房、一九六〇）などの著作で、文学は言葉であり、言葉は言葉でなければならないといった同語反復を繰り返した背景には、いかなる感覚があったのか。吉田は、外交官であった父の都合で幼い頃から外国生活に馴染み、ケンブリッジにも留学した。流暢に英語を操り、原文での詩の暗唱を好んだ吉田が言葉に執着したのは、ある意味、当たり前のことだったのかも知れない。

有名なエピソードとして、ケンブリッジ時代の恩師・ディッキンソン（★1）から「外国語で書くということは、到底出来ないことだ。コンラッドの文章でも、間違いだらけだ」（「ケンブリッヂの大学生」）と助言され、留学をわずか四ヶ月ほどで切り上げてきたというものがある。『交遊録』（新潮社、一九七四）によると、吉田は、「それまでに既に日本に帰ってから文士になる積りでいてそれには十代から二十代に掛けての期間を英国で英国の文学の勉強をして過すことがどの程度に役に立つものか疑問になっていた」と考え、ディッキンソンからは「或る種の仕事をするには自分の国の土が必要」との訓示を得た（「G・ロウェス・ディッキンソン」）。

祖国で祖国の文学をすることに、青年時代の吉田は強い意味を見出した。しかし、生まれながらに国際人として育った吉田青年にとって、祖国は立ち戻るものである以前に、まずは「発見」を要するものであったことは重要である。

吉田の師匠にあたる河上徹太郎は、『河上徹太郎全集　第五巻』（勁草書房、一九七〇）に収録されたエッセイ「吉田健一」において、「最初のころ、イギリスから帰りたての彼は日本のおいしいものを何んでもガツガツ食べたがつた。それは彼にとつて日本発見のための修行でもあつた」と記し、また、『三文紳士』（宝文館、一九五六）の序文「序に代へて」では、吉田を「祖国喪失者」と表した（★2）。

母親から見立ててもらったと噂された茶系統の縞の洋服に赤いネクタイという英国のティーンネージャーのような出で立ちの、猫背で手頸に女性のようなしなをつくる癖がある青年は、日本の文士にとってさぞ奇怪な存在に映っただろう。河上が教えたという、銀座の資生堂でお茶を飲む「放蕩」をひどく気に入り、その理由を横光利一に「日本的だから」と説明したという逸話も残っている（ほかの日本人からヨーロッパ的に見えていたものが、吉田には日本的に映った）。生卵が割れない、下駄が履けないといった、虚実の判断がつかない噂まである。

また、長谷川郁夫は評伝『吉田健一』（新潮社、二〇一四年）で、吉田の帰国時の様子を、「しかし、かれが理想とする文学のためには、青年にとって日本語（正しくは東京語、と記すべきかも知れない）表現の壁板はあまりに厚かったのである」と描写している。「ボキャブラリーは笑われるほどに乏しくとも、かれは言葉の美しさ、そして文学が言葉だけで築かれた一つの鮮明な世界であることを知っていた」(『同』)という吉田独自の言葉の世界は、まだ周囲を納得させるほどの説得力を有しておらず、理解を得ることは難しかった。

そんな吉田は、どのようにして祖国の言葉を「発見」したのか。角地幸男は『ケンブリッジ帰りの文士　吉田健一』(新潮社、二〇一四年)の中で、初期随筆の執筆がその大きな役割を果したと指摘している。西日本新聞に連載した『乞食王子』(新潮社、一九五六)を指して、角地は次のように分析する。

> 書いて行って見なければ何が出てくるか作者自身にも見当がつかない『乞食王子』の新聞連載を書き継いでいく呼吸こそ、吉田健一の言う本来の essay(書く試み)、すなわちケンブリッジ帰りの文士が新たに掴み取った「自己表現」(中村光夫)のエクリチュールでなければならない。

「呼吸」という言葉は、角地が引いた中村の論に沿って「肉体の呼吸」と言い直すことができる。「祖国喪失者」たる吉田が、肉体的な感覚から吐き出される呼吸をもって日本語を日本語として扱えるようになった背景には、随筆の執筆、または翻訳の仕事があり、それが吉田の散文の基調になったと角地は分析している。

「肉体の呼吸」という言葉は、長谷川の「外国文学を原語のまま味わい、美しい章句を暗誦するまで繰り返し読む、という読書法が、青年の生理に即した、日本語習得のためのもっとも有効な方法」

(『吉田健一』)という指摘と符合する。この記述は、外国語を習得していない者にとってわかりにくいが、吉田が愛してやまなかった「食」や「酒」と同様に言葉を言葉として味わうことが、吉田にとっての文学修行でもあった。そして、言葉を味わうためには、これも「食」や「酒」と同様に肉体が必要なのであり、肉体と言葉が引きはがせないものであるからこそ、「習得」には努力が必要だった。

例えば、『乞食王子』に収録された「京都の御所」という文章には何度暗唱しても再び噛み締めて味わいたくなる魅力がある。ルーブル美術館で見たワットオの「庭での集り」という絵を、「その色と光が今にも周囲の闇に呑まれそうで、言わばその美しさの凡てが滅亡の寸前にあり、そしてこの状態は滅亡することなくて、絵にいつまでも生きている」と称し、次のように語る。

宮廷というものも、この絵のようなものではないだろうか。大理石の宮殿だとか、金銀の器だとかは或る程度まで時間の経過に堪えるかも知れないが、善美を尽した生活とか、或は単に、我々の一生のうちでも美しい瞬間というものにしても、必ずそれがやがては、或は又、次の瞬間に消え去ることを思わせる。つまり、最高の生活は、我々人間が何れは死ぬことを予感させる所まで我々を持って行くものなので、一国の最高の生活を表すものでなければ宮廷などというものは無意味であると同時に、人間が人間らしい生活の一つの頂点に立てば、人間のはかなさを美に変えるという、曾て多くの宮廷で養われて来た詩と現実が必ずそこに再び姿を見せる。

吉田を間近で見守った河上は、「以来彼のした文学修行は、だから正規の文学青年のルートは許されなかった訳だ。彼のコースは、学歴でいえば独学に属するものである。どこかの学校の講義を盗み聴きし、苦学して身につけたようなものだ。この修行は辛く、又肩身が狭かったろう」（「序に代へて」）と労った。小林秀雄や青山二郎は、この英国帰りの変わった青年に「お寺の障子」（破けた部分に風が当たりファーンファーンと鳴る障子を吉田の声帯に見立てた）とあだ名をつけた以外は興味を示さなかったというが、吉田が祖国の地で文学修行に精を出せたのは、河上に師事したところが大きかったと考えられる。長谷川も『吉田健一』の中で、「最良の師と出会うという幸運に恵まれた」と指摘している。当時の吉田に必要なことを理解し、むしろその特異性を驚嘆の対象としたのは、河上の慧眼であった、と。

## 三　自己表現について

ここで、前出の角地の引用文に出てきた中村光夫の「自己表現」という言葉に触れておかなければならない。この言葉は、吉田の友人であり、文士らが集う「鉢の木会」のメンバー同士でもある中村が、『乞食王子』『三文紳士』を読んだ感想を公開書簡という形で発表した「自己表現について」という文章からとったものである。この文章において、中村は吉田を以下のように表している。

僕はあなたの強靭な精神の平衡を、真の意味の教養の賜と思っています。美に対する感受性と熱情にめぐまれた者が、たまたまそれを源泉から汲む幸運に巡りあい、そこから生活にたえ、進んでそれを楽しむ糧を得ている人に独特の強みです。（中略）むろん知識でもなく、観念的な誇りでもなく、その古典の美が血に混って身体中にまわっているのです。機嫌のよいとき、あなたはときどきシェイクスピアのソネットなどを低唱しますが、ちょうど旨い酒のように言葉をひとつひとつ舌の上で転がしながら、陶然としている様子は僕等のように英語のわからぬ者にも、言葉の命を感じさせます。

吉田の教養や言葉に対する感覚が肉体的な実感を伴ったものであったことが、ここでも語られている。中村は吉田の文体についても、「あなたの文章の呼吸が肉体の呼吸と一致し、その内容が精神と現実がふれあう境目を巧まずして生きた線で辿っている」と評価している。

しかし、中村はだからこそ、吉田が批評家として世に出ることが遅れたと分析を続ける。中村からしてみると、吉田には、「文学への観念的陶酔と表裏する或る飢渇、あるいはさもしさ」といった「批評家にもっとも大切な資格」が欠けていた。美への陶酔が直に、「この世に生きる」態度と結びついていたために、「文学とはあなたには何かもっと血肉化した、人生を快適にするものであり、この自適のなかから外にむかって発言する衝動は生まれなかった」というのだ。

そんな吉田を、自適の中から外に向かわせたのが、「食う必要」から執筆した随筆だったと、中村は続ける。

食う必要が、自分も食い、家族にも食わせ、彼等のために住む場所をさがす必要が、あなたを自己の枠からはみださせ、発言の衝動をあたえたのです。あなたが随筆を書いたのは、それが翻訳するよりずっと割がよかったからで、金がほしいという以外にあれを書く動機はなかったと思います。そしてこの動機の純粋性（?）あるいは非文学性があなたの随筆の独創性に通じたのですから、世の中は皮肉です。

生活に根ざした具体的な動機が、随筆執筆の根底にあったということだろう。そして、中村は、そうした経緯が吉田の自己表現を、「文学史上画期的」なある地点にまで到達させたと考えた。やや大げさな物言いに聞こえるが、中村は大真面目に「いままでの我国の作家にとって、自己表現の道は物わかりがよくなる以外になかった」と評し、物わかりがよい作家（私小説作家が、その一例である）が、物わかりのよい作品を書く当時の日本の風潮に手厳しい批判を加えている。

自分のしたことが他人の眼からはこうも見えようという先くぐりした知恵をはたらかすことが、自分を他人に通じさす唯一の道であったのです。この他人の眼が、時代の変化につれて、さまざまの要求で複雑になるにつれて、作家の物わかりのよさは、ますます鋭敏となり、いよいよ自虐的に先くぐりして、ついにその反省の過剰が、肝腎の主体の生命を殺して、それを剥製めいたものにしてしまうところまで来ています。

物わかりのよさが、「自分のしたことが他人の眼からはこうも見えようという先ぐりした知恵をはたらかすこと」ことならば、そうした精神的な営みは、これまで見てきた吉田の立ち位置とは相容れないものだ。では、なぜ吉田の随筆は、「文学史上画期的」なものだったのか。それは、吉田が「物わかりの悪い人間を、悪いままの形で表現する道を拓いた」からだと、中村は指摘する。

つまり、本来ならば自適の中から出てこないようなタイプの人間が、現実的な「食う必要」に駆られて「外」に引っ張り出されたことにより、他にない独創性を獲得できたというわけである。中村からすると、以前の吉田は「他人の眼」を内在化せず、言葉の美しさに安逸し、その中から出てこないような人間だった。その快適な場所から出ようと思った動機は、観念的な文学性とは無縁のものだった。

さらに、中村は物わかりのよい作家が書く「真実」より、物わかりの悪い吉田が書く「嘘」のほうが、ずっと実感に満ちているとする。この指摘は、吉田の随筆、もしくは小説の読者が感じる、ある種の独特な体験を言い当てている。

というのも、吉田の随筆や小説には、読者を現実に引き戻す作用があるからだ。現実の解像度を高めると言い換えることもできる。吉田の文体に息づく「呼吸」が我々に生きる喜びを与え、現実とはかくも豊穣なものだったのかと気付かせる。すでにそこにあったものが、そこにあるべきものに再認識される、といった感覚である。それは、生きる実感を掴むことにも似ている。吉田の文章に親しむことによって現実に対するピントが合い、しかもそれは拡大鏡で一ヶ所だけを覗き込むような行為では決してなく、人生や生活全体に沁み渡る広がりを見せる。吉田の呼吸に合わせることで、世界が細部まで世界そのものであるという感覚に達することができるのだ。真実であるか、嘘であるかは、そこではあまり問題にならない。

そして、繰り返すが、そうした文体が可能になったのは、吉田が「食う必要」に駆られて仕方なく筆をとったことで、物わかりの悪い人間が、物わかりの悪いまま自己表現をすることになったためだと、中村は指摘している。

ここで言う「食う必要」が、吉田にとって「具体的な食う必要」だったことは、あえて繰り返す必要はない。肉体的な欲求、生活上の必要、自己表現が地続きになった吉田の文学的態度（それはしばしば、「非文学的態度」に映ったのではないか）が、鋭敏な感性と旺盛な知識欲を持った周囲の文士たちと一線を画するものだったことは想像に難くない。人生を快適にする文学の、文学としての魅力に自適していた吉田が、半ば強制的に自適の外から出されることによって、物わかりの悪い、乞食王子、または三文紳士が誕生したのである。

もう一つ、吉田の自己表現について興味深い記述があるので、補足として紹介しておこう。長谷川は、『吉田健一』の中で、戦中の軍隊生活が与えた自己表現への影響について、こう考察している。

> だが、と私は思う。吉田健一は軍隊で〝娑婆〟を知る、という逆説を五感を持って体験した。どうともなれ、と開き直った途端、虚構の壁が崩れた。まざまざと人間の蠢めきが新鮮な眼に捉えられ、現実というものが放つ強烈な匂いを嗅ぐのもはじめてのことだった。（中略）このとき、吉田さんの心裡で、観念と現実世界が奇妙なバランスで溶け合い、生来の楽天家である一面と合致した。豪胆、という性質が備ったといえるかも知れない。と考えなくては、戦後になってユーモア随筆、そして小説が書き出されることになる心理的動因を理解することができない。

上流階級と言っても過言ではない家庭環境で育った吉田にとって、軍隊は〝娑婆〟を知る現実だったたのだろうか。長谷川の指摘がどこまで妥当かは判断しかねるが、少なくとも吉田にとって現実世界を知るという営みが、フィクションにしろ、そうでないにしろ、作品を執筆するにあたって重要な要素だったということがうかがえる。吉田にとっての「自己表現」は、自己の内なるものと、自己の外にあるものが溶け合った先にあった。それは、観念や精神的な楽しみといったものではなく、あくまで生活の手応えに根ざした実感だったのである。

## 四　嘘の最大含有量

最後に、後の論考につながる補助線をひとつ引いておきたいと思う。

吉田の初の随筆集は、すでに引用した『宰相御曹司貧窮す』だ。しかし、これには少しばかり説明が必要で、というのも吉田自身はこのタイトルで出版することをよしとしていなかったようである。とはいえ、出版社の意向は覆らず、かわりに『でたらめろん』と題した私家版を三十部刷ることで決着をみたという経緯があった。

さて、その『宰相御曹司貧窮す』の「後記」には、「随筆では何も言いたいことが言えないというのも、迷信であることが解った。随筆で啖呵を切る味を覚えて、やっと評論でも啖呵が切れるようになった」という記述がある。加えて吉田は、評論と随筆の違いについて、主に文学上の問題を扱うか、人生を扱うかの差しかなく、大した違いはないと記している。

これまで考察した、初期の随筆の執筆が吉田の文体に与えた影響が、評論にまで及んでいることが示唆された記述である。さらに、吉田は「嘘の最大含有量」という言葉を用いて、自身の作品について、以下のような解説を加えている。

評論が創造的であり得るならば、随筆で嘘を書くことも出来る。百パーセント嘘の随筆が小説になるかどうかは解らないが、いつかは書いて見たいものだと思っている。この集に収められたものの中で、嘘の最大含有量は八十パーセント弱である。併し他のものにも大概、少くとも五パーセントの嘘が混ぜてあるから、書いてあることを余り文字通りに受け取らないで戴きたい。本当のこと程つまらないものはないことは、読者もよく御存じの筈である。

実際に、『随筆　酒に呑まれた頭』(新潮社、一九五五年)の「国籍がない大使の話」や、『三文紳士』の「乞食時代」といったユーモア随筆を、百パーセント本当の話として受け取る読者はいないが、だからといって吉田の随筆が価値のない出鱈目なものであるわけではない。実感がこもっていれば、嘘も真実に引けをとるものではないし、ただ単に含有量の問題であって、そこに明確な区別はないからだ。そして、嘘の最大含有量が高まれば、おそらくそれは小説に近づいていくと思われる。評論同様、小説も初期の随筆と地続きで繋がっている。

さらに、『随筆　酒に呑まれた頭』の「後記」では、雑誌社から小説を依頼されて、それに応じて書いた作品も同随筆集に混じっていることが明かされている。吉田にとって作品の形態は「執着」する対象ではなかった。後に展開される枠にとらわれない文筆活動の兆しが、すでにこの頃から芽生えていたのである。

吉田の随筆を読み解く鍵はいくつもあるが、まずは吉田の「呼吸」に寄り添い、自分の実感として吉田の文章を味わうことをお勧めしたい。それこそが、吉田の愛した文学作品の楽しみ方であり、ならば吉田の作品もそう読むのが筋というものだ。

言葉を言葉として味わい、そのことによって現実を現実として受け取る感性が、言葉の作用として我々にもたらされる。そしてそれは、「各自の生活を美しくして、それに執着する」と同義でもあるということを、念のため付け加えておく。

★1　G・ロウェス・ディッキンソン。一八六二年生まれ。古典学者・政治学者。吉田健一がケンブリッジ時代に師事。吉田が文士修行のため留学を切り上げて日本に帰ることに対して、理解を示した。その後も二人の文通は長く続き、吉田の著作『交遊録』にも逸話が収録された。

★2　河上徹太郎による「序に代へて」は、一九九一年に刊行された講談社文芸文庫版の『三文紳士』には収録されておらず、一九七八年に集英社から刊行された『吉田健一著作集　第二巻』で読むことができる。

［参考文献］


高橋源一郎『一億三千万人のための小説教室』（岩波新書、二〇〇二）

吉田健一『吉田健一著作集　第十三巻』（集英社、一九七九）

吉田健一『わが人生処方』（中公文庫、二〇一七）

吉田健一『舌鼓ところどころ／私の食物誌』（中公文庫、二〇一七）

吉田健一『新編　酒に呑まれた頭』（ちくま文庫、一九九五）

吉田健一『吉田健一著作集　補巻二』（集英社、一九八一）

吉田健一『交遊録』（講談社文芸文庫、二〇一一）
河上徹太郎『河上徹太郎全集　第五巻』（勁草書房、一九七〇）
吉田健一『吉田健一著作集　第二巻』（集英社、一九七八）
長谷川郁夫『吉田健一』（新潮社、二〇一四）
角地幸男『ケンブリッジ帰りの文士　吉田健一』（新潮社、二〇一四）
吉田健一『乞食王子』（講談社文芸文庫、一九九五）
『吉田健一　生誕100年　最後の文士』（河出書房新社、二〇一二）
吉田健一『宰相御曹司貧窮す』（文藝春秋新社、一九五四）
吉田健一『随筆　酒に呑まれた頭』（新潮社、一九五五）

# 交遊する精神の軌跡

白石純太郎

## 一　余生の始まり

「一九九一年生まれ」の私は、吉田健一の幸福な読者だ。彼に関する知識を一切有しないまま、書かれた文章自体の魅力に最初から触れることができた。しかしその幸せは単に、私が知識不足だったためかも知れない。彼があの宰相・吉田茂の長男という名家の出身であることや、食通でグルメエッセイストとして有名であったこと、文体がとても読みにくいことで知られたことなど当時、高校生だった私の頭になかった。と同時に、ある世代間で共有されていた、彼に関する誤解に基づいた先入観も私にはなかった。吉田が好んで用いた表現を使うならば、「虚心で」彼の言葉を楽しむことができたわけである。

そうして題名に惹かれ偶然手にした『ヨオロッパの世紀末』（新潮社、一九七〇）が私の枕頭の書となった。強い感激を私に与えたこの批評書が、吉田自身が余生と定義した後期に相当する時期に書かれたものであることは意外な驚きだった。しかし彼の余生という言葉には、その語感が持つある種の否定的な意味合いはない。まずはその余生の時期がいつ始まり、どのような意味を帯びて言われたものだったのかを確認する必要がある。

吉田健一の余生への意識は『英国の文学』の改稿版（垂水書房、一九六三）を出版した前後あたりから始まったと言えるだろう。吉田は改稿版の「後記」において改稿の動機を、初版（雄鶏社、一九四九）の「文体がどうにも気に入らなくな」ったからと述べている。

書き直そうと思いながら、他の仕事に追われて、今日になって漸く全部を書き直すことが出来た。これが、『英国の文学』の定本である。この本が出来上がって、これから先、是非ともして置きたいと思う仕事はもう何も残っていない。（『英国の文学』雄鶏社、一九四九）

この文章は余生への意識というだけでなく、吉田が文学活動の初期から抱えていた問題への答えになっている。そもそも吉田は成長期の多くを海外で過ごしたことから「半分は外国語で出来上がった若者の頭脳」（長谷川郁夫『吉田健一』新潮社、二〇一四）を持って青年期、日本文学に接したという経緯がある。加えてケンブリッジ大学での留学経験で得た豊穣な英国文学の知識を、日本語に落とし込むことが彼の余生以前にあった「是非ともして置きたい」仕事であった。『英国の文学』の改稿作業はその総決算だった。

同時に吉田はこの改稿を経て、日本語で表現する際の文体を完全に習得したとも言える。改稿の動機に「文体がどうも気に入らなくなった」という彼は、この時点で自分の気に入る、つまり自分が書く際に必要とされる文体を体得できていたから改稿が可能となったのであろう。これ以降いわゆる吉田健一らしい文体と呼ばれるものが、著作に現れるようになるのもこの証左だ。

『英国の文学』の改稿を通して、日本語という言葉で表現するための準備が終わったとも解釈できる。吉田はこの時点ですでに自分の文学への思いを固めていた。それを明確に示したのが『文学の楽しみ』（河出書房新社、一九六六）である。長谷川郁夫は評伝『吉田健一』の中で、『文学の楽しみ』を吉田の「文学活動の前半と後半との分水嶺」と位置付けている。つまり吉田の余生への意識がさらに強まったということであろう。「文学というのは、要するに、本のことである」、「せかせかした人が書いた言葉など楽しめるものではない」（「読める本」、『文学の楽しみ』）と文学＝言葉の楽しみに重きを置く彼は明らかに、初期にあった英国体験の消化、及び日本語での表現という宿題を仕上げ、言葉との交遊を楽しんでいる。この本には頭をもたげる問題に回答を済ませ、言葉と「虚心に」楽しもうとする吉田の姿勢が表れているのだ。

そして彼は『余生の文学』（季刊『藝術』第六号、一九六八）という随筆を発表し余生に入る。

> 何かの束縛を解かれたのが余生であって、そうでない余暇はまだ余暇とは言えない。それは急いでその間に遊ばなければならないというようなものではない筈である。余生があってそこに文学の境地が開け、人間にいつから文学の仕事が出来るかはその余生がいつから始まるかに掛かっている。
> （『余生の文学』）

余生（＝余暇）と文学の関わりを定義した彼の言葉が、何よりも自身に課せられた問題を解決し遂げたことを感じさせる。それゆえに余生という言葉は文学の仕事を再び始めるという力強い、再スタート宣言として読むものを打つ。

吉田自身が文学を楽しみながら読むことで、彼の作品を読むものにも同じ楽しみを伝えること。まずもって楽しさを優先した吉田の見方こそ、一九六八年以降の余生＝後期を特色づけるものだ。初期にもあった、遊楽へのこだわりの延長でもあるその考えを軸に、彼は余生にあって怒涛の勢いで執筆活動を進めた。一つの文学観を手にした文士の筆にもはや迷いのあるはずがない。ここからは後期の随筆の代表作である『書架記』（中央公論社、一九七三）と『交遊録』（新潮社、一九七四）を中心に、楽しみという言葉を鍵として見ていきたい。

## 二　『書架記』――読むことの楽しみ

『書架記』は文学を楽しむという行為を吉田が噛み締めていた、という実感を瑞々しく伝えている。この本で取り上げられている洋書はもう彼の書架にはなく、そのうち何冊かは東京大空襲で焼けてしまっていた。長谷川はこの随筆集を「なんらかの理由で手許から失われた洋書への追悼文、あるいは墓名碑のような愛書の記録」（『吉田健一』）と位置付けている。

印象的な体験を私達は証拠としての物体が無くとも、いつまでも覚えている。吉田にとって読書体験は、そういったレヴェルで経験として彼の裡に蓄積された。『書架記』はそこから編まれたのだ。本書で取り上げられるイーヴリン・ウォーの『ブライヅヘッドふたたび』（本稿では『ブライヅヘッド再訪』）に関して横須賀線に乗りながら読んだ時のことを「横須賀線の電車の動揺とともにまだ記憶に残っている」と語っている点からも、体験の美しさは伝わって来るはずだ。

吉田が取り上げたのは、ラフォルグの短篇集、ヴァリエテ（ポール・ヴァレリー（★1））、プルーストの小説、ダン（ジョン・ダン）詩集、悪の華、ワイルドの批評、エリオット・ポール（★2）の探偵小説、マルドリュス訳の千夜一夜、ホプキンス（G・M・ホプキンス）詩集、パルムの僧院、イェイツ詩集、ブライヅヘッド再訪、テスト氏（ヴァレリー）、ディラン・トマス詩集の一四冊となっている。

『千夜一夜物語』やイェイツの詩、ひいてはヴァレリー（彼は二回取り上げられている）が一緒に並んでいる点に違和感を覚える読者もいるのではないだろうか。それは、彼の文学観を振り返ることで納得できるだろう。『文学の楽しみ』に戻ろう。

> 言葉はその意味でいつも普遍に繋がり、言葉が集ってなす一つの世界を通して我々に世界を見せてくれる。又それ故にそこで描かれる現実はこの安定に支えられて一層、親密に我々に迫り、そこで取り上げられた事柄はその隅々まで我々の眼が届く思いをさせるのであるならば、言葉を楽しむのは詩も散文も同じであって、或る一つのものが何の目的で書かれたものであっても、何れも読書の対象になり、文学の世界がそこに出来る（「詩と散文」、『文学の楽しみ』、傍点引用者）。

狭隘なジャンル観や国籍などに縛られず、言葉で書かれたものを楽しむ吉田健一の徹底したスタンスを再び見出すことができる。「文学から得られる楽しみはただそれだけで充分」(「何の役に立つのか」、『文学の楽しみ』)だということ。『書架記』で取り上げた一四冊は吉田が楽しみ、交遊できた本だった。

＊

また『書架記』で挙げられた作品群に通底する視点がもう一つある。ヴァレリーが二回取り上げられている点に着目してみよう。吉田にとってヴァレリーとの出会いは「生涯を通じての決定的なもの」(「私の読書遍歴」、『わが人生処方』中公文庫、二〇一七)だった。

ヴァレリーは観念よりも言葉自体を優先する詩人だ。言葉が表現できる可能性の探求こそ彼の全活動に通底しているものだった。私達にとって自明とされる言葉を限界まで再検討し、その言葉を自分のものとするのがヴァレリーの試みだった。吉田は徹底的にヴァレリーを読み、翻訳することで、ヴァレリーにとってのフランス語と同じく、日本語での表現を自分のものにしていったのではないだろうか。言い換えれば吉田は、ヴァレリーから言葉＝文学と向き合う「生き方」を学んでいった。

吉田にとってヴァレリーは、言葉によって文字通り、生き、考え、生活したと映った。それは吉田の「考えるということが生きることの一つの形式、或は生きることが呈する一つの面であること」(「ヴァリエテ」、『書架記』)というヴァレリーの解釈からも読み取れる。知性と感性を分けず実感を優先し、言葉を具体的なものとして捉えようとしたヴァレリーの生活。吉田はヴァレリーの「まねび」としてその生活を実行した。

しかし注意したいのはそもそも、人間は言葉を使って生活しているという点だ。私達は言葉を使って考え、感情や思いを表し生活している。それはヴァレリーでなくとも吉田に言わせれば「究極のところでは誰もがしている」（「テスト氏」、『書架記』）ことだ。

生きることと考え認識すること、精神を働かせ文章を書き、それを読むということは、言葉を使うという意味で全く同じレヴェルにあり等号で結ばれる。極めて現実的なこの考えこそ、言葉から伝わる精神の働きの実感を描くという『書架記』に通底するもう一つの吉田の視点なのだ。

『書架記』で扱われた一四冊は、言葉でできた現実に存在する「人間の世界」を描く（★3）という紐帯で結ばれている。例えばヴァレリーと同じく大きな影響を吉田に与えたラフォルグの短篇は「完全に人間の世界」（「ラフォルグの短篇集」）を言葉で描いており、プルーストの小説は「時間が取る幾多の現実の形」（「プルウストの小説」）を示す。言葉が現実味を帯びていれば、その働きは普遍的なものになり、楽しみを志向する精神の働く「正常な認識の土台」（「パルマの僧院」—引用者注：現代の日本では『パルムの僧院』と記されることが多い）があれば、時代や虚構という枠を超えその世界に現実味を持って没入できる。吉田が『千夜一夜物語』、スタンダールの『パルムの僧院』やエリオット・ポールの探偵小説に見出す魅力の中心はそこにある。またジョン・ダン（＝ドヌ）の詩は、言葉が「我々に働き掛けてそれを根拠に世界を見直させる」（「ドヌ詩集」）ため新鮮な世界を見せる。

「何かが我々を気付かせればそのことで我々の眼に映る世界は変わってそれに気付かせてくれたものを我々は新しいと感じる」と彼はダンの詩と同じ意味で、ボードレールの「味わい」を語っている。そして「我々が詩によって喜びを覚えるのが生きる喜びであって我々が生きていればそこに我々の生活がある」という生活の「味」（「悪の華」）を感じさせるに至る。

「食うのが人生最大の楽しみだということになれば、日に少くとも三度は人生最大の楽みが味える訳である」（「満腹感」、『三文紳士』講談社文芸文庫、一九九一）と語っていた吉田にとって「何か食べるのと本を読むのはそう異質のものではなく」（「読める本」『文学の楽しみ』）存在する。本を読むことは言葉を「食べ」噛みしめるように「味わい」楽しむことであり、それは言葉の世界に「遊ぶこと」＝交遊することなのだ。食べることは生きることの原点なのだから、それを楽しむことは生きることを楽しむことに他ならない。『書架記』にはそうした人間の生の楽しみ・喜びを、言葉を通じて得た吉田の実感がこもっている。

## 三　『交遊録』――生の楽しみで貫かれた自伝的エッセイ

言葉を通じて「人間の世界」を、文字通り肌身に感じ「遊んだ」吉田は、実際に人間達とはどのように言葉を介した、すなわち精神の遊び＝交遊をしたのだろうか。言葉が「人間の世界」を浮かび上がらせるならば、逆に言葉によって浮かび上がる人間というものはどのようなものだったのか。それを記したのが『交遊録』である。この本では、言葉を使って生きている様々な人間の生活との交遊をもとに、彼がどのように自身の「言葉＝人間＝生活」という考えを醸成していったかが語られている。

取り上げられたのは牧野伸顕、G・ルイス（文中ではロウェスと表記）・ディッキンソン、F・L・ルカス、河上徹太郎、中村光夫、横光利一、福原麟太郎、石川淳、ドナルド・キーン、木暮保五郎（★4）、若い人達、吉田茂。大きな影響を受けた人々を出会った順に――一人の例外を除き――並べたものだ。『交遊録』は吉田の自伝的な随筆なのである。ここでは吉田健一の生涯を四つの段階に分けて『交遊録』の解説を試みたい。

第一段階は幼少期からケンブリッジ大学留学期だ。まず初めに描かれるのは吉田の母方の祖父、牧野伸顕である。大久保利通の次男で一九一九年、第一次世界大戦の戦後処理をめぐり行われたパリ講和条約の全権団を実質率いたこの祖父の下で、吉田は六歳まで育てられた。吉田の長女・暁子は健一が生後四ヶ月の時、外交官だった彼の父、吉田茂が満州の安南県に赴任となったため祖父に預けたのではないかと推測している。

いずれにせよアメリカ、ロンドン、ローマ、ウィーンと海外での生活を多く経験していた牧野は「非常に強いもの、従って極めて柔軟なものを持って」（「牧野伸顕」、『交遊録』）いたと吉田は評する。牧野の柔軟さとは、世界のどこへ行っても生活を楽しむという強さだ、と吉田は解した。洋行帰りという言葉が明治時代にしきりに言われ、それを鼻にかけたり、無理をして慣れない海外での生活に耐えるということは牧野とは無縁だった。吉田は牧野の精神に「際限なく変化に対応する働き」を見て、それは「どこへ行っても人間の精神は人間のものである」と思わせる、しなやかなものだったと語る（「同」）。吉田の目に映った牧野の柔軟さは吉田の、人生を楽しむという変わることない立場に大きな影響を与えたのだろう。それゆえに自伝的な『交遊録』でも楽しむことが通奏低音となっている。
次に吉田が取り上げたのは彼が十八歳の時、一九三〇年に留学したケンブリッジ大学・キングス・コレッジ（＝カレッジ）で出会った二人の先生であった。ケンブリッジ大学は居住することに重点を置いた各カレッジの集合体であり、「勉強のこと一切に就いて直接に交渉があるのは大学ではなくその学生が属するコレッジ」（「G・ロウェス・ディッキンソン」、『交遊録』）だった。ディッキンソンは、フェローと呼ばれるキングス・カレッジの幹部構成員の一人である。吉田は「温かな心情の持ち主である」彼との親交を通じて「非常に風通しの良」く、精神が自由に働くあり方こそヨーロッパの育んできた「文明」だと実感した。

他人のことを考慮に入れるということを超えて緻密に自分を他人の立場に置くことであり、又自分自身の領域では観念の働きを絶えず自分の周囲に見ているのであるから観念と事実の違いが全く名目上のものに過ぎなくなる。（「同」、『交遊録』）

そういったヨーロッパの育んだ「頭と体が乖離していない」文明の健全さ、健康さを彼はもう一人のカレッジ幹部、ルカスからも学ぶ。ルカスは「文学を恐ろしく真面目にであるよりは鹿爪らしく扱」（「F・G・ルカス」）うことに徹することで当時、隆盛を極めていたエリオット一派と正反対の立場にいた。ルカスから文学の薫陶を受けた吉田は彼に「人間の精神の病的であることを斥けた働き」（「同」）

を感じていた。「文学なるものに少しでも意味があるならばそれは本を読む楽みから出発して常にこれに即し、そこに結局は戻って行く」（「同」）というルカスから学んだ文学観は、吉田文学の基軸となる。

第二段階は日本語で文章を書くための師匠を探すということに費やされる。それは英国から帰国し、吉田自身が「何もまだ仕事らしいものをしていない」（「中村光夫」）と回述するいわば修行時代である。修行をする中で出会い、生涯にわたり「師」とも呼べる交遊を結ぶに至った相手が批評家・河上徹太郎だ。吉田は河上に師事した理由を、河上の著作『自然と純粋』（芝書房、一九三二）を読んで「河上さんの教養は円満なものでそれが生活に裏打ちされているのであるよりも生活に浸透してこれと一つになっていたから」（「河上徹太郎」）と回想する。生活から浮き足立った批評を行わない日本の文士を吉田は発見したのだ。教養と生活が一体となった豊かで健康的なあり方を、吉田はすでにケンブリッジで体験していた。生活が言葉となり、書物からそれが実感として湧き上がってくるのを感じられたこと。ケンブリッジでの経験との親和性に基づいて、河上は吉田に大きな影響を与える存在となったのである。

精神的な豊かさは言葉を通じて得られる。そのような言葉は抽象的なものではあり得ない。言葉が実感として感じられる段階までそれを鍛えること。河上の文章に見出した手触りと同じものを中村光夫にも吉田は感じた。この吉田と一歳違いの文芸評論家はすでに『文學界』や改造社の『文藝』などで「仕事」を為していた。

思い返したいのは、フランス語自体を反省し自己のものとしようとしたヴァレリーの仕事だ。中村は一九三七年七月フランス政府の給費留学生に選ばれ渡仏し、ヴァレリーの講演を実際に聞いている。彼はその経験を翌年の帰国後、『戦争まで』（実業之日本社、一九四三）（★5）にまとめた。吉田は親近感を持って『東西文学論』（新潮社、一九五五）で、中村のヴァレリー体験を引用している。

> 回数を重ねてきいているとヴァレリーという人の考えや生き方の構造がだんだん解ってくるようで、やはり面白く聞いています。（中略）結局明らかに触れられるものはヴァレリーの生きた構造だけで（中略）あの人の考え方を生きたまま裸の形で見せてくれることは確かです。（「中村光夫のフランス留学」、『東西文学論』、傍点引用者）

吉田はヴァレリー観を中村と共有していたのである。ヴァレリーを通じて「生きた」文学という価値観の共通項を見出した精神の交遊が、手に取るように美しく伝わってくる。

> 正確にものを見る努力をしている人間に嘘の余地がないのと同じであって精神がただ精神として働く他ない程掴まえ難いことに精神が取り組んでいる時にそれがひねくれたりするのは仕事の邪魔にしかならない。そのことを示してここでヴァレリーを引き合いに出すのは少しも唐突ではなくてヴァレリーもそうした仕事と取り組んだ。（「横光利一」、『交遊録』）

――吉田がこう語る横光利一との交遊も、ヴァレリーが鍵となっている。一九三六年にヨーロッパを周り帰国した横光の仕事は、吉田にとってヴァレリーが為した仕事の意味と同じものだった。身をもって体感したヨーロッパの現実を言葉へ落とし込むという作業。

すでにロンドンやパリの現実を知っていた吉田にとって、ヨーロッパと直に向き合った『旅愁』を書いた横光利一という偉大な先人は、自身の文学における大きな参照点となった。

第三段階は戦後、吉田がものを書く上での参照点を見つけた後、実際に書くということに主眼が置かれた時期である。書くことは頭の中にある自分の考えを、整理し確認する仕事である。よって言葉を書くという意味で小説・批評・随筆に相違はない。

読んでもはっきり意味の取れないことが今日までに多数の批評家によって書かれて来て、そうした人間が今日でも、批評家と称するものの大多数を占めている。それが人間の生活に、或は仕事に、どれだけの寄与をなしたかは、考えて見るまでもない。（「評論の文章構成」、島内裕子編『おたのしみ弁当　吉田健一未収録エッセイ』講談社文芸文庫、二〇一四）

このように皮肉を込めて語る彼にとって、『交遊録』に並ぶ英文学者である福原麟太郎が書いた随筆や、小説家である石川淳の書いた紀行文は、精神が働く人間という「場」に根付いた文章だった。それを書いた人間が学者なのか小説家なのかなど、実感を伝える言葉によって編まれた文章の前では、意味をなさない。だから、吉田が『交遊録』に挙げたアメリカ生まれの日本文学者、ドナルド・キーンの文章からも、実感が伝わるから素晴らしいということになる。今以て有効なこの観点から吉田は文章を書いた。このような文学観を持っていた吉田健一がエッセイストか、批評家か、それとも小説家なのかわからないという向きがあるが、その視点こそ狭隘なのだ。

『交遊録』最後にあたる第四段階の主題は、仕事ということに尽きる。それは、文章を書くという仕事へ真剣に向き合った吉田が、違う分野においても真剣に仕事をする人間とも「友人」として接した記録である。仕事が端正であれば、人間も完成される。吉田の終生愛した酒と真剣に向き合った木暮保五郎との親交を「これが人間というものの名に掛けて人間であることが紛れもないことに掛かっていた」(「木暮保五郎」)と振り返り、また「若い人たち」で取り上げられた多くの編集者や後輩文士たちをその仕事への打ち込み方において評価し親しんだ、ということからも吉田の健全な人となりが垣間見える。

しかし、その厳しい仕事観は自身にも当然要求される。だから仕事を為し得ていないと感じるまで、自身の父である吉田茂とは親しくなれなかった。茂と「漸く」親しくなったのは彼の引退後であり「こっちも自分の仕事に見切りをつけることを知った」(「吉田茂」)後だった。つまり余生の意識が健一に芽生えてから、ということだろう。『交遊録』の最後に自身の父が来るのは、何より吉田健一が、自分の仕事に充溢さを感じていたからに他ならない。ここに祖父に始まり父に終わる『交遊録』の円環が完成される。彼にとって友達とは「生きる喜びを教えてくれる」(「牧野伸顕」)ものだった。そのような友達には血縁者も含まれて当然なのだ。健康な精神で貫かれた「人間の世界」と交遊した記録は吉田健一という人間の実感をも、まろやかに伝えている。

## 四 『文明に就て』・『思い出すままに』―歴史との交遊

『書架記』と『交遊録』は、言葉から人間の実感を感じ楽しむという主題で貫かれていた。吉田にとって言葉は楽しみへの手段として至上なものだったため、それが乱用されることは許せなかった。彼の余生にあたる時期は学生運動や高度経済成長の時代で、かつ進歩的文化人と呼ばれる人間によって作られた新語・造語の嵐が吹き荒れた時期でもある。彼は怜悧に時代から距離を取った。『文明に就て』（新潮社、一九七三）は、そのような時代に対する厳しい批判的エッセイである。

吉田は「文化」と「文明」を峻別する。前者がその当時蔓延していた、あってもなくても良いものであり、後者こそ人間が「人間であることの観念を確立し、人間らしく振舞うことに価値を見出した」（「文明と文化」、『文明に就て』）状態であると定義した。それはケンブリッジで体感した文明観であり、それは未だ日本に現れていないと吉田は見る。はたして現代の日本において「文明」は実現されただろうか。

同時に言葉は、それ自体に歴史を持っている。言葉と交遊することは、古今東西の歴史と交遊することに他ならない。『昔話』（青土社、一九七六）や吉田の生前最後に発表された『思い出すままに』（集英社、一九七七）では、吉田の生涯意識した楽しみが反復され成熟し、悦楽と呼べるほど豊かなものになっている。生きている自分の後ろには膨大な人の生からなる過去があり、それと交わることで「我々に解っていることの範囲の外にある拡がりの予感」（「本を読むというのは……」、『思い出すままに』）を感じることができる。だから現代に吉田の文章を読み返すことは、意義あることなのだ。若い幸福な読者は、吉田の文章から彼の文明観や過去を見やる姿勢を実感し、楽しむことの大切さを強く感じるのである。

★1　一九二四年にフランスのガリマール社から出されたヴァレリーの評論集『ヴァリエテⅠ』のこと。『ヴァリエテ』はその後、二九年、三六年、三八年、四四年と第五巻まで出版された。
★2　「一八九一年生まれ、第一次世界大戦に従軍してフランスに渡り、戦後、アメリカの新聞社のパリ特派員になってパリに住み、パリを舞台にする探偵小説を書き継いだアメリカ人の小説家」（長谷川郁夫『吉田健一』による）
★3　ここで注意しておきたいのは「人間の世界」という語の中に日本における私小説的な意味が皆無なことだ。吉田が醜悪な実生活をそのまま記した日本文学における党派的自然主義をいかに嫌悪したかは渡邊利道の「孤独な場所で—吉田健一と日本文学」に詳しい。
★4　神戸は灘の清酒・菊正宗酒造本社に勤めた人物。
★5　中村光夫が留学体験を著したもの。

［参考文献］
吉田健一『書架記』（中公文庫、二〇一一）

吉田健一『文学の楽しみ』（講談社文芸文庫、二〇一〇）
吉田健一『わが人生処方』（中公文庫、二〇一七）
吉田健一、島内裕子編『ロンドンの味　吉田健一未収録エッセイ』（講談社文芸文庫、二〇〇七）
吉田健一『三文紳士』（講談社文芸文庫、一九九一）
吉田健一『交遊録』（講談社文芸文庫、二〇一一）
吉田健一『東西文学論・日本の現代文学』（講談社文芸文庫、一九九五）
吉田健一、島内裕子編『お楽しみ弁当　吉田健一未収録エッセイ』（講談社文芸文庫、二〇一四）
吉田健一『文明に就て』（新潮社、一九七三年）
吉田健一『思い出すままに』（講談社文芸文庫、一九九三）
吉田暁子『父　吉田健一』（河出書房新社、二〇一三）
長谷川郁夫『吉田健一』（新潮社、二〇一四）

# Ⅲ

# エッセイ1

# 「或る田舎町の魅力」に導かれて——吉田健一が愛した児玉という町

宮崎智之

旅の魅力は様々あるが、あくせくした挙句、結局は「やっぱり家が一番」となるのが常である。非日常的な空間では、非日常的な行いが求められ、肩肘張った非日常を楽しむことが強いられる。そのうち旅そのものを楽しむ気力も体力も失われて、満身創痍で日常に戻るはめになる。

批評家の吉田健一は、旅を愛した人生の達人だった。旅を題材にした随筆を数多く残しているが、その中でも「或る田舎町の魅力」はひときわ印象深い。同作の初出は一九五四年八月号の雑誌『旅』であるから、今から六十年以上も前の作品ということになる。しかし、その後も『随筆 酒に呑まれた頭』(「新編」にも再録)、『日本に就て』(筑摩書房、一九七四)などに繰り返し収録され、初期随筆の名品として今日に至るまで読者を魅了し続けてきた。

吉田は、「或る田舎町の魅力」の冒頭で、旅についてこんなことを語っている。

何の用事もなしに旅に出るのが本当の旅だと前にも書いたことがあるが、せっかく、用事がない旅に出掛けても、結局はひどく忙しい思いをさせて何にもならなくするのが名所旧跡である。(中略)勿論、名所旧跡がある場所でも、見物しに行かなければいい訳であるが、そういうものがある場所の人間は習慣から、観光客を逃すまいとしてきょろきょろしている癖があり、それがその町の空気を変なものにして、何もしないで宿屋で寝ていてもどうにも、落ち着かなくなっていけない。

誰もが思い当たる節があるのではないか。目的が何かにもよるが、旅によって息抜きができるなんてことは、実はほとんどない。引用部でも指摘されているように、特に名所旧跡の類がある場所は、非日常を味わおうとするさもしい根性を抱えた観光客と、そんな観光客を逃すまいと息巻く地元民によって、時間や空間が窮屈なものに歪められてしまう。旅を楽しむのは、意外と難しいことなのだ。

そんななか、吉田が「発見」したのが埼玉県にある児玉という田舎町だった。児玉は、現在、合併して本庄市の一部となっているが、「児玉町」の地名は今も残っている。

それで、何もない町を前から探していた、と言うよりも、もしそんな場所があったらばと思っていて見つかったのが、八高線の児玉だった（高崎線の本庄からもバスで約二十五分で行ける）。幾ら何もないのが条件でも、それには更に条件が付いているのは説明するまでもないことで、例えば、著者が今これを書いている新宿区払方町の三十四番地も何もない所だが、余り何もなくて、こんな所に旅までして行く気は少しも起らない。やはり、何もない上に、何かそこまで旅に誘ってくれるものがなければならないので、昔は秩父街道筋の宿場で栄えた児玉の、どこか豊かで落ち着いている上に、別にこれと言った名所旧跡がない為の、のんびりした居心地にそれがある。

私は友人の文芸評論家、川本直らによって発足した「吉田健一友の会」という同好会に参加している。二〇一七年四月一日、吉田の戸籍上の生誕日であるこの日に、私は川本と編集者の竹田純とともに児玉を訪問した。一泊二日の旅である。いわゆる「聖地巡礼」というよりも、吉田が味わった児玉の「何もない」を体験することが目的だ。聖地を巡礼してしまえば、それこそ吉田が否定した旅の忙しさに陥りかねない。取材旅行も兼ねていたため、最低限の情報は押さえつつも、なるべく計画など立てず、気の向くままに任せることにした。

とはいっても、本稿を読む読者に不案内にならないように、「或る田舎町の魅力」の背景にある情報を簡単に整理しておこう。

まず、吉田が児玉を知った経緯としては、「或る田舎町の魅力」にもあるとおり、伊藤整の講演の相伴として訪れたことがきっかけだった。ところが、伊藤が当日参加できなくなったため、吉田が一人で持ち時間を使ったという。もともとは、わいせつ物頒布罪と表現の自由について争われた「チャタレイ裁判」が縁となった講演依頼だったそうだ。その講演旅行の際に児玉に魅了された吉田が後に再訪し、「或る田舎町の魅力」を執筆したというわけである。

「或る田舎町の魅力」には、吉田が一人で再訪したかのように書かれているが、事実は少々違っている。島内裕子の論考『紀行文学における事実と真実　吉田健一「或る田舎町の魅力」をめぐって』(『放送大学研究年報』第十七号)によると、吉田の児玉再訪は、中村光夫の渡仏を祝う送別会を兼ねた旅であり、吉田、中村、三島由紀夫、神西清の四人によるものだった。四人とも評論家や作家などが参加した「鉢の木会」のメンバーである。また、宿泊した「田島旅館」は、正確には「田島屋旅館」という名だ。この旅館には、今も泊まることができる。こうした事実は、島内の論考に書かれているとおりである。

さて、私達の児玉訪問は東京の神田小川町から始まった。というのも、八王子から八高線で児玉に向かう道中で毛抜き鮨に舌鼓を打ったという記述が、「或る田舎町の魅力」にあるからだ。二十三区内に住む私と竹田が昼前に「笹巻けぬきすし総本店」（★1）に向かい、三十個入りの折り詰めを購入した。同店は元禄十五（一七〇二）年に創業した老舗中の老舗である。笹巻毛抜き鮨はその名のとおり笹で巻いた鮨で、たい、おぼろ、卵、光り物、白身魚などがネタとして用いられる「江戸名物」だ。

酢の匂いを漂わせた毛抜き鮨を抱えながら御茶ノ水から中央線を下った私と竹田は、八王子で川本と合流した。グルマンとして知られた吉田が絶賛した鮨と聞き、わざわざ朝食を抜いてきた私だったが、八王子からの八高線は思いのほか乗客が多く、車内で食べることができない。

しかし、高麗川駅から高崎行に乗り換えると、乗客が一気に減って、旅の風情が増してきた。ちょうどよく、四人掛けのボックスシートを陣取ることができたため、今が時だとばかりに毛抜き鮨の箱を開け、笹をはがして口に運ぶと、これがとにかく美味い。なんとも上品な味である。「さすが吉田健一だよね」などと言いながら、医者に止められて酒を飲めない私以外の二人は、日本酒をあおりながら毛抜き鮨を頬張り始めた。特に川本はよほど気に入ったと見えて、酒も鮨も進む進む。高麗川から児玉までの約一時間の道中が終わるのを待たずに、三十個の鮨を三人で平らげてしまった。

十五時過ぎに児玉駅に到着した私達は、真っ直ぐ宿泊先の田島屋旅館に向かった。初日の目的は、この田島屋旅館以外になかったため、川本と竹田がどんなに酔っ払おうと気楽なものである。児玉には高い建物が少なく、空が広い。駅から歩いて十分ほどのところにある田島屋旅館は昔ながらの風情のある木造建築で、裏には古い蔵が聳え立っている。吉田が宿泊した頃から、大きな改築はしていないそうだ。いかにも人が良さそうな女将さんが案内してくれたのは、吉田ら「鉢の木会」のメンバーが泊まった三階の部屋だった。これが驚くほどの広さで、四人で泊まってもおそらく持てあましたろうことが想像される。

宿に荷物を置いた私達は、ひとまず付近を探索してみることにした。しかし、吉田が書いているとおり、これといった目ぼしいものはなにもない。ただ、建物の一つひとつが古く、商店の看板にも「創業〇〇年」といった記述が目立つ。興味深かったのは、宿の横にある理容室が、「旭軒」という中華料理屋のような名前だったことである。もしかしたら途中で業態を変え、屋号だけをそのまま使っているのかも知れない。吉田が宿泊した時には、隣で香ばしいに匂いを漂わせていたのだろうか。これにも歴史が感じられる。

小一時間の散策を終えて宿に戻った私達は、お風呂に浸かったあと、夕食をいただいた。トンカツとホタルイカをメインにしたボリューム満点のメニューで、すでに毛抜き鮨で一杯になっていた胃袋を、これでもかというくらい満たしてくれる。ちなみに、翌日の朝食も焼き魚などが出て、豪勢なものだった。本当にこれで一泊六千円なのかと、予約をした川本を疑いもしたが、本当に六千円ぽっきりだったのだから驚きである。

夕食を美味しくいただいたあとは、吉田にならって児玉の地酒を飲むつもりだったが、川本、竹田ともに電車内で酒を飲み過ぎたため、もう一滴飲めないありさまだ。といっても、周辺にはなにもないことがわかっているので、こたつに入りながら無為に過ごすしかない。こんなこともあろうかと読みかけの本を持ってきたものの、それすら馬鹿らしくなるくらい時間がゆっくり流れている。おそらく、自分の家にいてはこうはなるまい。いくらリラックスしようとしても貧乏症がたたって、何もしないことを「する」ことは難しいだろう。児玉の時間に身を任せながら、何もしないことを「している」うちに、行為自体の意味も失われ、ただただ状態自体を楽しめるようになってきたように感じた。

とはいっても、ただ無為に過ごしたばかりではない。女将さんに頼んで「鉢の木会」のメンバーたちが記念に書いた寄せ書きを見せてもらったのだ。これは、島内の論考によってその存在を知っていた私達がねだって見せてもらったもので、吉田が記した「喜雀入堂」(★2)という文字を感慨深く眺めた。また、これも島内が書いていたことだが、四人が訪れた時、まだ四歳だった女将さんは三島に抱っこしてもらったという。女将さんに確認したところ、島内が記したとおりの証言を得ることができた。

さらに、新たな証言を聞くこともできた。四人は機嫌よく大層な量の酒を飲み、途中で酒代にも困るほど金欠に陥ったらしい。近くにあった郵便局で金を引き出そうとしたものの、身分を証明するものを持っていなかったため、当時の女将さん(現在の女将の母)を証人として連れて行ったという。なんとも昔の文士らしいエピソードだ。

また、女将さんによると、吉田が児玉を訪れたのは講演旅行、中村の送別会の二回だけではなく、その後も幾度か足を運んでいたという。しかし、昭和の大宰相・吉田茂の長男でもあった吉田健一に対して、特別な「お構い」をすることもなかったという。吉田にとっては、むしろ願ったり叶ったりだったのだろう。

翌日、女将さんと話した以外は無為に過ごした田島屋旅館をチェックアウトした私達は、ついに観光なるものを「する」ことにした。「或る田舎町の魅力」では、金鑽《かなさな》神社と盲目の国学者・塙《はなわ》保己一《ほきいち》の生家が紹介されている。保己一の生家には三島が訪れ、例の寄せ書きでも言及しているが、保己一のことを私達三人ともあまりよく知らなかったため、なんとなくの選択で金鑽神社に行ってみることにした。

しかし、この選択が間違っていた。今回の旅行で初めて見るべきものがある場所を訪れたのにもかかわらず、前日、川本が酔っ払って段差を踏み外し、足をくじいていたために、ろくに観光することができなことがわかったからだ。なぜ怪我人を連れて、「山が本殿になっている形式の、日本に三つしか残っていない神社の一つ」（「或る田舎町の魅力」）に行こうと思ったのか。なぜ現地に着く前に気がつかなかったのか。せっかくタクシーに乗ってまで来たのに八方ふさがりである。もうどうすることもできない。

ところが、仕方なく入り口周辺を散策していたところ、私達はあることに気がついた。見るものすべてが珍しく、新鮮なもののように思えてきたのである。近くの民家にいた犬にまで感動する始末だ。しかもどこにでもいる、少し汚れた飼い犬である。死を宣告された人間は、普段は素通りしていた道端に咲く花の美しさにも心を打たれるというが、まるで同じような感覚を得たかのようだった。前日からあまりにもなにもしなさ過ぎて、感動の沸点が低くなっていたのだろうか。それにしても、竹田が「見ろよ、池で鯉が泳いでいるぜ」と言いだしたのには、さすがに閉口した。観光地にある大抵の池には鯉が泳いでいるものである。

さらに、行きのタクシーの道すがら、児玉に着いてからはついぞ見ることがなかったコンビニを発見したのだが、川本が次の目的地としてそこに寄ることを頑なに主張し始めたのも奇妙な出来事だった。いったいファミリーマートに何があるというのか。東京に帰ればいつでも好きなだけ行くことができる場所に、ぜひとも寄ってみたいというのだから変わった人である。ちなみに川本が購入したのは、豆乳スムージーとダイエット用のグミだった。前の日にあれだけ酒を飲んでいた人が今さら健康に気を使うのが不思議でならないものの、やはり「何もない」のせいで感動の沸点が下がっていたのだろうか、ありがたそうに食していた。

川本肝いりのコンビニを探訪した後は、吉田が講演した児玉高校に行ってみたのだが、こちらも外観を撮影だけして退散。それでも、「立派な建物だ」「部活動、頑張っているね」などと感心しきりだったのだから、やはり私達はどうかしていた。東京に帰ってから写真を確認してみたが、控えめに言ってごく一般的な、日本全国どこにでもある立派な建物だった。これに感動できるなんて、まるで箸が転んでもおかしい年頃に戻ったかのようである。

今となっては上手く説明できないものの、おそらく何にも煩うことなく、「何もない」を満喫できたからこそ、そうした境地に達することができたのだと思う。押し付けがましく特別な「お構い」をしてこないのが、児玉の魅力なのだ。そこにあるのは、非日常などではない。日常の解像度を高めた、日常の延長線上にある「生きる喜び」がそこにはあった。これまでの旅では得たことがない、気持ちのいい体験をすることができた。

ほかにも児玉の魅力はいくつもあるが、東京に住む者にとっては、新宿から二時間四十分ほど（八王子経由）で着くことができる、その距離がまずもってありがたい。これはなんとも絶妙な距離で、仮に飛行機に乗らないと児玉に着くことができなければ、わざわざ足を運ぶ人も少ないだろうと感じる。一方、これ以上近かったら、旅の趣もなくなってしまうだろう。下手をすれば、「もう十分楽しんだから、終電で帰ろう」と日帰り旅行を選択することにもなりかねない。

帰り際にふと寄った施設で「文化財ガイドマップ」なるものを手に入れた。それによると、吉田や私達が思っていた以上に、児玉には見るべきものがあるようだ。しかし、何もしない時間に身を任せ、小さなことに感動する旅の喜びを知った私達は、次に訪問する際も懲りずに気の向くままの旅をすることだろう。そこにある「或る田舎町の魅力」を満喫するために。

【初出：「『或る田舎町の魅力』に導かれて──吉田健一が愛した児玉という町」（『プラトンとプランクトン』4号「特集：脱皮小説」）を加筆修正】

★1　東京都千代田区神田小川町にある、元禄十五（一七〇二）年創業の老舗。旗本などが来店した際、魚の小骨を毛抜きで抜き、鮨を作っていることを面白がったため、毛抜き鮨と呼ばれるようになったと伝わる。鮨は店内だけではなく、お土産品としても持ち帰ることができる。

★2　芥川龍之介の小説「歯車」に、「喜雀堂に入る」という言葉が出てくる。三嶋譲、福岡大学日本文学専攻院生の会による『「歯車」の迷宮—注釈と考察』（花書院、二〇〇九）によると、喜雀とはカササギのこと。カササギは、古代から中国では喜びをもたらす鳥とされていたため、「吉事の到来」という意味があると、同書では推察されている。このことを、吉田健一が知っていたかどうかまではわからないが、吉田が芥川の「歯車」を読んでいたことは十分にあり得る。


［参考文献］
吉田健一『新編　酒に呑まれた頭』（ちくま文庫、一九九五）
島田裕子『紀行文学における事実と真実：吉田健一「或る田舎町の魅力」をめぐって』（『放送大学研究年報』第十七号）

# Ⅳ

# 批評2（批評）

# 孤独な場所で——吉田健一と日本文学

渡邊利道

## 一　『東西文学論』

吉田健一が日本文学についてまとまった批評を書いたのは、一九五四年に文芸雑誌『新潮』に連載された「東西文学論」が最初である（★1）。当時吉田は四十二歳。英国留学を機に文士になろうと心に決め、帰国して文芸批評家の河上徹太郎に弟子入りしたのは十九歳のときであった。はじめ翻訳家として出発したという事情があったとはいえ、ずいぶん遅咲きであったといっていいだろう。

理由はいくつか考えられる。ひとつは宮崎智之の「吉田健一の執着と自己表現の地平」で指摘されていたように、吉田自身の日本語能力の問題である。外国育ちで英仏語に堪能だったが、ごく普通の自然な日本語と日本文化を身に着けていない姿が、多くの同時代の文学者によって語られている。もうひとつは当時の日本で「文学」として流通している作品、および作品に対する批評の言葉が、吉田の考える「文学」と異質な偏りを示していたということだった。

その偏りは、ごく簡潔にいえば、内実のない「文学」という空疎な観念に支配されて不毛な対立を繰り返し、「〇〇派」やら「〇〇主義」といったスローガンばかりが目立って読むべき作品がまばらにしか存在しないということである。

連載の「東西文学論」は、そういう日本文学の現状を、吉田が学び、親しんだ西洋の文学と比較してその偏りを正し、読者をして文学本来の楽しみに立ち返らせることを目指した仕事であった。

まず批判されるのは、難解なものが高級であるという偏見である。吉田は親しみやすいもの、読者がそれを読んでまさに自分のことのように思われたり、眼前を美しい風景があるように感じる、あるいは言葉の響きが心を揺さぶる、そういったほとんど直接的・感覚的な読書体験を重視する。あるものを読んでそれがややこしい文章で書かれているからといって、それをじっくり読んですっきりと理解することができなければ、それは読み手が馬鹿なのか、あるいはその文章が不明瞭なのかどちらかである。ややこしい問題を語るのに文章がいくらか複雑な見かけを呈するのはしかたがないにしても、また、それを読むために暗黙の前提となっている知識が共有されていない時、その文章の意味を理解するのが難しいということはあるにせよ、優れた文章は決してそれ自体虚心坦懐に読んでわからないものではあり得ない。

それを吉田は具体的に、プルーストとマドリュス版千夜一夜物語と矢田挿雲の『太閤記』を同列においてその魅力を語ることでいきいきと示している。面白いのは、ここで吉田がマラルメの詩句（肉体は悲しんでいて、私はすべての本を読んでしまった）を引きながら「退屈」という言葉を使っていることだ。「文学の世界は限りなく拡っていて、世界中の文学を蔽っている」と、吉田は語る。つまりその快楽はどの本を読んだとしてもまったく同じように精神と身体に作用するものであるというのである。だからそれはいつも同じであって、一般的に同じものばかり体験するのは「退屈」だという道理である。

この「退屈」という言葉には挑発のニュアンスがあるが、しかしそれ以上に、この言葉からは、好きな本をたとえばどこでもよろしい、いっそ寝床で繰り返し読み、その快楽に耽溺するという、まあ本好きを自称するものならば誰だって知っているほとんど怠惰な感覚を想起させずにはいないだろう。おそらく吉田健一ほど「普通の読者」を信用していた批評家はいない。

文学の実感というのは、例えば、中原中也の或る詩を読んで得られるものなのである。不毛の土地にも草木が生えれば、草木の方で逆に土地を作る。とすれば、日本文学がいつ肥沃な土地を与えられることになるのか、いつになれば文学の実感の例を挙げなくても、文学という言葉そのものが実感を持つことになるのか、これも解らない。（中略）併し文学の実感というものはあって、日本の現代文学にもそれを求めて断片を拾い集めることはできる。（中略）その実感を一番正確に味っているのは、フォオクナアも、キェルケゴオルの哲学も、「渋江抽斎」も「暗夜行路」もエリオットも、今月の雑誌も、千年前の古典も読んで黙っていることを知っている読者なのではないだろうか。読者が常に文学の存在を保証している。（『東西文学論』Ⅳ、新潮社、一九五五）

個々の作品を読む時に文学の実感を味わえるにもかかわらず、文学という観念には度し難い混乱がつきまとっている。これが吉田の考えた当時の日本文学の問題なのである。挑発的な言辞で現状を激しく批判する吉田の文章に、つねにどこか楽天的な響きが感じ取られるのは、このような吉田の「普通」であることに対する絶対的な信頼があるからだ。

もっとも、基本的に近代の文学では才能とか個性的な頭の良さというものは、つねに大きな価値のあるものとして考えられてきた。また太平洋戦争敗戦後すぐの混迷した日本社会の世相において、文学者が現在よりも知識人としてより大きな責任を負わされ期待されていた時代では、「普通（であること）」を重んじる吉田のような姿勢はすんなり理解されるものではなかった。「東西文学論」の連載は六回を持って打ち切りとなる。後で少し詳しく述べるが、この挫折は吉田の文業に少なからぬ影響を与えていると思われる。

それはともかく「東西文学論」終了のすぐ後、掲載紙を『文學界』に変えて、吉田は「文士外遊記」を連載する。これは、森鷗外（ドイツ）、永井荷風（フランス）、夏目漱石（イギリス）、横光利一（ヨーロッパ）、といった日本近代文学の大立者として知られる作家たちの留学・外遊の記録を読んでその内容を分析し、近代日本文学の傾向を浮き上がらせるものである。ここで吉田は、具体的な作家に即して、日本文学の現状を歴史的に遡行することで批判しようとしている。基調となるのは文学作品を読む楽しみ以外の様々な事情によって、その文学の観念が歪められてしまう事態を記述することだ。明治の文豪から語り起こし、同時代の先輩作家にあたる横光利一にいたって、その観念の混乱自体が作家の思考の主題となると論じられることで、ある明確な文学史観とでもいったものが提起される。

吉田の日本近代文学に対する歴史的な見方とは、ごく簡潔にいえば次のようにまとめられる。

すなわち、明治日本の文士（作家）たちは、文明開化期における様々な風物・制度・文化と同じように、十九世紀ヨーロッパ文学を、それまで日本にはなかったカッコ付きの「文学」として見いだし、それを日本に輸入して根付かせようとした。しかし、文学というのは人間の身体性や生活からくるものなので、無理な接木はうまくいかず、内容のない「文学」のイメージのみが先行する状態となってしまった。その代表例が自然主義から私小説、そしてマルクス主義を規範とするプロレタリア文学である。たとえばドストエフスキー（罪と罰）を読んで島崎藤村が『破戒』（新潮社、一九一三）を書く、また後者が前者の影響下に読まれるという奇妙な状態が、日本の近代文学をめぐってあたかも常識であるかのごとく前提とされてしまっていた。この奇妙さをラディカルに批判する人達は昭和初期から現れる。それは小説では横光利一であり、詩では中原中也であり、批評では小林秀雄や河上徹太郎である。彼らはみな吉田自身がその謦咳に接することができた文学者達であり、その言葉に深い部分で共鳴し、ある種の「同時代性」を感じていたとする。その「同時代性」とは、ようやく日本の文学者がここにいたって西洋の作家たちと同質の問題を共有することになったということでもある。なぜならそれは吉田自身が英国で学んだ文学とも共鳴するものだったからだ。

その「同時代性」の感覚を吉田がどう総括していたかといえば、これもまたごく簡潔にまとめると、十九世紀において、機械化が進み産業が発展したことで従来の共同体の道徳的紐帯がほどけ、人間性が理性と情念に分裂してしまう「危機」が訪れる。その危機を「言語」を通して回復していった象徴主義やモダニズムの文学運動、具体的にはオスカー・ワイルドからT・S・エリオットに至る英国文学の批評的系譜とマラルメからヴァレリーに至るフランス詩の思考と同じ地平にあるものを、昭和初期のある種の日本の批評や詩、小説が有しているという感覚である。この主題については吉田健一と英国文学の項で掘り下げて論じられるだろうからここでは深く追及しないが、ともあれケンブリッジから帰国した吉田が日本文学に触れてその奇妙さに途方に暮れ、ついに河上徹太郎の「羽左衛門の死と變貌について の對話」を読んだ時に感じた安堵について読むたびに、その「同時代性」の感覚の生々しさを強く感じさせられる。ある意味で吉田はもっとも良い時期に日本に帰ってきたのだといえようか。

この「文士外遊記」は、さらにもっと密着した「同時代」である親友・中村光夫のフランス留学の章と、ごく短い「結論」を付して、「東西文学論」とともに『東西文学論』の題名のもとに単行本化された。これまで語ってきたような成立の経緯から、前半部分と後半部分はやや分離して唐突の感があり、たとえば篠田一士などは前半部分のみをとても重視しており評価は様々なのだが、現在の目で見ると、吉田健一の当時の日本文学に関する批評的な問題意識をコンパクトによく知ることができる本になっている。

## 二　『日本の現代文学』

ところで、どちらかといえば理論的な著作である『東西文学論』のほかに、いわば職業批評家として、吉田は大量の批評を書いている。それらはまず『日本の現代文学』（雪華社、一九六〇）や『作者の肖像』（読売新聞社、一九七〇）などの著作にまとめられた、雑誌の特集や戦後の出版ブームでたくさん刊行された文学全集の解説などの機会に執筆された作家論である。いわば前述した「史観」のなかで、読むに足りると吉田が判断した作家たちについて書いたもので、特に『日本の現代文学』についてはかなり意図的な作家・作品の選定と配列が為されていて興味深い。

扱われた作家は、森鷗外、夏目漱石、志賀直哉、石川淳、梶井基次郎、小林秀雄、河上徹太郎、真船豊、堀辰雄、永井龍男、中原中也、大岡昇平、井上靖の十三人である。

第一に目につくきわだった特徴は、たとえば鷗外がその史伝、漱石が文学論、石川淳が随筆や紀行といったふうに、小説以外の文業を中心に語っていることである。『東西文学論』においても一章を割いて語っているように、吉田は日本文学において小説が不自然なまでに重視されていることを嫌っていた。そしてまた、自然主義的風土で「小説」に負わされている不自然を明らかにするためにも、小説以外で優れた文学作品を大きく取り上げる必要性を感じていたように思われる。

ことに鷗外の史伝については、自分自身が最初に夢中になった日本文学の作家の最高傑作として、何度も繰り返し論じ、語っている。また逆に、不幸な留学経験から不毛な『文学論』を書くに至った作家として漱石を執拗に厳しく論じているのには、どことなく自身の英国留学とその後の苦労が独特の影を射しているようにも思われる。志賀直哉論や石川淳論には、このような人物がいるのかという率直な驚きが感じられて微笑ましいし、小林秀雄、河上徹太郎両氏については偉大な批評の先達として当然の緊張をもってかなりの分量が割かれている。しかし、なにより他に強く印象に残るのが梶井基次郎論、堀辰雄論である。そこには前節で述べた「近代」という主題を、作品そのもので吉田に実感させたはじめての日本の作品としての新鮮な驚きと愛情が込められていて、いま読んでもなお瑞々しさを失っていない。

また、その作家論を読んでいて気づかされるのは、一般的な作家論において基本的に重視される文学史上の立場、すなわち「○○派」であるとか「○○主義」であるとかいった言辞がまったく用いられていないということである。それはもう本当に徹底していて、よほどそういったレッテルを嫌っていたのだとわかる。嫌いなものについては語らない、というのは吉田健一の批評家としての矜持とでもいってよい一貫した姿勢だったが、しかし同時に、それが派手な論戦を好む文芸ジャーナリズムの大舞台から吉田を遠ざける作用も果たしていた。この頃には、吉田は西洋の文学的教養を背景にした高踏的で通好みの批評家であり、大衆的にはむしろユーモア・エッセイの書き手として知られていたのである。

もっとも、この他人の悪口をあまり言わないという基本姿勢が完全に無視されていたのが一九五二年から五八年まで続けられた匿名批評（★3）の数々で、そこでも名前は一応出さないものの、誰にでもすぐわかるかたちでかなり辛辣な評言が書かれている。たとえば堀辰雄の弟子筋には碌なものがいないとか、第三の新人は文学の素養をまったく持っておらず全部ダメだとか、そういう時にはわりと平気で文学流派的なレッテルを使っているのも、むしろそういうレッテルで売り出すしか能がない連中たちと、それを話題先行で歓迎するというジャーナリズムに対する批判という部分があったのだとわかる。匿名批評と言っても当時は誰がそれを書いたのか業界内部の人間であればすぐにわかるように書かれていたもので、そのような姿勢は吉田を高踏的な文学者だと思わせた一因となったようにも思われる。

そしてこのような「孤独」を、吉田自身は決して厭っていなかった。本を読むことも、物を考えることも、基本的には、すべて一人で行うべきことだからである。吉田が、小林秀雄を中心としたグループから出発し、その頃知り合った師匠筋の河上徹太郎、横光利一らの先輩への敬愛や、中村光夫や大岡昇平との文学的友情に篤かったことはよく知られているし、戦後には福田恆存や三島由紀夫も加えた「鉢の木会」といった交遊も大切にしていた。しかし「鉢の木会」では、少なくとも建前は仕事、すなわち文学についての話題は出さないことが決まりになっていたという。互いの仕事について批評では大いに語りながら、私事では一本線を引く、それはひとつには「孤独」からこそ文学の仕事は生まれると考えていたためであるように思われる。

## 三 『文学概論』

孤独は必要だが、しかし書くことには実際のところ場所も必要だ。

福田恆存の『芸術とは何か』(要書房、一九五〇)について吉田が語っている文章がある。

氏の「芸術とは何か」という書き下ろしの芸術論は見逃すことが出来ないものである。つまり、こういう恐らく経済的には何の足しにもならない仕事を書き下しでやり遂げた所に意味があるので(中略)今日の時代に文士であるものは雑文を書いて暮らす寸暇を割いてでも、この種の本質的な仕事に打ち込まなければ、ただ堕落する他ない。（中略）一人の作家、或は一篇の作品に就て何かと意見を述べることが出来るのならば、当然、文学というものに就ても考えることになる筈であり、それは我々が銘々の芸術論を編み出すことであって、一つの評論にそれを纏める所まで行かなければ、本式にこの問題と取り組んだとは言えない。（「福田恆存」、『別冊文藝春秋』第四七号、文藝春秋、一九五五）

日本文学において文学の観念が混乱したものであったと吉田が考えていたことは、これまでに述べてきた通りである。しかるに概論的な考察は「東西文学論」の連載の途絶で商業的な文学ジャーナリズムの世界において歓迎されない以上、それをどうやって書くのか、というのは吉田にとって少なからず深刻な問題であったと推測できる。多くの周辺の人達の証言では吉田がつねに金策に追われて原稿を書いていたとあるのだからそれはなおさらである。

考えることは孤独のうちにでもできる、あるいは孤独のうちでしか本当にはできないものであるとして、その考えを書くには、それを掲載する場所が必要だ。

そこで吉田がとったのは同人雑誌を作ることだった。もともと戦前から吉田は中村光夫らの文学仲間と同人雑誌を発行し、そのなかで批評家として育ってきた文学者であった。その雑誌『批評』は戦後に復活してしばらく続いていたが、編集実務からはなれ一九四九年のスタンダール特集を最後に不参加となり、その後、英文学者の集まりである「あるぴよん・くらぶ」の機関誌に参加するなど好きなものを書ける場所を確保してきた。

そして一九五八年に大岡昇平、中村光夫、福田恆存、三島由紀夫、吉川逸治とともに『聲』を創刊する。これまでと大きく違っていたのは丸善という大企業が後援してくれたことで、資金面での心配が不要かつ編集実務からも完全に解放されて、自分たちの好きなものだけを集め、好きなものを書くことだけが可能になった。さらに造本そのものも良い出来で、また流行作家だった大岡・三島・福田はもちろん、ほかの仲間もそろそろ文士として一本立ちしたといってよい時期でもあり、それまで以上に参加するものの「良い物を書こう」という熱意が高まっただろうということは想像に難くない。

ここで吉田は『英国の近代文学』を三号にわたって連載し、四号から八号まで『文学概論』を書いた。どちらも後に単行本として上梓された（『英国の近代文学』垂水書房、一九五九、『文学概論』垂水書房、一九六二）が、このふたつの本は、どちらも吉田健一の代表作といえる本であって、そればかりでなく、吉田自身の言によれば、どうしてもこれだけは書かなくてはいけないと考えて何年も準備し執筆した本格的な仕事であった。評伝『吉田健一』（新潮社、二〇一四）のなかで長谷川郁夫は、直接吉田から『文学概論』以後の仕事は余生のものだと聞いたと書いている。もっとも吉田には「余生の文学」（『季刊芸術』第六号、季刊芸術出版、一九六八）というエッセイがあって、そこでは文学の仕事は余生になって初めて真に可能になるといった意味合いのことが書かれているので、後期の仕事が手を抜いたものだとか、どうでもいいものということではないのだろう。また、晩年に至って吉田は何度か書かねばならぬことがあるのに適切な言葉が見つからない欠如や空白の状態の苦しさと不自然について書いている。

一九七四年に刊行された『覚書』（青土社）には次のような一節がある。

書くというのは我々が息をしているという風には簡単に行かなくて殊に実際に書くことがあるものならばそれまで自他ともにして来た言葉の使い方では満足な結果が得られないような状況に必ず出会う。それまでそういうことが言葉で表されたことがなかったか、或はその国語ではなかったのか、或は既に言葉で表されたことに対して改めて注意を惹くのが困難であるのか、その他その条件は色々であっても何か書くことがあるからそれが直ぐ書けるということはなくて言葉を一つ欠くことで人間は空白の状態に置かれて殆ど言葉を求める手掛かりを失う。（『覚書』）

吉田は、このような空白は精神の不自由であり、これまで述べてきたような日本における文学の観念の混乱も、そのようなヨーロッパと出会った近代日本が陥った空白が原因であると考えた。ゆえに言葉を見つけることは精神の自由を回復することであって、少なくとも自分自身において文学がどのようなものであるのか、その観念をすっきりさせなければならない。

ここで吉田が使う観念という言葉について少し明確にしておきたい。

吉田はいわゆるドイツ系の近代哲学、カントからヘーゲルにいたるいわゆる観念論を嫌っていた。もちろんその二十世紀的な後継者であるハイデガーの存在論哲学もそうで、その理由は文章が読むにたえないからである。それはやたら煩雑に細かく定義付けされ、哲学者同士の間でしか通じないほとんど秘教的なジャーゴンを大袈裟に振り回す体のものと吉田は考えていたらしい。実際その邦訳である日本語のいかめしさや親しみのなさは少しでもそれらに触れたことのあるものであれば心当たりがあるだろう。

吉田がこれならば「読める」と考えていた哲学者がヒュームとベルクソンで、後者については渡邉大輔の「『時間』の窪地に」で詳しく語られているので、ここでは触れないが、吉田が使う「観念」という言葉は、一七一一年イギリスに生まれた哲学者ディヴィッド・ヒュームに由来するものと見てまず間違いない。意外に思われるかも知れないが、吉田は抽象的な用語を使う時、できるだけ日常の言葉遣いから遊離することを避けながら、哲学上の用法をきちんとふまえて独自の解釈をしない。もちろん当り前に見えることをあらためて定義し直して使う場合はその限りではないが、その時はきちんとその再定義することとそのものから文章を始める。その意味ではきわめてオーソドックスな書き手である。

ヒュームは当時隆盛を極めていたニュートンの自然科学に対して「人間の科学」の建設を目指した哲学者である。その対象とするのは人間の知覚だが、それをヒュームは「印象 impression」と「観念 idea」に大別する。「印象」はいままさに現前する生々しい知覚のことで、「観念」はそれらの印象から導き出された大まかな知覚のことであるとする。つまりヒュームは実質的にはあらゆる概念的理解はすべて印象に基づく、としているわけだ。そして、それぞれの印象や観念を、類似・接近・因果の三つの連合原理によって整理する。ヒュームの面白いところは、この観念の結びつきを、広い意味での習慣が支えていると考えたところにある。ある事象とある事象が必然的な論理関係を持つと判断されるのは、それまでそれらの事象が繰り返し継起的に起こってきたからそれが必然的であるかのように「感じられる」のだ、というのである。すべての観念が印象に基づくというのはそのような意味だ。

またヒュームは数学のような論理的な知識を「観念の関係」と呼び、経験的な知識を「事実の問題」であると説いたが、それもつきつめていくと観念はすべて事実に包摂されていく。

つまり、吉田における「観念」の議論は、およそ吉田個人の「印象」を丁寧、かつできるだけ厳密に吟味することを意味し、またそれらはすべて「事実」を重んじることを前提とする。

『文学概論』を読む時、ほとんど眩暈がするような同語反復の多い、うねうねと続く記述に面食らった読者は多いのではないかと思う。しかしそれは、あらかじめ設定される「文学」の観念がない、あるいはあやふやなところで、それでも文学を読み、楽しみ、理解しているというみずからの経験を、つぶさに考え直す、その印象を観念に練りあげるための方法なのである。

それはちょうど、見慣れた文字をしげしげと眺めているうちにその各部分がバラバラになってまとまりがわからなくなったり、あるいは普通の動作、たとえば「歩く」というようなことを、右足と左足と右手と左手をどうやって交互に動かしていたかと意識すればするほど動作はぎこちないものとなるのと似ている。そんなことが気になってしかたがなくなれば精神の病気だが、吉田にとって「近代」にあるものすべてが、そして自分も含めた日本文学は、特に言葉を失うほどに「病気」だったので、いわばそこまで降りていってやり直すしかなかったのである。

吉田の主張は簡単明瞭である。文学とは言葉であり、言葉を読み、味わうことが文学の楽しみに他ならない、これに尽きる。『文学概論』本文の四章は「言葉」「詩」「散文」「劇」となっていて、まず言葉の日常的な用法から話が始まって、順を追って議論が進んでいく構成だ。

通常、言葉は意味を指し示す記号であると捉えられるが、実際には言葉はそれらの組み合わせや、あるいは発音や態度などとの整合で「意味」を表す。また、そういった生き生きした現場を離れた文章であっても、それを読まれる場面ではそれは生き生きしたものでなくてはならず、そのようなものとしてしか人は文章を読むことはできない、なぜならその文章を書いたものは死んでいたとしてもそれを読む人は生きているからである。つまり言葉は意味と等号で結ばれるような記号ではない。少なくとも文学や、あるいは思想における言葉とはそれだけに尽きるものではない。なるほど人は何か伝えたい意味があって言葉を発するだろう。それは文学であっても例外ではない。しかし、

例えば、そこを右へ曲がって真直ぐに行くと、左側に大きな欅の木があって、その向いが郵便局だと人に教える時、我々は言葉を使ったとは思わない。言葉を使うのが目的の文学の仕事に専念しているもので、こういう簡単なことを説明するのが凡そ不得手なものがいるのは、それが言葉でなくても出来ること、というのは、黙って案内しても、或は地図を書いて見せてもすむことであり、或る言葉を選ぶとか、或る言葉を或る別な言葉と組み合わせるとかしなければ望む効果が得られないということがないからである。（中略）これは、我々が言葉から期待するものが、それを使う時の目的になっていることの実現に止まらないことを示している。それは言外の意味ということではなくて、もしそれがそのような性質のものならば、これは言葉の意味に別なのをもう一つ加えるこ

とに過ぎない。我々が言葉に求めるのは、納得することであると見ることが許される。(中略)納得するということがあるには相手の人間、或はそうでなくてそれが自分であっても、兎に角、何かの形で我々は人間を感じなければならない。(『文学概論』Ⅰ)

ここで文学の言葉が人間の実感に結びつけられる。これはすべての基準となるべき感覚であり、文学はすべて言葉の問題であって、言葉にいかに実感を持たせるのかというのがその努力の向かうすべてである。

従って、或ることが伝えられて、知識を得るのは、それに使われた言葉が我々に作用した結果に過ぎなくて、言葉は常に言葉であることに変りはないから、このことは言葉を通しての伝達が目的である一切の仕事に及んでいる。例えば、数学の本が我々を感動させるのは、数式や図形を除いて、そこに言葉を全面的に用いてその作用に狂いがないことを期する表現の仕事が要約されているのを見るからであり、その為に我々が受ける或る爽快な印象は、数学の問題を離れている。併しそれが特殊な具合に爽快であるのも、表現の目的が厳密に規定されているからで、これがそのような条件に従う必要がないものになると、そこから得られる知識の他に、それを読むものに及ぼされる作用がどういう性質のものかは、全くそれを書いたもの次第であって、それ故にそれをその人間の作品と考えて差し支えない。従って、例えばフレイザアの民俗学はその作品に即してしか伝えられない

のであり、その「金枝篇」を離れてフレイザアの民俗学というものはないのである。（前掲書Ⅰ）

つまり、書くことの外に「事実」があると言うのは、文章を書く上ではむしろ邪魔にさえなる発想であって、文章を書く上で重要なのは、単に言葉をどのように選択し、配置するかという工夫、その技量にほかならない。さらにいえば、それは読む上でもまったく同じであり、ある文章の何を読むかというのは、まさにそれを読みつつある時にその人に訪れる感興以外の実感になく、そのほかに文章を読むことの根拠を見いだす必要などはまったくないのだ。吉田の論がある種の異様な凄みを湛えるのは、その「文章」を数学などの自然科学や人類学や歴史などの人文科学などの著作にも適用するからである。いわんや文学においておや、であろう。

文学の目的や効用について、吉田は次のように語る。

我々が本を読み、或は或る言葉を聞いて、そこに人生があると感じる時、確かに文学の効用があって、これに対して他にこういう利き目もあると主張するのは、反駁の材料になる代りに、話の範囲を拡げるだけである。（中略）言葉があり、その働きというものがある以上、それに就て確かに認められることも幾つかある訳で、これは目的などということよりも、文学というもののあり方に就てそれだけの手掛かりになる。そして文学の世界ということになると、これは言葉の用途とともに際限なく拡げて行けるものであるのに対して、言葉の性格は変わらず、その働きも一定の形式に従っていて、こうして我々が綿密な注意の対象に据えることが出来るものが、凡そ雑多な仕事をするのに使われて、それ自体は一貫して言葉というものであることが全体を一つに纏めているというのが、この文学の世界である。（前掲書Ⅰ）

こうして、吉田は言葉だけの世界として文学を定義する。それは「言葉（文章）を読む」という体験のうちに「文学」の根拠を置く、ということである。それは徹底的に身体的な問題なのだ。この後に続く章はすべてその具体例として詩・散文・劇をあげ、それぞれの吉田が親しんだ傑作に触れ、余計なものを殺ぎ落とし、読むことの実感に基づく個々の作品を超えた楽しみを数えていく。その融通無碍な語り口の芳醇さは、後期批評の自由さを先取りして予告している。

たとえば「詩」の章において、ホメロスとマラルメを比較する次のような文章を見よ。

それではマラルメとホメロスがどう違うかという問題が起きる。今日まで行われて来た説明を煎じ詰めれば、ホメロスはその天才に任せて思う通りに　歌い、マラルメは歌う所まで行く苦労にその天才を傾けなければならなかったので、それは時代の堆積とか、自意識の発達とか、色々な理由があったことになっている。近代では、この自意識の問題が強調された。それは、これが自意識の問題と取り組んだ時代だったからで、人間が一直線に進んで行くという考えを固執しなければ、そして人間の精神の構造に照して、そういう見方をすることは出来ない筈であるが、こういう説明は、マラルメを苦しめたものは我々の記憶にも残っているのに対して、ホメロスにとってどういう問題があったかは、今日では解り難いということになる。確かなのは、苦労したのでも、しなかったのでも、その結果が言葉の形をとり、それまでの仕事の性質は忽ち憶測に過ぎなくなって、そこにある言葉が我々を動かしたり、動かさなかったりするということである。今日、マラルメの言葉は既にただ我々を動かす。（前掲書Ⅱ）

この、あらゆる状況を超えた普遍的な楽しみこそが文学の実質のすべてであって、それを支えるのは生きている人間の実感である。人間は言葉を通してみずからの生の実感を得る。それは時を越え、状況を超える精神の自由とでもいったものを人間に与えるのだが、逆に言えば、そのような自由を失った時、人間は普通の状態ではいられず、もちろん幸福ではいられないだろう。

『文学概論』のエピグラフは『論語 先進篇』から引かれている。

莫春者春服既成冠者
五六人童子六七人浴
乎沂風乎舞雩詠而帰

これは孔子が弟子たちにその理想を問う場面で、国民に教育に力を入れるとか、大国ではなく小国を治めたいとかいう者ではなく、曾晳の春には晴れ着でみな連れ立って水浴びし、舞と歌を楽しみたいという答えに賛意を示したという章句で、天下国家の「大問題」の解決にではなく、人間の実際の幸福にこそ理想を見いだすことの大切さを説くとされる部分であり、吉田健一の考えの基本を示すものとして、ここに置かれているのだろう。

## 四　『大衆文学時評』

ところで、この後は余生というか、注文に応じてあるいはその時々の気まぐれで書くというほどの大きな区切りとなった『文学概論』が上梓されたその翌年、吉田は読売新聞紙上での大衆文学時評を引き受ける（一九六一〜六五）。これはその後、大衆文学ではない普通の文芸時評（読売新聞一九六七〜八／朝日新聞一九七二）もふくめおよそ十年近く続き、吉田の六十年代を支える仕事となった。

吉田健一は、かねてから純文学と大衆文学という区別を馬鹿馬鹿しいものと考えていた。それはようするに文学とは言葉を読む楽しみであって、出来の良い作品と悪い作品という区別は個々の作品ごとにあったとしても、ジャンルとして大衆紙に掲載されているから通俗的で下らない作品であるとか、文学の専門誌だから真面目で優れた作品であると読む前から決まっているなどというのは、端的にいってありえないナンセンスな基準だからである。いまとなってはほとんどの人間が共感する当たり前の事実だが、六十年代の日本文学ではこれはまったく人を驚かせるものだった。

そのような過剰反応の代表的なものは、吉田の畏友でもあった大岡昇平の水上勉に対する批判で、論争にはならなかったものの、かなり意識した水上讃を吉田は書き続けた。また、あからさまに指摘はしなかったが、大岡は井上靖の『蒼き狼』はじめ多くの歴史小説を歴史を改変・歪曲するものとして批判し、論争を巻き起こしたが、吉田はそれらの歴史小説の多くを支持していた。これは『文学概論』にもあるが、歴史の学問的な事実性よりも、それが本である以上、それを読む時に読むものの実感に訴えなければそこに歴史は存在しないとする立場からである。

吉田が私淑したヴァレリーは、かのレオナルド・ダ・ヴィンチ論で、次のように書いている。

　実際、学識豊かな人が図書館で追求するあのおびただしい細部への興味が、私には理解できなかった。（中略）歴史は私にとっては刺激剤であって、滋養ではない。（中略）精神がはっきり覚醒しているとき、必要なものは現在と自分自身だけである。（『レオナルド・ダ・ヴィンチ論』ちくま学芸文庫、二〇一三）

吉田にとっても重要なのは現在の自分であって、たとえばそれが江戸時代であれ、古代のモンゴルであれ、そこに現在の自分が感応するものがないかぎり、生きられた人間の時間はないのである。

それはまったく普遍的な基準であって、ジャンル意識とは完全に相容れないものである。たとえば大衆文学時評で当時物凄く流行し、かつまたいわゆる「純文学」サイドからも高く評価されていた松本清張を、吉田はまったく取り上げていない。そしてミステリにおいて重視される「トリック」などの要素についてずっと冷淡な態度を取り続けているのにもかかわらず、評価する作家には一般には「本格派」として知られる鮎川哲也が入っているのである。吉田にとって、歴史小説を読むのに「歴史の知識」が必要ないように、推理小説を読むのに「謎解きのオリジナリティー」などは必要ないのである。それはSF作家の小松左京を読む時も同じで、いまさらいうまでもないことながら、後の純文学を対象にする伝統的な文芸時評においても、その態度は一切変わらないのだ。

もうひとつ、吉田の同時代文学についての態度で特筆すべきは、六十年代以降、ことに時代が下って大衆化時代が本格的に到来するにしたがって、現代文学への評価がどんどん高まっていくことである。晩年には丸谷才一と金井美恵子がいれば日本文学は大丈夫だと言ったとまで伝えられているほどで、これは戦前から出発した多くの作家・批評家のなかでは、というか戦後の作家・批評家のなかにあってもほとんど例外的な肯定性である。

この楽天的な肯定はどこからくるのか。

それはひとつには、この時期、文学のみならず日本社会そのものが大きな変動を体験しており、本格的な高度産業資本主義社会が、福祉政策によって国民全体の生活を保護しながら大きく花開こうとしていたために、従来の共同体的な価値観が一気に変容していったことと関連があるだろう。すなわち、吉田がこれまで蛇蝎のごとく嫌ってきた、文学をめぐる様々な偏りが多くのこれまでの文学のいわば「専門的な読者」や、「政治的な読者」とは違う、もっと広い「普通の読者」によって大きく是正され、単に読んで楽しいもの、面白いもの、美しいもの、といった、心が動かされることを中心に世の中が動き出した実感があったからだと思われる。

そしてもうひとつ、吉田の歴史観のなかでは、明治以後の混乱期を戦争、ことに太平洋戦争における大量の死を通して人間の生が見つめ直され、日本の現実と日本語が再建されることが可能になった、という見方がある。それは吉田自身が、戦後の混乱と貧苦を大量の原稿を書くことによって乗り越え、同時にみずからの文学に対する考え方を普遍的なものとして提示することができたという経験からくる「戦後」への信頼といったものに支えられていたのではないだろうか。そこには単に高踏的ではない、原稿を執筆することが収入を保証するという、ある意味徹底的に即物的な「生活」の裏付けがあり、それが戦後日本の「豊かさ」を疑問視した同時代の書き手達との大きな差異を生んでいたように思われる。金銭的、物質的に豊かであることが精神の余裕を作り出し、その余裕がなければ人間が歪んでしまうので、文学を十全に楽しむことができない。このような吉田の姿勢は、極めて「普通」の感覚であるが、七十年代にいたるまで日本文学においてほとんど共有されることのない認識だった。その意味で吉田健一の日本文学批評は、先行者の孤独とでもいった栄光に包まれているし、現在停滞する経済のなかで「豊かさ」の価値を再発見しようとしている日本にとって大きな意味を持つものでもあるだろう（★3）。

★1　ごく短いものでは「森鴎外論」（雑誌『文學界』、一九四二年）「中原中也論」（同、一九四八年）などがある（単行本では『日本の現代文学』に収録）。

★2　雑誌や新聞などのコラム欄で、匿名あるいは変名を用いて執筆される短文形式の批評。その多くは諧謔的な調子でゴシップも交え辛辣に書かれるもので、その是非をめぐって物議をかもすことも少なくない。東京新聞の「大波小波」など、現在も存在する。吉田は「禿山頑太」などの名前で健筆をふるった。

★3　もっともその七十年代後半には、吉田はまたふたたび誰もが予想しえない変貌を遂げていくことになる。それは後期批評の項で語られることになるだろうとして、たとえばその変貌について、中村光夫や丸谷才一といった多くの理解者達が首をひねっていたことも付け加えておきたい。やはり吉田にとって書くことは孤独な営みであったということである。

［参考文献］


吉田健一『吉田健一著作集　第一巻』（集英社、一九七八）

吉田健一『吉田健一著作集　第七巻』（集英社、一九七九）

吉田健一『吉田健一著作集　第八巻』（集英社、一九七九）

吉田健一『吉田健一著作集　第十巻』（集英社、一九八〇）

吉田健一『吉田健一著作集　第十六巻』（集英社、一九八〇）

吉田健一『吉田健一著作集第　二十三巻』（集英社、一九八〇）

吉田健一「福田恆存」、「別冊文藝春秋」第四七号（文藝春秋社、一九五五）

ポール・ヴァレリー『レオナルド・ダ・ヴィンチ論』塚本政則訳（ちくま学芸文庫、二〇一三）
長谷川郁夫『吉田健一』（新潮社、二〇一四）

# 『時間』の窪地に

渡邉大輔

## 一

陽光を遮るように、細く、長く伸びる石畳を抜けたところに、小ぶりな店構えのカフェが建っている。落ち着いた瀟洒な内装のそのカフェに、どこからかひとりの若い日本人が現れる。モリと名乗るその男は、かつて勤めていた韓国の語学学校で出会った元恋人のクォンに日本から手紙を出し、さらに彼女とふたたび会うために韓国までやってきたのだった。クォンの自宅近くのゲストハウスに宿を借りたモリは、彼女を探すために街の狭い小路を毎日、無為に徘徊する。そのうちに彼は、通りで迷子になっていた白い子犬、クミを見つける。それは、ぶらりと立ち寄っていたカフェ〈自由が丘〉のオーナー、ヨンソンの飼い犬だった。こうして、モリとヨンソンは仲良くなるのだが、そんなモリは〈自由が丘〉の椅子で、あるいは街中をぶらつきながら、つねに表紙が黄色く染まった一冊の文庫本を手にしている。

現代韓国映画の俊英、ホン・サンス監督が二〇一四年に発表した映画『自由が丘で』*Hill of Freedom*、자유의 언덕のなかで、この主人公モリが絶えず手にしているその本は、彼を演じた日本人俳優の加瀬亮が、たまたま撮影に私物で持参してきたという吉田健一の『時間』（新潮社、一九七六）の、

講談社文芸文庫版であった。

吉田健一の多岐にわたる膨大な仕事のうち、さしあたり「後期」という区分で呼ぶべき時期の始まりは、少し早い晩年にあたるおよそ一九七〇年前後だと目してよいだろう。この後期の吉田健一における批評的著作の大きな特徴と呼べるものに、「時間」に対する問題意識の前景化がある。もとより、しばしば指摘されるようにこの「時間」という主題自体は、『覚書』（青土社、一九七四）のようなこれに先立つ随筆や評論に限らず、たとえば『本当のような話』（集英社、一九七三）、『金沢』（河出書房新社、一九七三）といったこの一九七〇年代前半の小説作品からも顕著に認められるようなものであった。

あるいは、これはより具体的に、それ以前の仕事からも見られた「歴史意識」に対するさらなる関心の高まりとも通じているかも知れない。これ以前、たとえば『東西文学論』（新潮社、一九五五）、『日本の現代文学』（雪華社、一九六〇）、あるいは『文学概論』（垂水書房、一九六〇）といった昭和三十年代（一九五五〜六四年）の批評的著作において彼は、渡邊利道が「孤独な場所で――吉田健一と日本文学」で要約するように、かつて夏目漱石が『文学論』（大倉書店、一九〇七）（★1）で試みていたような、古今東西の文学を非歴史的（フォルマリスティック）に並列化して論じるという作業をおもにやっていた。つまり、そこで吉田健一が準拠していたのは、かなりおおざっぱにまとめれば、あくまでも文学の「言葉」という形式的な秩序に対する読み手の判断であったのであり、つまりそれはのちに『大衆文学時評』（垂水書房、一九六五）で試みたような、純文学も探偵小説もSF小説も歴史小説も中間小説も、ただ「自分が読めるか読めないか」という基準のみで並列的に論じる吉田健一固有のスタンスにつながっている。またその意味で、彼の態度は同時代のヨーロッパのモダニズムと正確に連動していたともいえるだろう。

ところが、一九六〇年代の末ころから、吉田健一の文学批評や思想エッセイには、にわかに「歴史」や「時間」への問いがふくよかに浮上してくる。たとえば、「歴史」をめぐる思索の代表的な成果と呼べるものが、従来の日本近代文学がこぞって範例としていたロマン主義などの十九世紀文学を苛烈に批判しつつ、それ以前の十八世紀ヨーロッパの「黄昏どきの知性」を鷹揚に称揚する名著『ヨオロッパの世紀末』(新潮社、一九七〇)だろう。そして、他方の「時間」をめぐるそれが、吉田健一にとって最後のまとまった著作と呼べるまさに題名通りの『時間』であり、そして未完のまま没後に刊行された遺著の『変化』(青土社、一九七七)にほかならない。この小稿では、最晩年の主著である『時間』を中心にして、吉田健一の後期批評がもつ内実の一端に触れることを試みたい。

## 二

『時間』は、その簡潔な題名のとおり、時間をめぐって十二の断章が水面に映じる波紋のように、幾重にも相互に円を重ねるようにして綴られる随想ふうの批評文である。

最初に断っておけば、この著作について余人が何かを要約的に論じることは容易ではない。というのも、『時間』では、著者が自らの文学的な基軸として一貫してその働きを見つめ続けた言葉、それも著者の精神の働きから滲みだした固有の言葉が、まさに滔々と推移する時間そのものと化して自由闊達に描きだされているからである。それらの時間の言葉たちは、十二の輪郭を個々に持ちながらも、異なる時間の律動にたがいに呼応しあい、大小の円を折り重ねながら、なおかつ、いつ読みかえしても絶えずその相貌を変化させ続ける。その意味で、日本近代文学が生んだ批評のなかで、『時間』ほど、反復＝要約不可能なテクストはないといってよい。実際、それはまず、あまりにも知られた以下の冒頭の一文からしてあきらかである。

冬の朝が晴れていれば起きて木の枝の枯れ葉が朝日という水のように流れるものに洗われているのを見ているうちに時間がたって行く。どの位の時間がたつかというのでなくてただ確実にたって行くので長いのでも短いのでもなくてそれが時間というものなのである。（『時間』Ⅰ）

このように『時間』では、吉田健一ならではの読点を要しない息の長い文章が持つ特徴的な文体的持続が、それそのものとして、「ただ確実にたって行く」時間を冒頭からはやばやと捉え、鮮やかに描いていく。そこで言葉と一体化した時間は、あくまでも具体的で物質的な手触りをもって書物の表面に露呈する。『時間』の言葉はその点で、ジャック・デリダのいう「エクリチュール」の性質を存分にはらんでいるともいえる（吉田健一の書斎にはデリダの著作もあったようだ）。

とはいえ、『時間』で吉田健一が克明に描きだそうとする時間の内実を、その全編を通して流れる主調低音のような要点として、いくつか輪郭づけておくことは可能だろう。知られるように、『時間』を通じて吉田健一は、異なるふたつの時間をめぐる考え方を対置する。それが、一方は定量的・物理的・客観的に計測可能な、いわば「時計の時間」であり、他方はベルクソンのいう「生の純粋持続」にも似た「意識の働き」「成熟」「人間の精神」などと様々に呼び変えられる固有の時間である。

> 又この［註：時間がたつという］感覚が生じるのは変化が反復でもあるからかとも見られて朝日も刻々に変化して行ってその持続があって再び朝日が差し、我々は朝になったことに気が付く。
> ［…］
> 　これは我々にとって時間であるものの一部しか物理的な時間からは窺えないということでもある。我々に時計の音が時間がたって行くのを知らせるのでなくて寧ろそれは我々が確かに今ここに自分がいることを認める状態にある際の伴奏であり、それがなくても少しも構わないことは言うまでもない。もしそれが聞えて来ても邪魔ではなくて伴奏になるというのである。そしてそのことからも物理的な時間と時間そのものの違いは明かであって時計は物理的な時間を計る器具であるが我々人間の世界をなしている多種多様なものの犇き、複合、或は流れでは時計が知らせる時間は他のものと同等に我々を廻る与件に加えられていてその流れである時間からすれば時計が動くのは水車の回転と単に物質の上でしか違っていないと見ることが許される。それ故に一般に考えられていることと反対に我々は時計で時間を知ることは出来ない。（『時間』I、傍点引用者）

いま十時であるとか、一年が三六五日であるとか、会社に二時間遅刻したとかといった場合の時間とは、人間の意識の働きの外部に据え置かれて、精密機械のように働く「物理的な時間」である。しかし、そうした時間は、吉田健一にとっては『時間』のなかで「妄想」「幻影」「誤解」「錯覚」「雑念」などと、様々に否定的な言辞で言い換えられる、私達人間にとってまったく非本来的なものでしかない。それに対して、人間という動物と人間以外の動物に共通するこの世界の基本としての意識を成熟させ、また、その成熟が私達に感じさせるような持続としての時間が、時間そのものと化した多彩な言葉となって肯定的に披瀝される。「我々が時計を見て朝の十時であるのを知るのは用向きの上での意味しか持たないが光線の具合で朝であると感じるのは我々が朝の世界にいるのを認めることで朝の十時であるのはそれを知るもの次第であっても朝であるのは世界が朝なのである」(『時間』I)。「用向きの上での意味しか持たない」「時計の時間としての朝の十時」ではない。「朝であるのは世界が朝なの」だと、いまこの瞬間に絶えず意識する「光線の具合で朝であると感じる」時間こそが、『時間』という、時間を主人公にした筋のない批評が描きだす「時間そのもの」なのである。

たとえば別のところでは、「併しただ自分、或は自分という人間であって一人でいて考えるなり思い出すなり又その他どういうことでもしてそこにいるならば時間が我々の外にあって凡てを運んで行くものでなくて一冊の本もそれそのものが時間であり、或はそのうちにも時間があってその本も刻々とたつことが解る。[…] それは一冊の本も静止の状態に置かなくてそれはその本にも時間があるからであり、これをその本の形を取った時間、或は時間をその本が取り得る一つの形と見るならば動くと考えられるものにも静止している印象を与えるものにも時間は遍在していてそのことを感じることが出来なければ眼も動かない」（『時間』Ⅳ）と述べられる。つまり、吉田健一にいわせれば書物もまた「取り得る一つの形」としての時間なのである。音楽もまた時間だし、建築も時間である。時間とはどこかにあるものではなく、私達の精神を感応させ、「刻々とたつ」ものすべてに時間は遍在している。

つまり、ここで重要なのは、そうした「持続」としての時間が、人間にとっては絶えず絶対的な「現在」としてのみ現れるという事実だろう。あるいは、『時間』に倣って、ここでこれを「現実」と言い換えてみてもよい。たとえば、『時間』の言葉のうちでも、最初に「批評の発条」がギリギリと巻かれる一説を、少々長くなるがこれまたうまく要約できないので、読んでみよう。

> 時間がたって行くことを知るのが現在なのである。これは初めからそれは解っているということを言っているのでなくて知るのでなければ我々は知らずに、或は気付かずにいるのであって時間はたって行って我々は過去とか未来とかの幻影を追う。併し今ここにという瞬間があり、そこに常にいることを妨げるもの、或はそれを我々に禁じるものはなくて刻々にたつ時間が我々の息遣いでもある状態では過去も未来も実感を伴わない。その時にその何れをも我々は幻影と見ることが出来る。或は少くとも自分が或る場所にいて時間とともに自分も時間であって過ぎて行く時にこれまでとこれから先の観念は影が薄れて更に厳密にはその何れもが現在の状態に含まれる。［…］
>
> 我々にとって過去は存在するかしないかの何れかであって我々が過去にいない時に我々に過去は

ない。それは現在に、或は現にたって行く時間に我々がいないならば我々に現在はないのと同じことで厳密には過去というものも現在というものもなくてただ時間がたって行くだけである。或はその時間とともにあってその経過を意識するのが現在であって時計の時間は我々が過去と現在を区別する尺度にならない。[…]

従ってあるのは現在と現在でない状態だけであって普通は過去であることになっているものに我々がいればそれが現在であり、一般に現在と見られているものも我々にとってただの空白であり得る。(『時間』I、傍点引用者)

『時間』にとって、時間とは「刻々にたつ時間が我々の息遣いでもある状態」、すなわち自分がある場所にいて時間が経っていく、またそのことを意識する働きそのものを指している。したがって、それはつねに現在であり、少なくとも「現在と現在でない状態」という区別しかそこには存在しない。そこでは、通常いわれる、現在との相対的な関係に置かれた過去や未来といった線的な時間軸は単なる「幻影」として退けられる。あきらかなように、この時の過去や未来といった相対的時間感覚は、純粋持続から外れた連続的・相対的時間性という意味で、まさにさきほどの「時計の時間」とひとしい。言い換えれば、過去は「我々が過去にいない時」には存在せず、逆にいえば、私達が過去を記憶として想起する時、それはつねに「現在」が経っていくという「いまここ」の意識の働きとしてあるのである。

たとえば、私達はここでまた、冒頭に描写したホン・サンスの『自由が丘で』に立ち戻ることができる。この映画監督の多くの作品と同様に、この映画もまた、かつての古典的映画（★2）が奉じていたリニアで構築的なストーリーテリングからはみだし、複数の時系列が複雑に絡まりあう演出が凝らされている。それは、モリから受け取った手紙を読んでいたクォンが、それを階段から落として順番をバラバラにしてしまう場面に象徴的に具現化されているものだろう。ちなみに、こうしたホン・サンスの演出は、クエンティン・タランティーノからクリストファー・ノーランにいたるまで、現代映画の作家たちに共通して見られる傾向であり、近年の映画研究や批評では、これらを「パズル映画 Puzzle Films」（★3）などと呼んで、さかんに論じられていることも知られている。何にせよ、いわばこうした「蝶番の外れた時間」（『ハムレット』）をかかえた映画のなかで、吉田健一の『時間』を読む主人公の姿は、なおさら象徴的な意味を帯びるのだ。

## 三

ここまでをまとめれば、吉田健一のいう時間とは、私達人間がいる世界に遍在する「現在」としてあるのであり、しかもひるがえっていえば、それは個々の人間の精神の働きが捉えた認識そのものにほかならないのである。

ところで、時間とは受動的に与えられるものではなく、私達人間という存在の五官や意識が絶えず働かせている現在にただ生成するということの条件は、『時間』、あるいはその著者である吉田健一というひとりの文士に、また新たな相貌をいくつかつけ加えることになる。それはすなわち、「現在のひと」「意識のひと」吉田健一は、第一に、「同語反復のひと」吉田健一だという事実であり、また第二に、それは「アクションのひと」「動詞のひと」吉田健一であるという事実である。

どういうことか、順に見よう。もとより吉田健一が体現していた知性とは、おそらく日本近代文学のなかでは際立って異質だった。それは基本的には、「言葉」、そしてそれと連なった「世界」が、私達の前にそのものとして、ただあるという状態を、それだけをひたすら肯定するという「同語反復」の知性である。たとえば、それは何といっても彼の数々の食物エッセイの文章のなかにもっとも純粋な形で露呈する。

長浜に行くとその鴨を食べさせる店が幾らもある。ただ何か出しを入れた鍋で煮て食べるだけのことであるが、それが鴨の味がする。これは妙な言い方で他にもっと旨い説明が出来る筈であってもその味以上のものはないと食べながら思うのが結局は鴨の味ということに落ち着く。（「長浜の鴨」、『舌鼓ところどころ／私の食物誌』中公文庫、二〇一七）

旨いものは旨い、と吉田健一は、ただ、それだけを肯定する。

その感覚というか、思考の質は、たとえばまた別の著作で、「我々に我々の体があることは何と言っても有難いことである。［…］御馳走は旨いし、喉が渇けば水が欲しくて、もしそうでなければ、これは頭の調子が悪いのだとはっきり結論することが出来る」(「我々の体」、『甘酸っぱい味』ちくま学芸文庫、二〇一一所収)と述べられるように、彼にとってつねに絶対的な判断の尺度となった、味覚にも通じる「体の感覚」の重要さに関わっている。そして、こうしたたたずまいは最晩年の『時間』はもちろん、未完の遺著となった『変化』までひたすら変わらない。

或る一篇の詩を聞かされるか読むかしてその詩と縁があるならばそれが世界を変えるのであるよりもその詩が世界であるという感じがすることがあってそれが必ずしも間違っていないとも考えられる。併しその詩が世界であるならばその詩である世界というものがやはりあり、それはその詩でもある世界であって我々は再び我々がいる世界の中に立つ。(『変化』II)

パリというものが既にあったどの時代にもパリと認められるものが都会にあったことが我々の興味を唆るので或るものが絶えず変化して行くことで常に同じであることの見本がここにある。[…]併し同じであるものは変化に堪えられるだけのものがあってそれは変化しながらもでなくて変化を受けることで持続することであり、これはそれ自体に向って持続することでもあれば変化することでもある。(『変化』II)

ここでも吉田健一は、鴨は旨い、とただいうのと同じく、「詩が世界」であり、「常に同じであることの見本」として「パリはパリである」という、ただそれだけをいっている。変化は瞬間瞬間の差異の産出ではなく、あくまでも同一性の持続であると、いみじくも四方田犬彦も指摘しているように（「『変化』をめぐる断章」、丹生谷貴志・松浦寿輝・柳瀬尚紀・四方田犬彦『吉田健一頌』水声社、一九九〇）、『変化』が描きだす「変化」もまた、強い同語反復の主体（「変化が止まなくて同じであるもの」「或るものがそのものである為には絶えず変化する」）なのだ。そして、この主体はただ、「朝であるのは世界が朝なのである」と私達に告げ知らせる『時間』の時間の内実とも何ら変わりはない。

いずれにせよ、このような吉田健一的なたたずまいは、繰り返すように日本の近現代批評の正統的な系譜からはかなり異端だと呼べるだろう。知られるように、そこに一貫してあったのは、吉田健一とはまったく対照的な「否定」、あるいは「批判」の知性であったからである。たとえば小林秀雄にせよ、吉本隆明にせよ、江藤淳にせよ、あるいは柄谷行人にせよ、蓮實重彦にせよ、彼らの批評的知性は否定＝批判の契機を媒介にしてこそもっとも駆動するものであった。それらはときに「自我」を否定し、「知識人」を否定し、「自然」を否定し、「近代」を否定し、「物語」を否定してきた。こうしたなかで、吉田健一が独り示し続けた同語反復は、この上なくふくよかであるとともに、激烈な凄みすら感じさせる。「時間がたって行くのを知るには一人でいるのに限る」（『時間』Ⅳ）と『時間』に書きつけた吉田健一だったが、私達はいま、この吉田健一の孤独をこそ、鷹揚に肯定してみたい。

あるいは、『時間』を書いた吉田健一は、「アクションのひと」「動詞のひと」でもあった。この卓抜な指摘を行ったのは、実は私ではなく、『吉田健一頌』の共著者のひとり、松浦寿輝と、『ケンブリッジ

帰りの文士 吉田健一』（新潮社、二〇一四）の角地幸男である。たとえば、これもおそらく『時間』のなかでももっとも洗練されたつぎの一節を眺めてみる。

ルウヴル博物館にミロの美神像だけが置いてある円い部屋があって中央の像に周囲の窓から光が差す按排になっていて壁に取り付けられた腰掛けの一つから眺めていると日が廻るに従って像に光が差す具合が変り、これはそれとともに像の色合いが変って行くのでも解ってこの刻々の推移も時間が何であるかを教えた筈だった。そのどの瞬間もその像であってその重なりが像であり、又その像の形での時間でもあってもし過去とか現在とかを言うならばその瞬間の一つが意識の対象になる時にそこに現在がある。それ故に今でもその幾つかの瞬間に見た像がその形をしている。今でもまだそこの腰掛けに自分がいる。（『時間』X、傍点引用者）

かつて松浦寿輝は、その「透明な速度」をはらむ特異な文体を指して、吉田健一を「「は」の作家ではなく、「が」の作家」であると喝破した（「その日は朝から曇つてゐたですか、」、『吉田健一頌』）。吉田健一の文章を読むと、主語などに接続される助詞に、係助詞の「は」よりも、おうおうにして動作や状態の主体を示す格助詞の「が」が用いられる場合が多いことに気づく。吉田健一の文章の持続的な速度は、語や存在をスタティックに固定しがちな「は」ではなく、なにものかが状態を動的に変化させる「が」の多用によって成り立っているのである。

その意味で、吉田健一は村川透のような傑出した「アクション作家」なのだ。また、他方で角地幸男は、『時間』における時間の内実が、人間の精神の外部から働きかける物理的時間ではなく、いまここに存在する自分が意識して初めて顔を覗かせる「現在」の表れだという点を踏まえ、それを「「ある」ではなく、「ゐる」」ことに求めていた（「時間略解」、『ケンブリッジ帰りの文士 吉田健一』）。すなわち、ここでもまた、「ある」＝客体的自然ではなく、「ゐる」＝主体的当為という動詞的様態にこそ、吉田健一の固有の類稀な知性が見いだされているのである。五官の働き、意識の働きこそが時間であるという吉田健一は、この時、極めてアクチュアルな現在性を帯びて立ちあがってくるだろう。

## 四

ところで、『時間』全篇の描きだす時間論は、あくまでも私達人間の精神＝「意識の働き」に関わっている。このことは述べた。とはいえ、同時に吉田健一は、そうした意識の働きが、人間以外の動物にも含まれる「五官の働き」や「体の仕組み」にも深く依拠していることに特段の注意を促している。

つまり、ここでこの小稿の最後に、あらためて問題としたいのは、この時間をめぐる「人間」と「人間以外の動物」の差異と同質性である。たとえば、そのことは吉田健一において、彼独特のよく知られた歴史認識にも通じている。

近代が崩壊して再び我々のものになったのが人間の観念であり、そして又時間の観念だったと考えるべき根拠は充分にある。それは完璧を目指すよりも人間であることを見失わない方が人間であることにとって重要であることを近代を通って来たものが身に染みて、又精神を賭して知ったからであり、その人間の観念を取り戻せば時間の観念も人間であることに伴って再び身に付けざるを得なくなる。ただそのことを説くものは今の所まだいない。（『時間』Ⅲ）

『時間』が描くところによれば、近代が崩壊したのは二十世紀の第二次世界大戦後ということになっている。吉田健一が多くの批評的著作で掲げてきた、中世をその震源とする十九世紀末ヨーロッパにおいて完全に熟成した「近代の倦怠」も、この時に崩壊する。そしてその時、同時に私達人間の観念としての時間の観念も崩壊したはずであった。しかし、にもかかわらず私達は、この人間＝時間の観念こそを、いま取り戻すべきである、と『時間』は主張するのである。

ただ他方で、こうした時間は、本来、人間のみが完全に触知しうるものでもない。たとえば、さきの角地幸男は、「時間略解」でつぎのようにも指摘する。

人間という動物は、確かに人間以外の動物と違って自分が時間であることを意識することが出来るかも知れない。しかしだからといって調子に乗って自分が動物であることまで無視するに到れば、それは自分が時間である基本からも逸脱することになる。［…］

その現在の観念を掴むにあたって、人間以外の動物の眼付きが参考になった、と書いていることに注目しなければならない。［…］

しかし、その人間の脳の緻密な働きを支えているのが実は日々の営みにおける五官の働き以外のなにものでもないという身体の仕組みは、人間もまた動物であることの何よりも動かせない証拠でなければならない。（傍点原文）

つまり、ここで角地は、『時間』をめぐる「動物と（しての）人間」という新たな、そして実に興味深い問いを提示している。ちなみに、ここで角地がいう「現在の観念を掴むにあたって、人間以外の動物の眼付きが参考になった」というのは、『時間』とほぼ同時期に記された、吉田健一の犬をめぐる以下のエッセイの記述を指している。

一体に人間と人間以外の動物の間には意思の疎通を図る確実な仲介の手段がないから一切は憶測の域を出ないが途中からそういう動物が考えているのであるよりも見ているのは時間というものではないかという気がして来た。それもその動物のうちにも流れている時間でそこに眼が向けられている。まだ現在というものの観念が掴み難くて難儀していた頃そういう動物の眼付きが参考になった。（「犬その他」、『吉田健一著作集』補巻一、集英社、一九八一）

これも知られるように、その最後の長編小説『埋れ木』（集英社、一九七四）を愛犬・彦七に捧げるほど、吉田健一にとって、動物は終生、大きな存在であり続けた。『謎の怪物・謎の動物』（新潮社、一九六四）をはじめ、動物にかんする随筆も数多く残している。吉田健一によれば、時間を意識するということは人間だけがもっている精神に固有の性質ではある。しかしそれは同時に、人間の「体の感覚」が持つ「動物性」にも重要な基本を置くものでもある。『時間』はいう。

一体に或ることを他のことと取り違えるということがなくなるので錯覚は時間の観念を失うことから生じ、その時に辺りが静かになるのでなくて時間が止って我々は虚偽の中をのたうち廻る。それがなくて時間が過ぎて行くという考えが捨て難いのでそのことを知っている人間が我々の周囲に少いならば人間以外の動物で人間による迫害を受けていないものの眼の色が常に現在である状態がどういうものであるかを我々に想像させる。それは澄んでいるというようなものでなくて明るい憂いに満ちていてその憂いは世界をこれでいいのだと認めることから生じる。（『時間』V）

この一文にあるように、吉田健一にとって、あるいは『時間』にとって、動物とは、人間が人間であることの基本を想像させてくれる存在でもあり、それと同時に、時間を意識する人間とその基本を共有する存在であることにもなる。人間だけが意識することのできる「時間そのもの」は、しかしまた、動物たちの「明るい憂いに満ち」たまなざし＝パースペクティヴの媒介があってこそ、真に現実的なものとなる。あるいはまた、別のところで吉田健一は、「人間は動物であって、他の動物と同類であるということになる。[…]人間も結局は或る部分的な存在でしかない一つの大きな世界の他の部分をなしているものという意味で、人間以外の動物も人間の注意に値するものなのである」(「人間以外の動物と人間」、『吉田健一著作集』第二八巻、集英社、一九八〇)とも記しているのである。こうした吉田健一の認識は、今日の存在論や人類学でいわれるような多種多様なノンヒューマン・エージェンシーとの相互干渉や、複数の「パースペクティヴィズム」(E・ヴィヴェイロス・デ・カストロ)(★4)の言説と照らしあわせても、いくらかは示唆に富む要素を含んでいるだろう。

また、ここでひるがえってみれば、こうした『時間』における人間と動物=ノンヒューマンとの相互干渉や対称性をめぐる問題系は、やはりホン・サンスの『自由が丘で』の物語と奇しくも共通する要素がある。たとえば、それはいうまでもなくヨンソンの飼い犬、クミと主人公のモリとの関係性の描写において顕著に認められるものだろう。すでに触れたように、主人公のモリは街中でクミを見つけ、ひと(クォン)よりも「犬を見つけるのがうまい」といわれる。しかし、その後彼は、自身もまた、まさに犬のような存在に生成変化していってしまうのだ。というのも、モリは作中で「何もしない」「よく寝る」「ぼくは愚かだ」とことあるごとに語り、以前よりもいっそう日がな一日何もしないで、ゴロゴロとゲストハウスで寝ているか、ブラブラと街中を徘徊ばかりする無為の存在になってしまうからである。いうなれば、『自由が丘で』という映画は、この意味で、『時間』が描くような「蝶番の外れた時間」のなかで『時間』を読む主人公が、また他方で「動物への生成変化」を遂げていく物語としても読み解くことができるのである。

もとより、『アバンチュールはパリで』*Night and Day*、밤과 낮（二〇〇八）や『3人のアンヌ』*In Another Country*、다른 나라에서（二〇一二）（★5）などにも明らかなように、こうした「放浪と探索」の主題系自体もまた、いかにもホン・サンス的なモティーフである。そして、思えば、こうした周遊のイメージは、『文学あちらこちら』（東方社、一九五六）、『乞食王子』（新潮社、一九五六）、『舌鼓ところどころ』（文藝春秋新社、一九五八）、『ひまつぶし』（講談社、一九五九）、『横道に逸れた文学論』（文藝春秋新社、一九六二）……などなどの著作の題名からも伝わってくるように、前期からの吉田健一の文学的感性の重要な一角を形作ってきたものでもあった。こうした「あちらこちら」「ところどころ」を「ひまつぶし」に周遊し、徘徊していく吉田健一のたたずまいは、どこかである種の「動物性」にも通じていたのかも知れない。『時間』が垣間見させる「動物のまなざし」は、そんなことも私達に感じさせる。

以上、『時間』を素材にして、吉田健一の後期批評について、その魅力の一端を簡単に見てきた。後年、司馬遼太郎をして（『十六の話』中央公論社、一九九三）、最初期の著作『宰相御曹司貧窮す』（文藝春秋新社、一九五四）を読んだ時の印象を「思想的な事件」だったといわしめ、その風貌を「中世の禅僧」のようだと語られた稀有な文士の豊穣な仕事の軌跡を、ぜひ何度も繰り返し辿りなおしていただきたい。

★1　漱石が東大英文科で行った講義を元に、イギリス留学で得た知見も踏まえて記した文学論。

★2　ハリウッドを中心に一九二〇年前後に成立、三十年代に絶頂を迎え、およそ六十年代前半頃まで続いた物語映画の説話システム。物語展開の連続性・効率性・透明性を重視する。

★3　九十年代後半頃から現代映画に見られるようになった傾向を指す批評用語。パズルのように物語やシーンが断片化・可逆化した作品群を指す。

★4　ヒトと動物の間に従来の非対称的な関係ではなく、ヒト以外の多種多様な動物にも固有のパースペクティヴ＝世界を認める人類学の新しい立場。

★5　ホン・サンス監督の韓国映画。フランス人女優イザベラ・ユペールが主演を務めている。

［参考文献］


夏目漱石『文学論』（岩波書店、二〇〇七）

角地幸男『ケンブリッジ帰りの文士 吉田健一』（新潮社、二〇一四）

丹生谷貴志・松浦寿輝・柳瀬尚紀・四方田犬彦『吉田健一頌』（水声社、一九九〇）

司馬遼太郎『十六の話』（中央公論社、一九九三）

吉田健一『甘酸っぱい味』（ちくま学芸文庫、二〇一一）

吉田健一『時間』（講談社文芸文庫、一九九八）

吉田健一『舌鼓ところどころ／私の食物誌』（中公文庫、二〇一七）

吉田健一『変化』（青土社、二〇一二）

吉田健一『吉田健一著作集』第二八巻（集英社、一九八〇）

吉田健一『吉田健一著作集』補巻一（集英社、一九八一）

# V

## エッセイ2

# 吉田健一邸を訪ねて

川本　直

私が好んで読んできた批評家は「主流」からも「反主流」からも距離を置いてきた。澁澤龍彦、川本三郎、高原英理、柳下毅一郎といった、言うなれば「非主流」の批評家たちだ。彼らはみな時流や文壇の趨勢には目もくれず、自分の世界を掘り下げる仕事をしている。こうした孤独な批評家たちのなかで私が最も愛読したのが吉田健一だった。

「批評の世界にうんざりしてしまった」と批評家の中森明夫さんに零したことがある。中森さんは私が抑圧を感じない数少ない先輩のひとりだ。中森さんは批評の歴史を振り返りつつ、結論としてこう言った。

「日本の男性批評家にはファザコンが多い。父権的なんだ。僕はそういう風には絶対なりたくない。変なおじさんでいたい。ジャック・タチの『ぼくの伯父さん』みたいにね。川本さんが好きな吉田健一も変なおじさんだ。だから、抑圧的じゃないんだよ」

「変なおじさん」。たしかに吉田健一を初めて読んだ時は「酔っぱらいの変なおじさんが面白い話を聞かせてくれる」という印象を持った。中森さんの言葉はとても腑に落ちた。吉田健一には父権主義やマッチョイズムをまったく感じない。

「女のようなしなを作る青年」（河上徹太郎「吉田健一」、『吉田健一集成　別巻』新潮社、一九九四）だった吉田健一は、男性的というよりは中性的な存在だ。十九歳でケンブリッジを中退し、日本に戻ってから小林秀雄の『文藝評論』（白水社、一九三一）と河上徹太郎『自然と純粋』（芝書店、一九三二）を読み比べ、後者に師事して文士を目指した。日本近代批評の立役者だった小林を選ばず、その影に隠れて「近代批評の女房役」と呼ばれた河上を師に選んだところに、吉田健一の「非主流」的な態度の萌芽が見える。

　河上徹太郎は小林秀雄から「あいつはものにならないからよせ」と脅されたにもかかわらず、小林のいじめから吉田健一を庇い続けた。河上は「世間では私のことを師匠だといっている。彼はケンブリッヂから帰って以来、うるさい程私の傍にいた。確かに私は彼に飲むことを手を取って教えた。しかし彼に書くことは教えなかった。そんなことは私は柄でもなく趣味でもない」（河上徹太郎「吉田君の死」、『吉田健一集成　別巻』）と回想している。もちろん「吉田君の死」は追悼文なのでいくらか謙遜も入っているだろうが、実際、河上徹太郎と吉田健一はかなり異質な批評家だった。ふたりは師弟というより、年の離れた友人と考えたほうがいい。

　つまり吉田健一には書く上での師などいなかった。誰かの師になろうともしなかった。吉田健一は彼を慕った篠田一士、丸谷才一、辻邦生、清水徹といった後輩たちを「若い人達」（『交遊録』新潮社、一九七四）と呼び、弟子ではなく、友人として関わった。「若い人達」だけではなく、吉田健一の死後に執筆活動を始めた愛読者たちも、その精神には学んだかも知れないが、直接の後継者となることはなかった。吉田健一を模倣することなど土台無理な話だからだ。孤独な「非主流」という姿勢を「変なおじさん」吉田健一は生涯貫き通した。

それでは吉田健一の書くものは何が違うのか。かつて友人の批評家、渡邉大輔は吉田健一との出会いとその魅力について、こう語ってくれたことがある。

「吉田健一は、三島由紀夫が結成していた鉢の木会を通じて学生時代に知りました。最初はとにかくダンディな見た目に惹かれましたね。ただ、柄谷行人や蓮實重彦など私が影響を受けていた『批評空間』系の批評家たちは軒並み、吉田健一をバカにしていたので――まあ、彼らは小林秀雄もバカにしていましたが――そんなものなのかなと思っていました。本格的に読み始めて大好きになったのは二十四歳くらいですね。小林秀雄以来の批評は、弁証法、否定性の知性にあったと思うのですが、吉田健一の批評はむしろ文体と一体となった、肯定の知性だと思います。目の前の流れる現実を受け入れていく。そのごく自然な鷹揚さが吉田の魅力です」

「肯定の知性」。至言である。吉田健一の文学に流れているのは正しくこの「肯定」の力だ。しかし、吉田健一が書くものには「文学」の在り方について、反俗の精神が溢れているのも事実ではある。左翼運動が世界を席巻していた一九六〇年代に『文学の楽しみ』（河出書房新社、一九六七）という一見アクチュアリティが皆無で、政治性とも無縁に思える書物を上梓してしまうのが吉田健一なのだ。当時、吉田健一の真価が十全に理解されていたとは言い難い。その頃、文学青年だった私の父も「元首相の御曹司で保守的なスノッブ」程度の認識だったそうだ。しかし、敢えて政治の時代に「文学の楽しみ」を謳いあげることで、吉田健一は吹けば飛ぶようなイデオロギーを掲げる輩たちとは一線を画すこととなった。吉田健一にとって六〇年代の「政治の季節」などどうでもよかったに違いない。

吉田健一の書くものは日本近代文学の主流とは決定的に異なっている。日本の近代文学において「私」、すなわち「近代的自我」の確立は重要な課題だったが、吉田健一はほとんど「私」に類する「一人称」を使わない。稀に「こっち」という一人称を用いるに過ぎない。吉田健一は文学における近代的自我の確立などということに興味を持たなかった。一度、吉田健一と坂口安吾の随筆を比較して一人称の使用頻度を調べたことがあるが、安吾が「私」をくどいほど使用しているのに対し、吉田健一の「私」の使用回数はゼロだった。もちろん、安吾には安吾の事情があったことは言うまでもないが、吉田健一の「『私』隠し」（高橋英夫『琥珀の夜から朝の光へ　吉田健一逍遥』新潮社、一九九四）は徹底していた。

私は吉田健一が翻訳したイーヴリン・ウォーの『ブライヅヘッドふたたび』（筑摩書房、一九六三）と高校生の時に出会って以来、虜になり、彼の翻訳を読み漁った後で、随筆、批評、小説の順で読んでいった。あまりに読み耽ったので、句読点が極めて少ない、うねるような、息の長い文章を味わっているうちに思考が混乱した時もあった。それから吉田健一についての伝記や研究書を読むようになり、彼が私と同じ暁星学園の出身だということを知った。つまり吉田健一は私の先輩にあたる。吉田健一の最終学歴は暁星中学卒業。ケンブリッジ大学に入学したものの、半年もしないうちに中退している。私も暁星高校を卒業した後、立教大学に進学したが中退したので、親近感を抱いた。ケンブリッジと立教では比較にもならないが、一人の文士として独力で道を切り拓いてきたのは吉田健一も私も同じだ。言葉の最良の意味においてディレッタントであり、在野の文士だった吉田健一の生き方には傾倒しているし、意識もしている。もちろん、吉田健一は大久保利通の曾孫であり、吉田茂元首相の息子という血統の持ち主で、幼い頃から海外を転々とした日本人離れした知性の持ち主であり、彼と私は文学的資質が違いすぎることは自覚している。拙劣な模倣をする気もない。

もとより若い頃の私は観念的、さらに言えば実存主義的だった。今でも「精神年齢が十一歳」と友人に言われるほど子供じみた人間だ。だからこそ、「成熟」を重んじる吉田健一は、自分にないものを持っていたがために魅力的に映った。吉田健一の著作は私の青臭い考え方に解毒剤の作用を果たしてくれたし、今でもそうだ。いつか彼を論じるのが私のささやかな夢だったが、それが叶えられるのは遠い未来のことのように思えてならなかった。吉田健一に太刀打ちできる気がしなかったからだ。しかし、その瞬間は突然訪れることになる。

二〇一六年、五月十四日の昼過ぎ。吉田健一がこよなく愛した神保町のビアホール、ランチョンの奥の席で、私はビールのグラスを傾けながら渡邉大輔を待っていた。ランチョンのビールは味を生かすためにわざとあまり冷やしていない。とても美味だ。渡邉は批評家であるだけではなく、映画史研究者でもあり、跡見学園女子大学で助教として教鞭を執っている。テーブルには吉田健一が編集者や年下の文学者たちと歓談している時、必ず出されていたカツサンドがあった。もっとも、吉田健一はズラリとつまみを並べていたものの、「僕は見れば味がわかるから」と言って手をつけず、長谷川郁夫たちが食べていたそうだが。

私と渡邉の出会いは四年前に遡る。長谷川郁夫の浩瀚な伝記『吉田健一』（新潮社、二〇一四）が出版されたことを私が Twitter でことほいでいると、渡邉も吉田健一に惹かれていたことがわかり、意気投合した。すぐにランチョンで一度会った。その頃、私達は経済的に苦しかった。私はデビュー作を出版したばかりだったが、まだ印税が下りておらず、借金をしていた。渡邉はまだ助教に就任しておらず、原稿料と非常勤講師をして暮らしていた。その時もランチョンでランチを共にした。食べ終わって談笑していると渡邉が「小腹が空きました」と言い出した。このビアホールは少々値が張る。安くてボリュームがありそうなものを探し、ベークドポテトをふたりでひとつ、追加注文した。ベークドポテトは皿にちんまりとしか盛られていなかった。ふたりともなんともいたたまれない気持ちになって無言でポテトをつまんだ。

三日前、私と渡邉は「吉田健一友の会」という同好会を結成しようと決めたばかりで、「とりあえずランチョンでお会いしましょう」ということになった。私は待ち合わせ時間の三十分前にランチョンに到着してしまい、ビールを二杯も嗜んでいた。「どうも遅れまして」と時刻通りに声がした。顔をあげると、人好きのするにこやかな笑顔を浮かべた渡邉がいた。彼は遅れてはいない。私がせっかちなだけだ。渡邉は三十三歳で私より三歳年下だが、私とは対照的に落ち着きがあるので、年下だと思ったことは一度もない。渡邉は元々二十三歳の若さで二〇〇五年に文芸評論家としてデビューした。二〇〇〇年代に現れた優れた論客のひとりだが、吉田健一のみならず、福田恆存を愛読する古風な一面を持っている。

渡邉が「お腹が空きました」と言うので、手をつけていなかったカツサンドを勧めるとあっという間にほとんど食べてしまった。ランチョンのカツサンドは巨大だ。渡邉は吉田健一の読者にしては珍しく、まったく酒が飲めないが、健啖家だ。グルマンだった吉田健一の愛読者らしいと思った。私もご多分に漏れず、大酒飲みで大食らいだ。渡邉の食欲が一段落したところで、打ち合わせに入った。同好会を作ったのは、ひとりでは太刀打ちできない吉田健一という鵺的な存在を若い物書きを結集して、その集合知で論じるというアプローチを取るためだ、と説明した。ジャンル毎に担当を分けて評論を執筆し、書籍化する。来年は吉田健一没後四十年にあたる、イベントも開く、というのが私の提案だった。渡邉は賛成してくれた。そこで渡邉に共編者を担当してくれないか、と話を持ちかけたところ、微苦笑で断られた。私のような在野の暇人と違い、渡邉は教職に就いているから忙しい。その場で友人の樫原辰郎に電話をかけた。樫原の本業は映画監督だが、その年の春に谷崎潤一郎を斬新な視点から論じた『痴人の愛』を歩く』(白水社、二〇一六)を発表して一躍脚光を浴びていた。樫原は起き抜けだったが、了承してくれ、すぐに話はまとまった。それから、しばし渡邉と今の批評について、ここでは書けない話をして我々は解散した。

ランチョンから帰宅した私は次の行動に出た。吉田健一の著作権は生きており、娘の吉田暁子さんが所有している。暁子さんへの連絡なしで評論集の出版を行ったり、イベントを開いたりするのは義理を欠く。暁子さんは『父　吉田健一』(河出書房新社、二〇一三)を出版している。私の本も河出書房新社から出ている。すぐさま担当編集者に連絡した。担当は私からの手紙を暁子さんの担当編集者を介して転送すると約束してくれた。私はかなり大胆な性格だが、暁子さんに手紙を書くのは流石に緊張した。

晩子さんが『父　吉田健一』を上梓する前から、私は暁子さんが吉田健一について書いた文章やインタビューを読んでいた。私が暁子さんに抱いていたイメージは父である吉田健一の思い出を大切に守っている孤高の仏文学翻訳家というものだった。しかし、私には「アメリカで最も論争的な作家」と称されたゴア・ヴィダルに熱烈な手紙を送って、彼の死の一年前に日本人として初めてのインタビューを敢行した「前科」がある。暁子さんが毒舌家で有名なヴィダルより人が悪いとは考えずらい。たぶん大丈夫だろう。私は勇を奮って手紙を投函した。五月十六日のことだった。

六月六日、夜通し飲んで帰宅したところ、郵便ポストに封筒が届いていた。差出人には「吉田暁子代理　K」――本当は実名が書いてあったのだが、ご本人のご要望でイニシャルのみとさせて戴く――と書いてある。記載されている住所も吉田邸ではない。訝しみながら封を切ってみると和紙に印字された手紙があった。

拝復　お手紙を拝見いたしました。ご丁寧に恐れ入ります。私はKと申しまして、吉田暁子の母方の従兄にあたります（筆者注：吉田健一の甥ということ）。

残念なことに、吉田暁子は一昨年四月から体調を崩し、吉田邸から離れて療養生活を送っております。

暁子の兄健介は既に他界し、その連れ合いはイタリア人で、とても面倒を見ることは不可能であるため、母方の従兄である私が日常の世話と吉田健一の著作物の管理をしているところです。

そこで、今回戴いた川本様の手紙の内容をかいつまんで暁子に読んで聞かせました。「吉田健一友の会」の認可について尋ねたところ、嬉しそうに頷きました。ただ、会って話をするというお申し出に対しては、残念ながら不可能かと存じます。

現在、新宿区払方町にある屋敷を売却する手続きなかで、吉田健一の遺品については、原稿、自身の著書、翻訳の原書、他の作家からの書簡、身の回りの品などなどを、神奈川近代文学館に寄贈すべく整理をしているところです。先日も、新潮社の方にもお手伝い戴き、なんとか整理の目処がついたところです。その時、暁子の『父 吉田健一』や長谷川郁夫さんの評論のお陰で、吉田健一の若い読者が増えているという話が出ました。そこに今回の友の会のお話が来てびっくりし、また、大変嬉しく思いました。暁子も同じ思いでいると存じます。

前述のように、暁子とお会い戴くことはかなわぬことですが、新宿区払方町にある屋敷も、手放してしまいます。また、暁子が、吉田健一の亡くなった後も、亡くなった当時のまま、大切に保存していた書斎も、六月十六日には中身を運び出してしまいます。

もし、よろしければ、その前に、吉田邸にお越し戴き、健一伯父が執筆していた書斎の雰囲気を感じて戴けたらと思いますが、如何でしょうか？

吉田健一が若い方にも愛されているということが現実であるということがわかって、幸せに感じております。これからも、「吉田健一友の会」が末永く続いていくことを祈念しております。よろしくお願い申し上げます。

何か吉田健一に関し、お尋ねがございましたら、ご連絡戴ければ幸甚に存じます。

手紙を読んでいささか動揺してしまった。暁子さんが療養生活を送らなければならないほど体調が悪いこと。吉田健一邸が売却にかけられてしまうこと。吉田健一を知っている人や物が次々と失われていく。手紙の末尾にはK氏の住所とメールアドレスと携帯電話番号が書かれていた。六月十六日に遺品の整理が行われてしまうとしたら、残された時間は十日しかない。手紙やメールのようなまどろっこしい手段では間に合わないと考え、迷わずK氏の携帯に電話をかけた。電話に出たK氏は驚いた様子だったが、六月十三日午後二時に新宿区払方町にある吉田健一邸に来て欲しい、とのことだった。同伴者には渡邉大輔を考えたが、彼はその日、大学で講義があったので、樫原辰郎にお願いした。樫原には『iPhoneで誰でも映画ができる本』（樫原辰郎・角田亮、キネマ旬報社、二〇一二）という著作がある。iPhoneによる吉田健一邸の撮影を行うことも二人で決めた。

六月十三日午後一時三十分、市ヶ谷駅で樫原と待ち合わせ、吉田健一邸に向かった。雨が降っており、寒い。私はK氏へのお土産の紅茶と暁子さんへの御見舞の花束を携えていた。GoogleMaps で調べたところ、市ヶ谷駅から北に続く大通りの坂を登り、そこから西に曲がった先の住宅街に吉田健一邸はあるらしい。道すがら樫原は彼の吉田健一観を語ってくれた。

「吉田健一については何故か子どもの頃からその存在を知っていて、それはおそらく吉田に『謎の怪物・謎の動物』（新潮社、一九六四）という著作があって、怪獣ブームの真っ只中に生まれた世代としては無視できなかったからですね。それが長ずるにつれて、来る日も来る日も浴びるように酒を飲む出来の悪い大人になってしまい、酔った頭で吉田の酒と食べ物にまつわる本を古本屋で漁るうちに、評論や小説も読むようになって、酒の作法から読書の作法までこの人に教わったような気分になって今に至る。つまり、まだ酔いは醒めていないんです」

谷崎潤一郎を愛するエピキュリアン、樫原らしい見解だった。

大通りを西に曲がって入り込んだ古い住宅街の区画割は戦後すぐからのものだろう。車がすれ違えないほど細い道を歩いていると、右手に鬱蒼とした森が現れた。表札に「吉田」とある。その時、暁子さんが『父　吉田健一』で回想した光景が具体性を伴って浮かんできた。家族の誰よりも朝早く起きて執筆する吉田健一、犬の散歩を兼ねて暁子さんを学校まで送る吉田健一、昼寝をしてから執筆を再開する吉田健一、家族とともにオープンサンドウィッチの夜食を摂る吉田健一。その営みのすべてがここ払方町の屋敷で行われたのだ。私はずっと日本文学を他人事のように思ってきた。だからこそ、主に英米文学を読み、論じてきた。だが、この瞬間、吉田健一邸という触媒を通じて日本文学と私はようやく繋がった気がした。感慨で立ち尽くしていると iPhone のアラームが鳴った。午後二時。我に返ってK氏の携帯に電話を入れた。

すぐに樹々が繁茂する奥の小道から携帯を片手にK氏が現れた。

「ようこそいらっしゃいました」

K氏は眼鏡をかけた長身の老紳士だった。聞けば暁子さんより二歳年上の七十三歳だという。招かれるままに紫陽花が咲く小道を歩いていくと木造の洋館が現れた。

吉田健一がこの家を建てた顛末は随筆「家を建てる話」(『三文紳士』宝文館、一九五六)に書いてある。吉田健一と家族は貧窮して、いかがわしい商売をしている家などを間借りして転々としていた。一念発起して家を建てようと、映画化された「エロでグロでスリルがある」小説の翻訳で一山当てようとするのだが、失敗する。銀行にお金を借りに行っても断られ、結局「カモ」れる出版社に前借りして工事を始めるが、遅々として進まない。あまりの遅れぶりに友人の宗匠が「さみだれやたつべきものもたたざりき」という俳句を詠んだほどだった。結局、「こん畜生」と建築屋を急がせて完成させるのだが、その家はというと「だからどんな立派な家だろうと思うものは、実物を見に来るといい。あの妙ちくりんな家だというので、近所のものなら誰でも知っている」と本人が書くほど変なものだったらしい。しかし、暁子さんの『父　吉田健一』によると「妙ちくりんな家」は建て直されたそうで、今、目にしている家は風格のある立派なものだった。

邸内に入って最初に気づいたのは暗さだった。暁子さん愛用のグランドピアノと暖炉がある応接間に通される。本棚にはフランス語の洋書が大量に詰め込まれていた。暁子さんの蔵書だという。

邸内は時が止まっているかのようだった。暁子さんが父の思い出を残すために、この屋敷を吉田健一の生前のままに保存したからだろう。

リビングには吉田家にまつわる品々が飾ってあった。吉田健一のスケッチと愛用のソフト帽がまず目に入った。暁子さんのスケッチもある。若い頃に描かれたものなのか、あどけない表情だ。吉田茂と吉田健一のカリカチュアもあった。この親子は陽気な笑顔がよく似ている。亡くなった長男、吉田健介とイタリア人女性の結婚記念写真もある。酒の席で川村二郎が「毛唐」という言葉を口にした時、吉田健一の飄々としたイメージからは想像もできないが、テーブルからグラスを叩き落としたという逸話が残っている（川村二郎「思い出」、『吉田健一集成　別巻』）。息子とその配偶者、孫娘への愛情を感じさせるエピソードだ。健介が軽井沢で撮影した暁子さんの写真もあった。家族全員がにこやかに笑っている集合写真もある。テーブルの上には文藝春秋が権利を有するというアルバムがあったので、見せてもらった。ほとんどが汽車に乗って酒を飲む吉田健一を撮影したものだった。酒と旅を心から楽しんでいるのがわかる。

「今、売却手続き中なので、たいしたものをお出しできずに申し訳ない。本当はお酒でも出すべきなのですが。私も吉田健一と同じで酒が好きでね。特に日本酒が」とK氏は我々にお茶を出してくれながら笑い、吉田健一の印象を語り始めた。

「私は吉田健一とそれほど会っていたわけではないんですが、吉田健一の印象というのは、あの頃にしてはとても大柄な人で、運動神経ゼロのヒョコヒョコした歩き方をしていたところですかね。それと本棚の前で立ったまま、『サザエさん』を読んでクックッと笑っていたところを思い出しますね」

樫原は iPhone で邸内の撮影を開始している。

「三島由紀夫はね。吉田健一と喧嘩別れした後、一度だけ訪ねてきた。ちょうど切腹した年の八月でした。ここに訪ねてきたんです。盾の会の制服を着てね。私の母がちょうど居合わせて帰ってきてから、『三島さん、おかしいよ。おかしいよ』と私に言ったんです。明らかに様子がおかしかったらしい」

吉田健一と三島由紀夫は絶交して以来、疎遠になったというのが通説だ。吉田健一が三島の屋敷に招かれた際、調度品を値踏みしたことや『鏡子の家』（新潮社、一九五九）に否定的だったこと、『宴のあと』（新潮社、一九六〇）のプライバシー裁判に吉田健一が関与したことが、決裂の原因だと三島の伝記には書かれている。一方、長谷川郁夫の評伝『吉田健一』によると、三島と吉田健一の双方を嫌っていた大岡昇平が裏で糸を引いていたと書かれている。どちらが真実か私にはわからない。三島が自決の年に吉田健一を訪ねていたことは私の知る限り、どの文献にも書かれていない。三島は最後の別れを告げに来たに違いない。それは律儀な三島なりの筋の通し方だったのだろう。

K氏は話を続けた。「私は吉田健一のお通夜に立ち会ったんですが、お酒がいっぱい出てね。特にギネスは近所の酒屋の在庫がなくなるほどでしたよ。辻留や小川軒の料理もありました。私はドナルド・キーンさんの隣になったんです。キーンさんはアメリカ人というよりイギリスの紳士といった感じでしたね。正座して座っておられました」

話は吉田暁子さんのことに移った。

「暁子はね、話好きで電話をしてくると二時間くらい話しているので、椅子を用意して座って話さなくちゃいけないくらいでしたよ。お酒も吉田健一以上に強かったんじゃないかな」

どうやら私が暁子さんに抱いていた「孤高の仏文学翻訳家」というイメージは間違っていたらしい。

それから私達はK氏に案内されて二階へ上がった。左手にある部屋に入ると、吉田健一が使用していた資料が入った大量のダンボール箱で、床は埋め尽くされている。中を覗くと洋書ばかりだ。「本は五百冊ばかりあれば、それで十分」（篠田一士「吉田さんの本」、『吉田健一集成　別巻』）というのが吉田健一の口癖だったそうだが、それにしては多い。K氏は冊子を幾つか取り出して見せてくれた。筆で書かれた和歌が並んでいる。達筆過ぎて読めない。

「これは鉢の木会の連歌帖です。みんなベロベロに酔って書いていたらしいけど。福田恆存さんだけは飲めなかったですね。息子の福田逸さんは『子供の頃、我が家で行われた鉢の木会で吉田さんの笑い声を聞くのを楽しみにしていた』と言っていました」

吉田健一の笑い声はとても特徴的だった、というのは彼の友人知人たちの間で語り草になっている。私も吉田健一の声が聴きたくて八方手を尽くしたのだが、残念ながら今に至るまで肉声の録音は手に入っていない。

私達は吉田健一の生前のまま暁子さんが保存していた書斎の前に立った。何かの気配がするような気がした。この書斎こそ、時が静止した邸内の中心なのだ。

K氏が扉を開ける。六畳ほどの質素な部屋だった。壁面全体に本棚が埋め込まれている。床には絨毯が敷かれていた。椅子はない。座布団に座って執筆していたようだ。書棚には献本された石川淳、篠田一士、丸谷才一、辻邦生ら友人の著作が並び、『現代思想』と『ユリイカ』が山と積まれている。『現代思想』のジャック・デリダ特集まであったのは意外だった。吉田健一とポスト構造主義という取り合わせはあまり想像ができない。

献本以外の蔵書はほとんどなかった。資料が別の部屋に置いてあり、献本ばかりが書斎にあるというのはどういうことなのだろうか。書物は友人から送られてきた手紙のように読まなければ意味がない、と吉田健一は書いているが、友人の本こそが彼にとって大事なものだったのだろうか。

机上には原書の *LA FARCE EN FRANCE 1450 A 1530*（アンドレ・ティシエ『フランスにおけるファルス 一四五〇年から一五三〇年まで』、未邦訳）が置いてあった。ルネッサンス期フランスの笑劇《ファルス》に関する研究書だ。恐らく最後に読んだ本だろう。亡くなる直前に笑劇についての本を読むとはいかにも吉田健一らしい。

他にも英文タイプライター、辞書類、筆記用具、貯金箱、ピースの缶、ゴロワーズがあった。灰皿には煙草の吸い殻がそのまま残っている。机を眺めいていると変わった形の丸い箱の存在にふと気づいた。K氏に尋ねると「開けたことがないですね。開けてみよう」。中からは包装されたままの太い葉巻が数本出てきた。「ああ、これは吉田茂から相続した葉巻ですね。葉巻とワインをたくさん相続したので、大変な相続税がかかったらしい」とK氏は笑った。

樫原の撮影がほぼ終了したので、我々は吉田邸を辞すことにした。雨が蕭々と降っている。門の外からもう一度、吉田健一邸を振り返った。暁子さんが大切に守り続けてきたこの屋敷ももうすぐ他人のものになる。

二〇一六年六月二十一日、K氏を迎えて「吉田健一友の会」の初めての会合がランチョンで開かれた。参加者は総勢十六人。終始賑やかな会だった。渡邉大輔は興奮した面持ちで、K氏とわざわざツーショット写真を撮ってもらい、喜色満面だった。K氏は吉田健一と直接の血の繋がりはない。それでも吉田健一を深く愛する渡邉にとってこの瞬間は心躍る時だったようだ。

あれから二年が経つ。イベントを開き、評論集の出版も決まった。吉田健一は「生きる喜び」を生涯にわたって語った。「文学の楽しみ」を、美酒と珍味佳肴に出会った時の幸福を、旅することの喜びを語り続けた。もはや批評の世界で縄張り争いと議論のための議論にうつつを抜かす連中のことなどどうでもいい。吉田健一に倣って生と文学を楽しみ続けること。それこそが生きるため、書くために大切だということが、今の私にははっきりわかる。

【初出：「吉田健一邸を訪ねて」（『文學界』二〇一七年三月号）を加筆修正】

［参考文献］
吉田健一『三文紳士』（講談社文芸文庫、一九九一）

吉田健一『交遊録』（講談社文芸文庫、二〇一一）
吉田健一『吉田健一集成　別巻』（新潮社、一九九四）
吉田暁子『父　吉田健一』（河出書房新社、二〇一三）
長谷川郁夫『吉田健一』（新潮社、二〇一四）
高橋英夫『琥珀の夜から朝の光へ　吉田健一逍遥』（新潮社、一九九四）
ジョン・ネイスン『新版・三島由紀夫―ある評伝』（野口武彦訳、新潮社、二〇〇〇）

Ⅵ

# 批評3（小説・翻訳）

# 吉田健一の長編小説に就て

樫原辰郎

ありとあらゆるジャンルに手を伸ばした吉田健一が長編小説を書き始めたのは一九七〇年に書かれた『瓦礫の中』（中央公論社、一九七〇）ということになる。この小説は初めの第一章から第三章までが「瓦礫の中」として『文芸』に発表され、第四章から第六章までが「町の中」という表題で集英社の『すばる』に、そして第七章から第九章までが中央公論社の『海』に「人の中」という表題で発表された。つまり三つの文芸誌に発表した中編を一つにまとめて一冊の長編として発売したもので、こういうことは新人の小説家にできることではないし、ベテランでもこういうことをする人はあまりいない。

当時の文壇事情的なことはよくわからないけれども、この時点で吉田健一にはすでに多数の著書があり、評論家、随筆家としてはたしかな立場があったからこそ、かねてより交流のあった複数の出版社に対する一種の挨拶状としてこういう形態で発表したのかも知れない。ともあれ終戦から四半世紀を経た時期に吉田健一は長編作家に変貌したわけである。

一九七〇年といえば大阪で万国博覧会が行われた高度成長期を象徴するような時代である。東京と大阪を結ぶ東海道新幹線が開通した一九六四年の東京オリンピックを境に首都東京が大きく変貌したように、世界中から人が集まってきた大阪万博をきっかけとして大阪もまた変貌した。敗戦から十年の時を経て、もはや戦後ではないと言われたのが一九六四年のことで、そこからさらに十年かけて東京都はオリンピックが行えるほどの現代都市になり、またオリンピックをダシにして都内のインフラを大幅に整備し二十三区の西側を開発することで、渋谷から原宿と代々木を経て新宿へと至る一帯が栄える現代の東京の雛形を作った。そしてそれを追いかけるようにして大阪府も万国博覧会が行えるほどに現代の装いを持つ都市になった。それらの背後にあるのはもちろん高度成長であり、朝鮮戦争による特需である。東京都も大阪府も空襲で主だったところは焼け野原にされて、そこから立ち上がった庶民が自分の家を持ち、洗濯機や冷蔵庫を買い揃えて生活を充実させ、力道山の活躍を仰ぎ見るために街頭で眺めたテレビを我が家に買い入れ、さらにそのモノクロのテレビをそろそろカラーテレビに買い換えようかと家族と相談をするくらいの豊かさを手に入れた。

そんな時代に吉田健一は、まさに焼け跡から始まる『瓦礫の中』を書いたのである。これは一見、時代に逆行する仕事のようにも見えなくはないけれど、いやいやそんなことではなくてこれは焼け跡から立ち上がった人々の営みを、高度成長たけなわのこの時代におさらいしようではないかという精神で、これまではイギリスなりフランスなり昔のヨーロッパの文献を読み解くことでこの国の文化に貢献してきた吉田健一が、自分自身が生きた時代のこの国の、その時点での精神を見つめた産物なのだろう。実際のところこの作家は作品の冒頭で「そしてそういう時代を書くことにしたのは今では日本にそんな時代があったことを知っているものが少なくて自然何かと説明が必要になり」と書いていて、いわゆる戦後が終わったことを確認するかのように最初の長編小説を書き始めたということになる。

ここで重要なのは吉田健一が、別に敗戦後の焼け跡と瓦礫のことを忘れてしまった日本人を責めているわけではないということで、それはそもそも戦後の繁栄は戦争の傷跡を積極的に過去のものにしようとする人々の努力の賜物だったということくらいわかっていないわけがない。だからこの小説は、敗戦後の焼け跡から立ち上がる人々の営みを描きながらも汗臭さはなくあくせくした様子もない。吉田の他の作品と同様にゆったりとした時間が流れ登場する人物たちはマイペースで、いわゆる戦争文学や戦後文学と呼ばれる小説群とはかなり装いが異なる。作品の冒頭で語られるのはB29の美しさであったり、離れた場所から見る空襲による火事は壮観だというような、戦後の文学としては些か危険な匂いのするお話で、こういうところに作者の気骨が垣間見える。

この一九七一年にはまた『文芸』に『絵空ごと』（河出書房新社、一九七一）が前後二回にわけて掲載され、一九七二年に『本当のような話』（集英社、一九七三）が『すばる』に、その翌年には『文芸』に『金沢』（河出書房新社、一九七三）が掲載され、中央公論社から出ていた『海』に『東京の昔』（中央公論社、一九七四）が連載されて一九七四年の『すばる』五月号に『埋れ木』（集英社、一九七四）が掲載された。吉田健一が書いた長編小説はこれだけである。若い頃から翻訳をやり評論、随筆を書いてきた通算で四十年を超える長い物書き人生のなかで最後の方の五年弱を長編小説を書いて過ごしたわけだ。

『埋れ木』の後には『時間』（新潮社、一九七六）という長編随筆というか論考というか説明の難しい作品があって、説明はしにくいけれどもその文章は『埋れ木』までに書かれた小説群とよく似ていて作品的にもつながっているような印象はある。『時間』を出した翌年には死んでしまうので、この辺りの仕事は全て晩年の作品と言ってよい。つまり吉田健一は人生が終わりに差し掛かろうとしていた頃になっておもむろに長編小説を書き始めたわけである。美酒を愛し食を愛して人生を楽しむことの達人であった吉田だから、もちろん本人はまだまだ長生きする気でいたとは思うけれど、『瓦礫の中』から始まる一連の作品にはやはり人生の達人が己の終わりを意識して身支度を整えているような、今風の言葉を敢えて使えば終活のような趣はある。今読んでも抜群に上手いと思える短編小説に関しては、割合に早い時期から発表を始めているので、吉田がいつ長編を書き始めても不思議ではなかったし、実際に書こうと思えばいつでも書けたのではないかと思われるけれども、本人はなかなか書かなかった。根っからポジティブな人だから終活といっても別段迫り来る死を意識して筆を執ったというわけでもなくて、おそらくはずっと後に赤瀬川原平が提唱した老人力とでもいうべきものの高まりを感じて徐ろに長編が形になったのではないか。実際、その頃の吉田は余生という言葉を好んで使っていたようで、どうやら書きたいことはもう書いてしまったから、これからは余生だという意識で長編の執筆に乗り出したらしい。そしてそれは恐ろしく贅沢で豊かな時間の使い方であった。今日、彼の長編小説を読む我々は、その贅沢な時間のお相伴をさせてもらっているようなものであり、それは吉田が板前をつとめる居酒屋に飲みに行くような行為でもある。

長編といってもどれも薄めの文庫本にまとまる程度の分量で、大長編はなく、短い期間に書かれたものだから文章も一定したいわゆる吉田節が味わえる。悪い言い方をすると、どれを読んでもあまり変わらない。唯一女性を主人公にした恋愛小説と言ってよい『本当のような話』（集英社、一九七一）ですら他の長編とそんなに違った印象はなくて、この時期の吉田の文章が好きな人ならばどこから読んでも楽しめる造りになっていて、いっそのこと六冊まとめて一つの長い小説といってもよいのかも知れない。実際のところ、作品ごとに主人公の名前は違うのでこれは別の作品だとわかるのだけれど、どの作品においてもゆったりとした時間をまるで美味い白米を噛みしめてやがて甘みが出てくるのを味わうように生きている人々の姿が描かれていて、これはおそらく作者自身の分身なのかしらと曖昧に想像するしかない。さらに言うと、登場する友人知人と口論することもなく一緒になって旨いものを食べて酒を飲んでいるだけである。

日本の近代文学を顧みると、たとえば漱石の『こゝろ』（岩波書店、一九一四）のように、友人という存在はともすれば恋敵になったり哲学的な対立相手になったりして、それが生き死ににつながる大きな問題となってしまう。まあそういう事件がないとお話が前に進まないのだけれど、吉田の小説ではあまりそういう事件は起きなくて、それでいて面白くないわけではないから、何か大きな事件が起きないと小説というのは面白くならないのではないかという我々の先入観のようなものを打ち砕いてくれる。けれど、打ち砕くと言っても鉄の斧を振り下ろすわけではなくて、長く煮込まれた芋が静かに煮崩れるかのようにほろほろと角がとれるような塩梅で砕くのである。そしてその半ば煮崩れた芋が旨いものだから、我々は吉田の小説を立て続けに読みながら、人の考え方が変わる際に必要なのは必ずしもコペルニクス的な大仰な転回ではなくて、煮物に味が染みるような変化なのかも知れない、なんてことを考えながら、気がつけば吉田の本を読み終えていて、読み始める前とは違った自分がいる。つまり吉田に少し教育されたわけだ。

そもそも日本の文学には切羽詰まった若さ、切迫感を尊しとするような風潮があって、若き日の吉田の周囲にもそういう人達が何人もいたらしい。それは、たとえば「モオツァルトのかなしさは疾走する」と書いた小林秀雄で、こういったキレの良い啖呵の切り方は読者への向こう受けが良くて、実際に小林は人気者になり年を経てからはその業界の権威となったわけだけれども、「かなしさは疾走する」というのは一種の詩的なハッタリであって実際に音楽家が疾走していたら演奏ができない。小林が晩年を迎える頃にはアンガス・ヤング、うじきつよしといった実際に舞台の上を疾走しながら演奏する音楽家が出現したが、彼らが演奏していたのは持ち運びのできる弦楽器であってモオツァルトが得意としたのは楽器であると同時に家具でもあるようなピアノで、小林はピアノ弾きであるモオツァルトがピアノを抱えて疾走するようなことがないとわかっているからこそ疾走という表現を選んだわけで、少しばかりあざとい手管ではある。このあざとさはアドレッセンス特有の切迫感を伝えるのに適した方法だったので、小林は見る見るうちに売れっ子になって、その小林の景気の良さ、羽振りの良さを身近にいた吉田は見ていたはずである。

文学というものは妙に奥が深くて、若気の至りと先走りを尊ぶと同時に老人の達観に感嘆する文化もあるのだけれど、吉田が物書きを始めた頃に覇権を握っていたのは小林秀雄的な疾走ではないか。日本の近代文学には様々な潮流があって、簡単に総括できるようなものではないのだけれど、小林流のアドレッセンスが疾走する語り口はキャッチーで受けが良い。「ドブネズミみたいに美しくなりたい」と歌ったブルーハーツは、小林と小林の恋敵であった中原中也の直系の子孫だろう。吉田はというと、その軌跡を見るかぎりでは疾走しない方針をとっていたと思われる。吉田の長編小説に疾走する人物はあまり出てこないし、アドレッセンスなお年頃の若人もあまり出てこない。それなりに大人びた人達が登場しては酒を飲み語るだけであるが、一貫してその調子を貫いたのはなかなかに頑固一徹な飲み屋の親父めいたところはある。吉田が長編小説を書いた時代といえば学生運動があり、ヒッピーがいてジャズ喫茶があり、若き日の中上健次や北野武、永山則夫といった豪の者がそういった場所でアルバイトをしたりデモに参加したり反戦フォークを唄ったりしていた時代で、要するに小林秀雄の若い頃以上に若者が刹那的な生き方をすることが賞賛された時代であったから、吉田はその時代の風潮に対しては真っ向から背中を向けている。次世代を担う若者たちがこぞって反逆のブルースを歌う時代にあって、年配で教養のある吉田は、そんな風潮には乗るまいぞという明確な意思表示をしているのである。

吉田の小説はどれを読んでも超然としたものに見えるのだけれど、それは尋常ではない抑制の力で紡がれた文章だからこそ成せる技であって、時代背景を考慮すると、今あるこの同時代にあってなるものかという作者の強い意志が垣間見える。それを反骨と言ってしまうと、スタンドプレーめいた振る舞いを嫌う吉田本人はあまり良い顔はしないだろうという気もするのだけれども、これはやはり反骨ではないか。

最後の長編となった『埋れ木』のなかにこんなくだりがある。知人から「貴方は小説を書かないんですか」と問われた主人公の唐松は、ひとしきり文学についての意見を交わした上で「いやなこった」と笑って答えるのだ。女性を主人公にした『本当のような話』を例外として、『埋れ木』も他の長編と同じく、作者の分身のように見えなくもない男が酒を飲み、飯を食って友達と語らうおだやかなお話なのだけれど、小説のなかで小説というものをありがたがっている日本の文壇、文芸事情を痛烈に批判するような会話を投下して、それで本人は笑っているのだから何とも人を喰った話である。そもそも『本当のような話』であるとか『絵空ごと』といった題名も素直ではなく人を喰ったようなところがある。こういうサタイアは、たとえば筒井康隆ならば攻撃的かつ狂騒的な笑いで、嘲笑する対象をコテンパンに叩きのめすのだろうが、吉田の場合はサラリと流す。

小説という形式のなかで一種の小説論を語るのは一種のメタフィクション的な技法で、元々が批評家でありチェスタトンの奇想小説『木曜の男』（東京創元社、一九五六）の翻訳家でもある吉田にはメタ的な遊び心はある。たとえばヒロインが目覚めるところから物語が始まる『本当のような話』の冒頭で、作者は「朝になって女が目を覚まして床を出る。その辺から始めてもいい訳である」などという実験小説の大家イタロ・カルヴィーノばりのメタな技法を繰り出しているのだが、そこから自然に普通の小説が展開される。悪戯小僧のようなところはあるけれども、この人はあざといことが嫌いで、今風に言うならばドヤ顔をすることを好まない大人なので、話の枕にメタフィクションな語りを持ってくるのは、これは洒落のわかる大人が書いているものだから、読者の方もそこはくみとってもらおうではないかという呼びかけのようなものだったのではないか。

文学に対しては真摯な態度で向き合っているのだけれど、かといって野暮な堅物だと思われるのは嫌なようで、だからこそ時折、洒落た大人が会話のなかに粋な小話を挟むように世相を皮肉るようなことを言う。吉田の小説のなかでは主人公と友人知人達との会話が多くあって、その時の日本に対して、はたまた東京に対して批評的な言葉が交わされるのだが、あまり論争めいた展開にはならずにお互いがお互いの意見を肯定し合うような形で言葉が交わされる。会話というのは、人間が物事に対しての考えを深めるためには非常に有効な方法で、近代以降の人類は討論・論争に重きをおいてきたが、吉田の長編小説を読んでいると、必ずしも討論・論争が有効なわけではなく、お互いがお互いを肯定し合うような会話であっても、発せられた言葉が足し算で積み重なって一つの知見になることがわかる。そういう意味で吉田の長編小説で登場人物たちが交わす会話は、彼が生きた同じ時代の物書きたちの文章よりも、遥か昔に書かれたプラトンの対話篇のような趣がある。というのもプラトンの対話篇を読むと、そこで行われているのはたしかに討論なのだけれど、近代的な討論のように相手を論破するのが目的ではなくて、お互いの意見を重ねてゆくことでお互いが共有できる物事の総量が増えてゆくような感がある。

教養とはすなわち積み重ねだろう。だとしたら吉田の長編小説において重要なのはやはり時間ではないか。たとえば地面の下から遺跡や化石が出てくるのは遺跡や化石の上に塵芥、色んなものが積み重なったからで、塵や芥を積んだのは長い長い時間である。吉田が残した書物はどれも決して読みにくい本ではないが、途切れ目が少なくて延々とつらなる文章を読み飛ばすことは不可能で、読者は皆それなりの時間をかけて味わうことになり、読み終えた時には時計の針が進んでいる。それは一つの経験であって、読み始める前の自分とは全く同じ存在ではない。読むことで我々のなかに何かが積み重ねられたのである。それは別段生活の役に立つ知見とかでもなくても、時間をかけて積み重ねられたものの重みだけはたしかにある。

その長編小説において吉田が土地にこだわったのも、土地というのが時間をかけてゆっくりと変化するものだからだろう。大きな地震で潰れたり、戦争で焼け野原になったりする場合を除けば、土地の形はすぐには変化しない。これは植物が伸びるのを目で確認するのが難しいのとよく似ている。じっと見つめていても植物は人の目に見えるような速さでは伸びてゆかない。だが、毎日みていると少しずつ変化していって木々は伸び、蕾はいつか花咲いて後に萎み、その後には種が残る。蕾と種とではかなり違うけれども、その大きな変化をもたらしたのはもちろん時間の経過である。フランスのクロード・シモンという作家に『草』(「現代フランス文学13人集 4」新潮社、一九六六)という小説があって、そのエピグラフに「誰も草が伸びるのを見ることは出来ない」という文章が置かれていたのを思い出す。シモンはノーベル賞を取った大作家だが、時間の捉え方においては吉田と似ているところがある。吉田がシモンを読んでいたかどうかはわからないが、シモンは同じフランスのプルーストに影響を受けていることを考えれば、吉田とシモンが共にプルーストを源流とする流れの中にいると考えると腑に落ちるものはある。

プルーストと言えば誰よりも時間にこだわり時間を表現しようとした作家である。吉田はあからさまな前衛を好まず、自らの小説では英文学調の平易な叙述を心がけたが、最晩年の哲学的随筆とでもいうべき大作が『時間』であることでも明らかなように時間には大変なこだわりがあって、この『時間』という作品は恐らくプルーストを意識している。アラン・ロブ=グリエと共にヌーヴォー・ロマンの作家として知られたシモンは、一時期は前衛的な表現を極限まで突き詰めておりなれない人間にとっては最後まで読むのが大変な小説を書いていたが、晩年の作品はかなり読みやすくなっており、官能的で息の長い文章で綴られたその作品の肌触りは、どこか吉田の長編に似ているのである。特に遺作の『路面電車』（白水社、二〇〇三）は語り手の目や耳から入ってくる情報が古い記憶を呼び起こし、そこに流れる時間の描写は、東京の街中を歩きながら、たとえば高輪のホテルを見てそこに昔の暗い魚藍坂を思い出し、不夜城と化した六本木の喧騒に麻布の三聯隊の消灯喇叭の響きを回想する『埋れ木』の語り手の唐松と同じ種類のものだろう。そう考えると、初めての長編小説『瓦礫の中』で終戦後の焼け跡からゆっくりと立ち上がる人たちを描いた吉田の、最後の小説『埋れ木』に地上げ屋が登場するのはまことに象徴的ではないか。吉田の死後、東京の地上げは酷いことになるけれども、作者はやがてくる大きな変化を予感しており、目の前にある（その時点での）今の東京が遠からずなくなってしまうことも承知しているのだ。吉田の長編は限りなく一人称に近い三人称で、一人問答とも言えるような内的独白が描かれて、これが独特の文明論になったり歴史論になったりするのだけれど、ジェイムズ・ジョイスが好んで使ったような個人の内面の実況中継ではなくて（吉田はあまりジョイスを好いてはいなかったようだ）、三人称で描かれる語り手の思考が一人称で書かれた小説の地の文のように見えたりもする。随筆の名手だから文明を語るのも都市を語るのもお手の物だけれど、小説の小説らしいくだりとそれらとをシームレスに行ったり来たりして違和感がないのはやはり凄い。

吉田の独特の息の長い文章については恐らく谷崎潤一郎などの影響もあると思われるのだが、吉田のそれ以上に長く句読点のない文章で綴られた『春琴抄』に関して、谷崎は『春琴抄後話』という随筆のなかで「ほんたうらしい感じ」を出すように努めたという旨を書き残している。『春琴抄』という作品は谷崎自身とも思える語り手が架空の書物を入手してそれを読み解いてゆくという極めて人工的な作り物、拵え物である。その作り物を本当らしく見えるように己の技量で演出してやろうという文豪谷崎の野心は、自作に『本当のような話』だとか『絵空ごと』などという題名をつけてしまう吉田と通じるものがある。小説というものは何をどうやっても作り物であり、フィクションにおけるリアリズムというのは実際のリアルではなくて、リアルなように見える作り物なのだという認識はいかにも二十世紀のモダニストらしい考え方で、ジョイスがモダニストであるように谷崎も吉田もモダニストであった。

ここで少し谷崎についての説明を加えておくと、処女作の『刺青』（籾山書店、一九一一）は典雅な擬古文で綴られているのだけれど、擬古文というのは読んで字のごとしまがいものの古文であって本物の古文ではない。今風の言い回しで言うとバーチャルな古文であり実際の古文とはかなり違う。谷崎は東京帝大の国文科でずば抜けて優秀だったけれど授業料を滞納して中退したという人だから、古い日本語に対する教養は充分にあったわけだ。その上で、新しい日本語の文学を作るためにバーチャルな古めかしく美しい文章を編み出したのである。そしてその手法を鍛え上げていった延長線上に『春琴抄』（創元社、一九三三）や『吉野葛』（創元社、一九三三）といった傑作がある。特に『吉野葛』は紀行文の体裁で今日の前にある風景を眺めながら過去の記憶が視覚として立ち上がる様をシームレスに描いた文学史上に残る離れ業であるが、『埋れ木』の後半で変貌しつつある東京の風景から記憶のなかの古い東京が垣間見える一連の描写は『吉野葛』のそれに匹敵する。思えば、ジョイスの『ユリシーズ』もまた、過ぎ去った過去のなかの特定の一日を完璧に再現しようというバーチャルな試みではなかったか。ジョイス、プルースト、谷崎といった二十世紀文学の先導者たちが、歴史と時間に拘泥して作品のなかにバーチャルな時空間を構築しようとしたのは彼らが歴史の中に生きているということに自覚的だったからだろう。それはたとえば実存主義的なアイデンティティの追求とはまた違った唯物論的な歴史の探索であり、吉田が長編小説のなかで描きだした東京はまさにそういう探索の賜である。各々の作家にとっては作品のなかに築かれたバーチャルな時空間こそが「見出された時」なのだ。

つい先ごろ、浅草の建築現場で、かつて浅草六区にあって大正十二年の関東大震災で倒壊した浅草のランドマーク、浅草十二階こと凌雲閣の建築基礎部分が発掘されたが、百年の時を越えて掘り出された煉瓦の破片は生々しいほどに鮮やかな色をしていた。吉田健一が描いた東京はこの煉瓦の色に似ている。


［参考文献］

吉田健一『絵空ごと』（河出書房新社、一九七一）

吉田健一『本当のような話』（集英社、一九七三）

吉田健一『金沢』（河出書房新社、一九七三）

吉田健一『埋れ木』（集英社、一九七四）

吉田健一『時間』（新潮社、一九七六）
夏目漱石『こゝろ』（岩波書店、一九一四）
吉田健一『木曜の男』（東京創元社、一九五六）
クロード・シモン『草』「現代フランス文学13人集 4」白井浩司訳（新潮社、一九六六）
クロード・シモン『路面電車』（白水社、二〇〇三）
谷崎潤一郎『刺青』（籾山書店、一九一一）
谷崎潤一郎『春琴抄』（創元社、一九三三）
谷崎潤一郎『吉野葛』（創元社、一九三三）

# こういう積み重ねがなくて人間はどこにもいることにならない

仙田　学

面白い小説と、面白くない小説との違いは何だろう。小説を書き始めてから十六年ほどのあいだ、私はそのことばかりを考え続けてきた。さらに専門学校などで小説の書き方を教える授業をしたり、文芸賞の選考に関わったりするようになってから、両者を区別する基準を明確にせざるを得なくなった。

私の考えでは、前者は固有の論理にしたがい緊密に結びついた文章の連なりによって構成されたもの。後者は端的に言って雑に書かれたものだ。雑というのは、文法や表現のうえで難がある、という意味ではない。むしろ難がありまくりの、つまり文章とはこのようなものでなければならない、という規範から解き放たれた文章にこそ、しばしば私達の思考を、感情を、掻き乱すような力があるもの。却って難がなければないほど雑な印象を与えてしまうことがあるのが、小説の文章だ。

確かに文法や表現の規範に則った文章は、書かれた意味内容を鮮明に伝える。ところが小説の文章においては、意味が鮮明に届けば届くほど雑味が増してしまうのだ。その理由は、小説を構成する文章のつながり方にある。学術論文や数学の証明のような論理的に破綻がなければないほど良しとされる類の文章とは違い、小説の文章は一＋一＝二という論理とは別種の論理でつながっていてこそ説得力を持つ。そしてその論理はそれぞれの小説に内在していて、百の小説があれば百通りの論理があるものだ。したがって意味が鮮明に届く文章で構成された小説には、内在的な固有の論理が希薄であるといえる。

というよりも、小説から伝わる意味には鮮明であるかどうかは問題ではないというべきか。ロバート・キャパのピントのぼけた写真が戦場のリアリティを雄弁に伝えるように、小説の意味は一挙に伝わる。吉田健一の短編小説においても、事は同様だ。

実際に飛行機が飛んでいる時間はロンドンを朝の何時に立って東京に翌日の何時についたということで計算しても地球が東京の方からロンドンに向かって廻転していて一時間である筈のものが刻々に縮められていくから解らないが要するに一日を飛行機の中で過すということはその一日の意味に多少の幅を持たせさえすれば言える。それでその一日が二日になってロンドンから東京まで行けるのである。併しそれだから何でもないことにはならなくて時間と空間がそれ程簡単に切り離して考えられるものでもなければ又実際に切り離せるものでもない。（「飛行機の中」、『旅の時間』講談社文芸文庫、二〇〇六、傍点筆者）

『旅の時間』冒頭の短編「飛行機の中」は、時間と空間についての考察から始まる。書き出しの一節にはすでに、この小説に固有の論理が見て取れる。「一時間である筈のものが刻々に縮められていく」と語り出される時差についての話題は、「一日を飛行機の中で過すということはその一日の意味に多少の幅を持たせさえすれば言える」というくだりによってたちまちピントがぼかされる。つまり、空間を移動することは時間が経つことでもあるのだが、そうした時間の経過を主観的にはないものにもしてしまえるということが、「意味に多少の幅を持たせ」る、というそれ自体幅の広い表現で示唆されている。

注目すべきなのは、その直後にある接続詞「それで」だ。ここでは因果関係が逆転している。時差によって、朝に飛行機でロンドンを発つと東京に着くのは翌日の夕方になるわけだが、その物理的な現象にもかかわらず、主観的には「一日を飛行機の中で過」した、というのが因果関係に即した説明なのだが、前後を入れ替えて順接の接続詞で繋げることによって、まるで主観的な捉え方の変化によって物理的な時間の経過が生じたかのように読めてしまう。この論理の捻じれによって、因果関係に沿って論理的に語られた文章からは伝わってこない真実が、一挙に伝わってくる。

> 併しそれだけではなくて空中を凄まじい速度で飛びながら刻々の感じでは動揺もなくてどこか宙の一点に浮いているのも同様の飛行機の中というのは何か事件でもそのうちにありそうなのとそこにそうしている間は事実全くの手持ち無沙汰であるのがどっちとも付かない一つの状態を生じてそのような時の為に酒が作られたと考えることも許される。それは兎に角飲むのを楽むのに悪い条件ではなくてそれで谷村は飛行機がロンドンを立って以来飲んでいた。（「飛行機の中」、傍点筆者）

論理の捻じれがある種の「事件」が起こりそうな予感、あるいは「手持ち無沙汰」さといった気分にトレースされた上で、「酒」を飲みたくなるという心理状態が、もうひとつの「それで」を介して導かれる。気分が高揚して？　緊張のあまり？　直面することを避けたい問題を目前にして？　酒に手を伸ばす心理は人により状況により様々だとはいえ、ここで語られている心理は馴染みのある類のものからはほど遠く、とうてい捉えきれるものではない。「谷村」という三人称が呼びこまれるのは、二つの「それで」によって日常的な地平からは遠いところに運ばれた思考においてなのだ。

地と図が反転するかのように、ここまで導かれてきた私達の思考は突如介入した三人称によって相対化される。それは私達のものから「谷村」という想像上の人物のものへとすり替わるのだ。私達の思考にはその瞬間、大きな間隙が口を開ける。何について考えているのか、それ以前に自分が誰なのかもわからなくなってしまう。

重要なのは、こうしたプロセスがおそらく作品に先行して企てられた構造によってというよりも、文体の運動によってもたらされたものであるということ。それほど、事は自然に運んでいく。たとえば二つの「それで」によって持ちこまれるのは因果関係ではなく論理の捻じれや思考の相対化であり、一に一を足せば二となることを説明するものが論理だとすれば、ここで論理は完全に破綻していることになるわけだが、にもかかわらず私達にこの小説の意味を一挙に受け取らせる。言い換えると、私達がここで深く納得させられながらこの小説を楽しめるのは、数学的な論理とは別種の論理が文章に内在しているからなのだ。ひとつひとつの文章を緊密に結びつける、その小説に固有の論理こそ、文体に強度や独自性を与えるものであり、私が吉田健一の文章を初めて読んだ時に驚きを感じたのはそのためだ。驚きとともに未知の文体に触れる瞬間以外に、いわゆる文学的な体験にふさわしいものがあるだろうか。

短編「大阪の夜」もまた、新しい世界へと私をいざなう。「飛行機の中」が論理の捻じれや思考の相対化によって作品に固有の論理をじっくりと展開させていく作品だとすれば、「大阪の夜」はその論理に物語の形をまとわせた小説だ。東京から大阪に仕事でやってきた「山田」は、飲んだ帰りに不意に、泊まっている宿屋のおかみさんの三味線が聴きたくなる。宿に戻って、酒を運んできたおかみさんに山田は三味線をリクエストするのだが、ここにも論理の捻じれが顔をだす。

山田はそこのおかみさんにお酌をして貰うのはそれが始めてなのに気が付いたが折角戻って来たのだということもあって今は殆ど義務の観念から、「貴女の三味線が聞きたい」と言った。それはもう賭けでもなくてただ自分がしなければならないことだった。(「大阪の夜」、『旅の時間』)

おかみさんの三味線を聴きたい、という気まぐれな欲望が、「義務」や「しなければならないこと」として山田を支配する。乞われるままに三味線を披露したおかみさんは、山田と膝を突きあわせて酒を飲んだ後に、深夜のドライブに誘ってくる。どう考えても飲酒運転だ。しかも車のメーターの針はやがて二百キロに近づく。

もし女の手と足が少しでも狂ったならば明らかにそれ切りで人間が死ぬ時には幾らかでもその予感がするものとしてその予感なしでそのように走る車の中にいることは死と紙一重の状態でそこにその一重を何も破ることが出来ないある均衡が保たれていることであり、死を冒してでなくてまだ死が来ないから誰でもがその日その日を生きているのだと山田は思った。ただその死に方がどういうものか察しが付くその車の中では紙一重の感覚が確実に掴めるのが日常と違っていてそれが新鮮だった。(「大阪の夜」)

「義務の観念」、「しなければならないこと」に従った結果、山田は「死と紙一重の状態」に身を置くことになる。重要なのは、山田の選択がいずれも受動的なものであるということ。おかみさんの「三味線が聞きたい」というのは、料理屋などが軒を連ねる賑やかな界隈を歩いている時に不意に浮かんできた考えであり、山田自身にもそれが何に由来するものかはわからない。女の車に乗ることを承知したのも、「今まで自分の方で勝手なことを言っていて相手の始めての申し出を断る訳にもいかなくて」という消極的な理由から。受け身の状態にある時に舞いこんできた考えや欲望にどこまでも忠実に従ううちに、ある種の極限的な状況に追いやられてしまうのだが、山田はその状態を、「日常と違っていてそれが新鮮」と、どこか他人事のように捉えている。

死と紙一重の、同時に他人事のようでもある極限的な状況は、「飛行機の中」で谷村が感じ、そのために酒を楽しんでいる、「何か事件でもそのうちにありそうなのとそこにそうしている間は事実全くの手持ち無沙汰であるのがどっちとも付かない一つの状態」を思いださせる。日常的な地平から遠いところに飛ばされた私達の思考が不意に相対化されて、この小説に固有の論理が一挙に呼びこまれるのを待ち受けている状態に他ならない。ただし、その状態をもたらすのは、「飛行機の中」においては文体の力だが、「大阪の夜」においては物語の流れだ。

宿屋のおかみさんに導かれて、山田は高速道路を抜けた先にある屋敷に辿り着く。庭に向かった座敷に通されて用意してあった和服に着替えたところで、派手な刺繍の施された着物を着た女が現れる。月の光に照らされた庭を眺めながら、ふたりは夜が更けるまで杯のやりとりを重ねる。翌日、朝食の席にいたのは宿屋のおかみさんの恰好に戻った女だった。

　それがどっちの女かということを山田は考えなかった。山田にはそれが宿屋のおかみさんでもあり、前の晩の女でもあってただそれは前の晩に杉戸に立つまでのその女だった。その翌日も翌々日も前の日と変わりはないというのはこれは誰が言ったことなのか。それが自分で考えたことであるような気もしたが確かではなかった。女が紅茶を注いでくれた。（「大阪の夜」）

一晩を過ごした女の顔が、宿屋のおかみさんのものと前の晩に杯を交わした女のものとに分かれたまま重ならなくなってしまう。それは超高速で走る車のなかでの「死と紙一重の状態」を経て、山田の経験している時間から連続性が失われたからなのだ。

目の前にいる人は記憶の中のその人と同じ人物であり、「翌日も翌々日も前の日と変わりはない」という認識のもとでなければ、私達は日常生活をまともに送ることができない。刻々と生起していく出来事をひとつひとつ独立したものとして受け取ることになど、誰が耐えられるだろうか。その意味において本来、時間とは非連続的なものだといえる。刻々と状態を変えていく事物を前にして、事物に何らかの同一性を認めれば、その変化は時間の経過として捉えられる。だが、刻々と変化していく状態に先立って与えられている事物など存在するのだろうか。それ以前に、無数の状態を比較することによってそれらのあいだに見いだされる関係性のことを変化と呼ぶのだとすれば、そもそも「変化」なるものの存在も怪しい。私達が触れているのは、ある事物に生じる変化という形をとった、単なる無数の状態なのではないだろうか。

とはいえ、無数の状態をそのものとして認識することは不可能に近い。それは私達がすでに時間の連続性という観念に慣れ親しみすぎているからだ。「大阪の夜」は、私達がよく知らなかった頃の時間の手触りを返してくれる。それは非日常的なものでありながら、読み進めるうちにこのうえなく自然なものに感じられてくる。

新幹線の乗り場で、山田が女と別れる場面でこの小説は閉じられる。

山田の方を女が見て前の晩に一夜を過ごした女に戻った。
「もう貴方の所には泊まれませんね」と山田は言ってそれが宿屋のことでもあるのを女は察した様子で、
「そうね、」と言った。(「大阪の夜」)

山田が宿屋に泊れなくなったのと同じように、私達ももう、よく知っていた時間に戻ることはできない。

時間の非連続性は、短編「京都」において、周りにある事物だけでなく私達自身をも異質なものへと変えていく。出張先の京都に滞在している「川西」が、街をぶらぶら歩き、目についた店先で人形を買い、鴨川べりのレストランで海老フライを食べる。物語を要約するとたったの一行。だが、この短編集の本当の主人公が時間の不連続性であると考えると、ここで本当に起こっていることがよくわかる。

京都の街角で迷子になった川西は、その前に迷子になったのが京都ではないと思い当たると、「自分が現にいるのも京都ではないような錯覚に陥り掛けた」。

住宅街のなかを彷徨ううちに、見覚えのある店の前を通りかかる。店に入り、ガラス箱に収められた人形を見ていると、店の女が声をかけてきた。その声は初めて聴くはずなのに、聴き慣れたもののようにも感じられる。といって、以前にいつ聴いたのかということは思いだせない。初めて聴くものなのか、かつて聴いたことがあるものなのか、そんなことがどうでもよくなったときに、「川西はいつの間にか又その店に来ているとだけ思い始めていた」。

人間が紛れもなく或る場所にいればそこのことが頭にないということもある。又そこにその前にいついたかというようなことはこれは全く頭から消えてそうしたことに煩わされないのがそこにいる証拠にもなる。(「京都」、『旅の時間』)

いまここにいると実感するということは、いまここにいるという「意識が消え」ている状態をさす。つまり、過去、現在、未来といった時間の連続性からは切り離された状態であるということ。周りの事物そのものも、時間のなかでのその事物の変化も遠のき、ただ目の前にある事物の状態だけが浮かびあがる。

たとえば初めてある場所に赴く時、歩いても歩いても辿り着けない、という感覚に襲われることはないだろうか。十五分で着くはずが、一時間も二時間も歩いているように思えてくる。そのくせ到着してから時計を見ると十五分も経っていない。同じ道を帰るときには逆に、あっという間に時間が経つように感じられる。これは意識の問題というよりも、時間の問題と言ったほうがしっくりくる。意識の上ではごく自然な成り行きであるにもかかわらず、時間に照らせば不自然な出来事になってしまうのだ。そのために、何か不可思議な体験をしたような記憶が残る。

「紛れもなく或る場所にい」る、と実感した直後に、だが川西は「自分がどこにいるという気もしなくな」る。買った人形の入った包みを抱えて祇園の通りを歩いている時のこと。

それが襲われるという感じだったのはその瞬間に自分がどこにいるという気もしなくなって旅行をしていてその行く先に来ているという旅行をしている時になくてはならない意識が消えたからでそこは地理的には京都でもその洋風のものが多分に混じっている町が世界ではなくても日本のどこ

にあっても構わないものに変わった。(「京都」)

「紛れもなく或る場所にい」ながら、「自分がどこにいるという気もしなくな」る。川西が投げこまれているこの状態は、「飛行機の中」における「何か事件でもそのうちにありそうなのとそこにそうしている間は事実全くの手持ち無沙汰であるのがどっちとも付かない一つの状態」や、「大阪の夜」での「死と紙一重の状態」に近いものだ。

だが谷村や山田とは違い、その状態を楽しんで酒を飲んだり、新鮮に感じたりする余裕が川西にはない。

併しどこを見ても眼に映るのが事物の外観だけである時にこれはそこでも又そこととともに時間がたっていることの実感を伴わなくて寧ろ自分の外では時間が停止しているという生きているものにとってはやり切れない印象を受けることになる。(「京都」)

いまここにいながら同時にどこにもいないという感覚は、川西にとっては「やり切れない」ものであり、「自分の外では時間が停止している」と川西は捉える。時間の連続性から切り離された「事物の外観」は、川西自身を時間の外へと追いやってしまうのだ。つまり、連続性や同一性を喪失した、無数の状態の無秩序な束へと。

とはいえ昼食を取りやめにするほどの事態でもない。通りかかった百貨店の食堂で、川西は食事を摂ることにする。海老フライを食べながら食堂の窓から山を眺めていると、不意に「京都が戻って来た」。

兎に角その海老フライは海老フライの味がしてその向こうに京都の山があった。或はその味が確実にするので京都の山も再び時間とともにたち始めたのかも知れなくて川西は自分が又京都にいるのを感じた。（『旅の時間』（講談社、二〇〇六）、「京都」）

海老フライの味と京都の山が川西に抱かせるのは、人形店で感じた「紛れもなく或る場所にい」るという感覚とは対極的な、時間の連続性においていま「京都にいる」という実感だ。

その夜、川西はひとりでバーにいき酒を飲むのだが、地下であたりの景色など全く見えないその空間にいても、「それが京都であることが川西の頭から消えなかった」。

川西はそこの止まり木に向って水割りを飲んでいて京都の山を見ている時でもそれがその時見ている山だけではないことに気が付いた。それが精神の働きの中でも記憶がものを言う理由でもあって記憶が再現する山は眼前の山の輪郭を更に明確にし、それは又その度毎の状況が積み重ねられることでもあってそれが京都の山でも京都でもあり、そこから少しばかり考えを進めればそれが時間であって世界だった。もし東京にいれば済んでいる場所に従って現に見えていなくても神楽坂とか田村町とか品川とかが頭にあってその記憶が働いていて東京にいることになり、それで半蔵門を通っていてその時の半蔵門だけを見ているのではなかった。そういう積み重ねがなくて人間はどこにもいることにならない。（「京都」）

ここに至ってようやく、この短編集の真の主人公は時間ではなく「人間」であることがわかる。いつどこにいるのかを忘れることで得られるいまここにいるという実感には、やり切れない思いが伴う。それこそが、「記憶がものを言う理由でもあって」、記憶の積み重ねこそが「時間であって世界」なのだ。そういう積み重ねがなくて、人間はどこにもいることにならない。

［参考文献］

吉田健一『旅の時間』（講談社文芸文庫、二〇〇六）

# 楽園からの逃亡

川本　直

吉田健一は文士としての歩みを翻訳家として始めたが、翻訳はその著作ほどは読まれていない。フランス文学、アメリカ文学も訳しているが、主にイギリス文学を手がけている。國學院大學と中央大学で教鞭を執っていたこともあり、英文学者と見做されることもあった。しかし、吉田健一はアカデミズムを嫌ったし、その英国文学観は英文学を専門とする研究者には奇妙なものに映っている（★1）。

吉田健一はイギリスのモダニズムを代表する作家であるジェイムズ・ジョイスもヴァージニア・ウルフもさして評価せず、ジョイスとウルフの同時代人ではD・H・ロレンスの『息子と恋人』（『ロレンス選集　第6巻・第7巻・第8巻』小山書店、一九五〇）とE・M・フォースターの『ハワーズ・エンド』（『20世紀の文学16』集英社、一九六五）を訳している。吉田健一が翻訳したイギリスの小説家にはG・K・チェスタトンのように日本でも読まれている作家もいるが、概してその選択は渋すぎ、アーノルド・ベネット、クリストファー・イシャーウッド、エリザベス・ボウエンといった地味な作家が多い。もちろん、吉田健一が翻訳した小説がイギリスで読まれ続けているのは事実だ。ボウエンは日本でも一九九〇年代からまた翻訳されるようになった。イシャーウッドは移住したアメリカでも読まれており、二〇〇九年には『シングルマン』が映画化され、日本での公開も記憶に新しい。

吉田健一の翻訳世界は彼が批評家として特異だった以上に特異であり、公平に言えばマイナー趣味だ。広く読まれないのも無理はない。しかし、例外がひとつある。イーヴリン・ウォーが一九四五年に発表した小説『ブライヅヘッドふたたび』（筑摩書房、一九六三）だ。『ブライヅヘッドふたたび』は吉田健一のニッチな訳業の限界を――おそらくは翻訳家自身も読み取っていなかった作品自体の力によって――突破した仕事だった。

『英国の近代文学』（垂水書房、一九五九）で「英国では、近代はワイルドから始る」（「I　ワイルド」）と書いたように、吉田健一はオスカー・ワイルドの評論「芸術家としての批評家」を近代文学の出発点と論じた。その到達点の一つと見倣したのが『ブライヅヘッドふたたび』だ。吉田健一はウォーの長編『ブライヅヘッドふたたび』、『黒いいたずら』（白水社、一九六四）、『ピンフォールドの試練』（『世界の文学15』集英社、一九六八）、短編「スコット・キングの現代ヨーロッパ」（『イギリス短編24』集英社、一九七二）を翻訳しただけではなく、ウォーについての四つの評論さえ書いている。（★2）

吉田健一が翻訳と紹介を始めた当時、日本でウォーがポピュラーだったとは言い難い。ウォーと同世代で同じくカトリック作家と呼ばれたグレアム・グリーンは、一九五三年から早川書房で全集の刊行が始まったほど日本での知名度が高かったが、ウォーには一部の熱心な読者がいただけだった。二一世紀が始まるまでその状況は続いていたが、近年になってウォーの新訳、復刊、初訳が相次ぐようになった。改訳版『回想のブライズヘッド』（小野寺健訳、岩波文庫、二〇〇九）を皮切りに、『卑しい肉体』（大久保譲訳、新人物往来社、二〇一二）の初訳、映画化もされた *The Loved One* の新訳である『ご遺体』（小林章夫訳、光文社古典新訳文庫、二〇一三)、同じく *The Loved One* の改訳版の『愛されたもの』(中村健二・出渕博訳、岩波文庫、二〇一三)、歴史小説『ヘレナ』の改訳版(岡本濱江訳、文遊社、二〇一三)、吉田健一訳の『ピンフォールドの試練』(白水Uブックス、二〇一五)の復刊、『スクープ』(白水社、二〇一五)の初訳、『イーヴリン・ウォー傑作短篇集』(白水社、二〇一六)と翻訳ラッシュだった。これから『名誉の剣』三部作も白水社から出版される予定だ。吉田健一の日本でのウォーの紹介は時代に先駆けたものだった。

本国イギリスでは二〇一六年から二〇二〇年にかけてウォーの没後五十周年を記念して、四十二巻に及ぶウォーの全集がオックスフォード大学出版局から出版されることとなった。小説、旅行記、エッセイ、伝記、書簡、日記などをすべて網羅したものになる。ウォーが二十世紀イギリスを代表する作家だという評価は定まったと言っていい。

しかし、ウォーは生前、イギリスでも誤解されることが多い作家だった。英国国教会の信者が大多数を占めるイギリスでは少数派のカトリックに改宗し、保守の鬼と呼ばれ、中産階級出身にもかかわらず紳士気取りが酷く、もっぱらその偏屈な人格ばかりが衆目を集めていた。生前、吉田茂元首相の御曹司という血統ばかりが取り沙汰され、ケンブリッジ大学中退――ウォーもオックスフォード大学中退である――のディレッタント扱いされ、酒仙というイメージがついて回った吉田健一と重なるところがある。

『ブライヅヘッドふたたび』は辛辣な諷刺とブラック・ユーモアを得意とするウォーの作品中、滅びゆく貴族社会を懐古し、カトリックの信仰を主題にしたシリアスな小説である。吉田健一は『ブライヅヘッドふたたび』を高く買ったものの、オルダス・ハックスリーに影響を受け、イギリスの風俗を冷笑的に諷刺したウォーの軽妙洒脱な初期の小説の出来栄えには懐疑的だった。ハックスリーについては「平凡な一エピキュリアン」(「ハックスレイに就て」『英国の文学の横道』講談社、一九五八)と一蹴している。吉田はウォーの初期作品に以下のような批判を加えている。

……ハックスレイをその典型とする他の多くの新人達は嘲笑で彼等の初期の作品を貫いた。ウォオもその一人であって、彼が当時発表した作品の幾つかを読んで見ると、それ等が余りにもハックスレイの手法に忠実である為に、かかる冷然とした他所他所しさが結局はその場限りのものである意味に於て彼が取るべき方向はハックスレイ流の、軽快な文章で読ませる風俗作家としての発展に過ぎないことを充分に読者に危惧させる余地を残している。……[ウォーの初期の小説には]ハックスレイが遂に到達し得なかった被虐嗜好症的な奇抜さが散見するが、それは結局彼の著作に座興を求めて集まって来る読者に背負投げを食わせて復讐する手段以上のものには受け取れない。
(「イィヴリン・ウォオの近作に就て」、『英国の文学の横道』)

この評を読むと果たして吉田健一がウォーの真価を理解していたのか疑念が生じるほどだ。ウォーは本国イギリスでは今も昔も諷刺作家として受け止められている。故に『ブライヅヘッドふたたび』に、それまでウォーの小説を支持していた批評家たちは失望の声をあげたほどだった。一方で上流階級というものが事実上存在しないアメリカでは、貴族社会への憧憬から『ブライヅヘッドふたたび』はベストセラーになり、このことがウォーを一躍世界的な作家に押し上げた（★3）。しかしイギリスでの批判が堪えたのか、ウォーは後に改訂版を出して序文を添えている。それ以降、喜劇的な作風に回帰していったことからもわかるように、ウォーは『ブライヅヘッドふたたび』の反響に痛手を受けたのである。

『ブライヅヘッドふたたび』は第二次世界大戦中、将校であるチャールズ・ライダー（★4）が、今は軍の宿営地となっているブライヅヘッドの広壮な館を訪れる序章から始まる。彼はこの館を過去に訪れたことがあった。物語は回想に入り、オックスフォード大学を舞台に、若き日のチャールズと貴族で少々子供じみた風変わりな青年セバスチャン・フライトの熱烈な友情（★5）が綴られる。ありし日のオックスフォードを描いた美しい文章は、吉田健一が自らの評論で幾度も引用している。

……その頃の、水が押し寄せて来るのが余り早かった為に、今ではその昔、海底に沈んだリヨネッスの王国と同様に、全く跡形もなく消え失せてしまったその頃のオックスフォードは、まだ水彩画の色をした町だった。（『ブライヅヘッドふたたび』）

カトリックのセバスチャンは自らの信仰に悩んでいた。しかし、神はいるかも知れないし、いないかも知れないと考える不可知論者のチャールズはセバスチャンの苦悩を理解できない。チャールズはセバスチャンの家族が住むブライヅヘッドの館を訪れ、乳母のホーキンスばあや、凡庸で面白味に欠けるセバスチャンの兄ブライヅヘッド伯、セバスチャンと瓜二つの妹ジュリア、末の妹でカトリックの信仰にその身を捧げているコーデリア、セバスチャンの母マーチメイン夫人と出会う。

セバスチャンの友人で、自らの同性愛を隠そうともせず、奇行に走るコスモポリタン、アンソニー・ブランシュはチャールズとセバスチャンの仲を引き裂こうとする。ブランシュはセバスチャンの悪口をチャールズに吹き込むばかりではなく、「英国的なるもの」からの逃亡を薦めるが、チャールズはその誘いを断る。セバスチャンとチャールズはヴェニスを訪れ、セバスチャンの父親のマーチメイン侯と会う。彼は愛人を持つ背教者だった。セバスチャンは信仰と家族との関係に煩悶して飲酒に耽り、オックスフォードを退学することとなる。セバスチャンがオックスフォードを去ったことで、チャールズも大学に居続けることに意味を見出さなくなり、中退して画家を目指す。

大学を辞めてからセバスチャンはさらに酒に溺れていく。彼のアルコール依存を助長したかどでチャールズはマーチメイン夫人に詰問され、ブライヅヘッドを去る。妹のジュリアは俗物のレックスと結婚し、セバスチャンは失踪する。マーチメイン夫人は病気で重態に陥り、ジュリアの依頼でチャールズはセバスチャンをモロッコに探しに行く。再会したセバスチャンは人格が荒廃し、クルトという男と暮らしていた。マーチメイン夫人はセバスチャンに再び会うことなく、死去する。

それから十年後、画家になり、結婚して二人の子供をもうけたチャールズはアメリカから帰国する船上でジュリアと偶然再会する。チャールズはセバスチャンが行方不明だとジュリアから聞く。ふたりはほどなくして恋に落ち、チャールズは妻と離婚し、ジュリアと再婚することを考える。

ある日、チャールズが個展を開いていると、かつてチャールズの「英国的なるもの」への愛着を批判したアンソニー・ブランシュがやってくる。ブランシュは「私には、上品であることに対する英国人の情熱っていうものが解らないんですよ。そういう英国風の気取り方が私には英国風の道徳観よりもっと何か薄気味悪い感じがする」と言って、またしてもチャールズの英国的な態度と作風を批判する。

その頃、ブライヅヘッドに戻ってきたマーチメイン侯は死の床についていた。背教者だったマーチメイン侯は最後に十字を切り、カトリックとして没する。マーチメイン侯の死後、ジュリアはチャールズに結婚できないと打ち明ける。カトリックでは再婚は禁じられているからだ。ジュリアはチャールズと別れ、神と共に歩むこととなる。

最終章「ブライヅヘッドふたたび」で物語は序章の時間軸に戻る。チャールズはブライヅヘッドの館でホーキンスばあやからジュリアの消息を聞く。彼女と妹のコーデリアはパレスチナの前線に赴いているらしい。チャールズは「悲劇」を感じながらも、「その火が古い石の中で再び燃えているのを私は今朝見たのだ」と語り、彼のなかでいまだ輝いているブライヅヘッドの残光を示唆して小説は終わる。

セバスチャンとジュリアを突き動かしたのは信仰、さらに言えば「神」の問題だった。吉田健一は『ブライヅヘッドふたたび』は「神」を「現実」に「表現」したとして見事な批評を加えている。引用しよう。

即ちジュリアにとっては、公教会の儀式に従って結婚したものとして他の男と仮初の関係を結ぶことは結局浮気することに過ぎないが、他のものと生活を真剣に計画することは、不倫の関係によって地上に幸福を求めることになるのであり、かくして神から完全に切り離されるのである。驚くべきことは、彼女がかかる論理の為に己の幸福を拒否し、ライダアも亦二人の恋愛にとって抵抗を許さない障碍がそこにあるのを認めて、この意識が、即ち神が現実の形を取って彼等の訣別を不可避にすることなのである。この時彼等がかかる障碍に対して試みる反抗の烈しさはそれだけその障碍たる神の存在を具体化し、それだけ又二人の姿を明確にしている。即ち神が西欧人の生活に於てこのような結果を生じることもある形で存在しているということがこの作品を読んでいて我々にも納得出来るのであり、……ウォオに於ては神を日常の現実の一部と看做し、それ故に神はそれが現実に於て実際に作用する形でしか描かれていないのである。そして現実を表現するという文学の方法によって神をかくまで克明に表現することに成功した作品を私は他に知らないのである。(「イィヴリン・ウォオの近作に就て」)

そして、吉田健一にとって『ブライヅヘッドふたたび』は英国の落日についての小説だった。失われたものについての郷愁と愛惜なのである。「イィヴリン・ウォオの近作に就て」では以下のように述べている。

即ちこの小説の主人公が再びブライヅヘッドのマアチメイン家の屋敷を訪れた時、それは軍隊の駐屯に恰好な空き家となっているという話の筋に窺われる如く、二回に亘る世界大戦の後に英国は今やその社会組織が根本的な変革を免れない時期に漸く到達したのであり、今日まで英国に於て支配的だった貴族の勢力は最早他の階級に移り、然もこの新しい事態が如何なる方向に進むかはまだ確定せず、かかる時この小説は英国及び英国人の全く他にその類を見ない正確な描写であるとともに、又その為にそれは、凡て英国というものが歴史的に意味していることへの壮麗な挽歌ともなっているのである。

ここまではいい。だが、吉田健一は自身も知っていた二十世紀初頭までのイギリスの上流階級、さらに言えばアンソニー・ブランシュが批判した「英国的なるもの」にあまりに肯定的なために何かを見逃してはいないだろうか（★6）。何故、セバスチャンは、そしてジュリアは「楽園」とも言えるオックスフォードやブライヅヘッドから逃亡したのか。吉田健一はどこにも書いていない。その鍵を解くヒントは『ブライヅヘッドふたたび』を論じた佐藤亜紀のエッセイ「英国的にチャーミングなるもの」（『外人術　大蟻食の生活と意見～欧州指南編～』ちくま文庫、二〇〇九）に見出だせる。「英国的にチャーミングなるもの」はアンソニー・ブランシュへの言及から始まる。

以前から、「英国的にチャーミングなるもの」にアンソニー・ブランシュが何故あれほど反発したのか、私は不思議に思っていた。……［アンソニー・ブランシュ］が作中で二回、主人公のチャールズ・ライダーをこの「英国的にチャーミングなるもの」から引き離そうと試みるのである。

主人公は結局この誘いの意味を解することができず——或いは、故意に解そうとはせず（というのは、二度ともある種の「英国的にチャーミングなるもの」を体現するような人物と恋のとば口に立っていたからだが）、画家としては大成しないままに終わる。

エッセイはイギリス映画やイギリスの建築物、大英博物館といった「英国的にチャーミングなるもの」への批判を加えながら続く。佐藤亜紀は最後にオックスフォード大学を訪れ、シャワールームの扉に古びたステッカーを見出す。そこには「——早まるな。君は独りぼっちではない」と書かれていた。

一瞬、血の気が引いたのは言うまでもない。ここで死んだ奴がいる、或いは死のうとする奴が時々いる、と思うのは、あまり気持ちのいいものではない。外から聞こえて来るバスの停留所の物音が有り難く思えたほどだ。が、ということは、如何なる理由からかは知らないが、この楽園——英国風のチャームの極から逃げ出そうと企てる者が、いることはいるのだ。

その脱出行のむこうにあるのが果たしてどんな世界なのかは、外国人である私の知るところではない。ただ、逃げ出さずにはいられない息苦しさを察するだけだ。たぶん、イヴリン・ウォーは知っていただろう。「ブライズヘッド再訪」を読み解く鍵はおそらくはその辺りにある。（「英国的にチャーミングなるもの」）

吉田健一は英国の落日という側面に目を奪われるあまり、佐藤亜紀が指摘した「英国的にチャーミングなるもの」という「楽園」からの逃亡というもうひとつの主題を見過ごしてしまっている。この「楽園からの逃亡」というキーワードを使えば、何故、セバスチャンがアルコール中毒になり、オックスフォードからもブライヅヘッドからも「逃亡」したかがわかるのだ。

セバスチャンは自分を「罪深い」と考えていた。罪の意識はセバスチャンに信仰に篤い家族から逃げたい、という感情を引き起こした。セバスチャンはオックスフォードで孤独を好み、自分ひとりで放っておかれることを望んでいたが、チャールズが現れて親友となった。しかし、チャールズはセバスチャンの家族と交流を始めてしまう。それからのチャールズはセバスチャンの唯一の味方ではなくなってしまい、セバスチャンは彼からも逃げ去りたい、と願うようになる。だからこそ、セバスチャンはオックスフォードを退学し、アルコールによって現実から目を背け、最後には「英国」という「楽園」から「逃亡」してモロッコに隠遁した。何故、セバスチャンは自分を苦しめたのかは第三部「糸の一引き」で、コーデリアが語った言葉で理解できる。

「……苦まなくて徳が高いということはないんだから。セバスチャンの場合は苦みがそういう形を取ったのね。……私はこの何年間かに人間の色んな苦みを見て来て、そのうちに皆がそういうことになるんでしょうけれど、それが愛の源泉で、……」と言い掛けてから、コーデリアは私(引用者注:チャールズ)が異端者であることを思い出して、「セバスチャンがいる所はとても綺麗なのよ。海の傍で。――白い廻廊に鐘塔、そして野菜が野菜畑に緑の列を作っていて、日が暮れる頃に修道僧がそれに水をやりに来るの、」と付け加えた。

「私には解らないということが貴方に解ったんだね、」と私は言って笑った。(『ブライヅヘッドふたたび』)

カトリックであるコーデリアには、神の存在が明確には信じられない不可知論者のチャールズにはわからないことがわかったのだ。カトリックには「苦み」こそ「愛の源泉」だということを。つまり、セバスチャンの取った選択はカトリックとしては正しく、一概に「悲劇」とは言い切れない。

それでは「英国的にチャーミングなるもの」から逃れられなかったチャールズはどうだったのか。間違った選択をしてしまったのはチャールズだった。チャールズは「英国的にチャーミングなるもの」から、「楽園」から、アンソニー・ブランシュが薦めたとおり「逃亡」すべきだった。ブライヅヘッドの館に住まうセバスチャンの家族とも関わるべきではなかった。そうすればセバスチャンが破滅することもなく、チャールズはジュリアと結婚できずに苦悶することもなく、幸福な家庭を築き、画家として成功していただろう。しかし、結局、チャールズはそういった人生を選択せず、親友も恋人も家庭も画家としての成功も失った。「悲劇」は「英国的なるもの」に囚われたチャールズの身に起こったのだ。確かに「英国」をこよなく愛した吉田健一ほど『ブライヅヘッドふたたび』を訳すにあたって最適任者はいなかった。だが、イーヴリン・ウォーの筆は正に吉田健一が肯定した「英国」への批判にも及んでいる。吉田健一がそれを見落としてしまったのは無理もなく、彼の翻訳家としての限界もそこにある。図らずも自身の読解を超えた小説を翻訳してしまったからこそ、『ブライヅヘッドふたたび』は吉田健一の訳業の最高峰になったと言っていい。

【初出：「楽園からの逃亡―イーヴリン・ウォー『ブライヅヘッドふたたび』をめぐって」（『新潮』二〇一六年十二月号）を改題及び加筆修正】

★1　英文学研究者から見た吉田健一の英文学観については武田将明「吉田健一と『英国』の文学」に詳しい。

★2　「XII　ウォオ」（『英国の近代文学』）、「イィヴリン・ウォオの近作に就て」（『英国の文学の横道』講談社、一九六八）、「人と生涯」（『イーヴリン・ウォー　20世紀英米文学案内23』研究社、一九六八。「人と生涯」は「イィヴリン・ウォォ」のタイトルで『英国の文学の横道』にも収められている）、「ブライズヘッド再訪」『書架記』（中央公論社、一九七三）。

★3　『ブライヅヘッドふたたび』は今に至るまでベストセラーになっており、一九八一年にはジェレミー・アイアンズ主演でTVドラマ化された。邦題は『華麗なる貴族』。二〇〇〇年に発表されたBFI　TY100（イギリスのTV番組の中から優れた百作品を選んだもの）の十位にランクインしている。後に邦題は改められ、現在は『ブライズヘッドふたたび』。二〇〇八年には映画化され、『情愛と友情』という邦題で日本公開。

★4　『ブライヅヘッドふたたび』の登場人物名は原書を参考にし、現在の日本での一般的なカタカナ表記にしたため、吉田健一の翻訳に必ずしも従っていない。

★5　チャールズとセバスチャンの関係はプラトニックなものの、明らかに同性愛であり、パブリックスクールからオックスフォード、ケンブリッジなどの大学に脈々と続くイギリスの男性同性愛の伝統に連なっている。『ブライヅヘッドふたたび』のTVドラマ版『華麗なる貴族』が放映された時、旧弊な視聴者に問題視されたのはチャールズとセバスチャンの同性愛だった。

★6　吉田健一の「英国」観については富士川義之「吉田健一という生き方」を参照のこと。

[参考文献]


イーヴリン・ウォー『ブライヅヘッドふたたび』（吉田健一訳、ちくま文庫、一九九〇）
Waugh, Evelyn. *Brideshead Revisited*. Penguin Classic, 2000.
吉田健一『英国の近代文学』（岩波文庫、一九九八）
吉田健一『英国の文学の横道』（講談社文芸文庫、一九九二）
吉田健一『書架記』（中公文庫、二〇一一）
吉田健一編『イーヴリン・ウォー　20世紀英米文学案内23』（研究社、一九六八）
佐藤亜紀『外人術　大蟻食の生活と意見〜欧州指南編〜』（ちくま文庫、二〇〇九）

# Ⅶ

## 講演——吉田健一と文学の未来

（二〇一七年七月十七日、東京大学駒場キャンパス十八号館ホール）

# イントロダクション

武田将明

こんにちは。今日は暑いなか、また三連休の最終日にもかかわらず、ご来場いただきありがとうございます。今日のシンポジウムは「吉田健一と文学の未来」というタイトルですが、まさに今日ここに来てくださったみなさまこそ、これからの文学を様々な形で支えてくださる、力強い味方であるような気がいたします。

いま吉田健一をめぐるシンポジウムを行う意義については、わざわざ話すまでもないように思えます。もちろん、ひとつのきっかけとしては、今年が没後四十年という節目の年である、ということもあります。また、個人的には、今日もご来場いただいている文芸評論家の川本直さんの誘いを受けて、吉田健一を愛読する方々の集まりに加えていただいた、というきっかけもあります。ちなみに、皆さんが先ほどからご覧になっている写真のうち、吉田健一本人を写した二枚以外は、すべて川本さんと一緒に吉田健一の旧家を訪問された、映画監督の樫原辰郎さんの撮影になるものです。この旧家は、残念ながら最近取り壊されてしまったそうですが、その直前に撮影された貴重な写真です。書物を取り囲む暗がりのなかから、いまにも吉田健一本人がぬっと飛び出てきそうな、不思議な生々しさのある写真でもあります。映写の許可をいただき、ありがとうございます。

不思議な生々しさ、といえば、没後四十年を経た吉田健一の作品もまた、不思議な生々しさに溢れています。まず、彼の厖大な著作のうち、かなりの数が絶版にならずに刊行されています。最近も、中公文庫から『わが人生処方』という「新刊」が出たばかりです。また、一部で話題になったのが、河出書房新社から刊行されている日本文学全集（二〇一四〜二〇一八）で、これまで批評家として重鎮中の重鎮だった小林秀雄の巻がないにも関わらず、吉田健一は堂々と一巻を占めているということです。これにはもちろん、編者の池澤夏樹さんの好みも反映しているのでしょうが、文学史における名前の大きさではなく、現在の読者層の厚さで判断する限り、決して不自然ではないのかも知れません。

しかし、だからといって、吉田健一が公式の「近代日本文学史」に組みこまれたかといえば、決してそうではないでしょう。これも先ほど指摘した「生々しさ」と関連するのかも知れませんが、吉田健一という書き手については、まだまだ底が知れないという印象があります。もちろん、長谷川郁夫さんによる浩瀚な評伝『吉田健一』（新潮社、二〇一四）をはじめ、参考になる著作は多々あります。ですが、日本文学、あるいは世界文学のなかで、彼がどのような位置にいるのか、一般的な了解があるようには思えないのです。つまり、吉田健一の人気は一向に衰えないが、人気の理由を言語化し、吉田健一のファン以外にも伝達するための試みは、まだこれからだと言えます。没後四十年をきっかけに、吉田健一の魅力を記号としての「吉田健一」とは別に捉えることはできないか。この問いは、単に吉田健一を研究するのに必要なだけでなく、現代文学のあり方を省察するためにも、ひとつのヒントをあたえてくれるように思われます。いわゆる戦後文学、ポストモダン文学、さらにはバブル崩壊後の文学と、激しく移り変わる日本の文学状況にあって、ここまで安定して読み継がれながら、悪い意味で古典化・正典化していない作家は極めて珍しいでしょう。その意味で、いま吉田健一を読むことは、先行き不透明な日本の文学の将来に一筋の光明をもたらすかも知れない。本シンポジウムに、やや大げさながら「吉田健一と文学の未来」というタイトルをつけたのには、こうした期待もこめられています。

とはいえ、記号としての「吉田健一」に惑わされることなく、吉田健一の魅力を捉えることは、決して容易ではありません。下手をすれば、一般的な文学談義で終わってしまう可能性や、我流の偏った読解を吉田健一の本質と勘違いする危険性さえ伴っています。率直に申し上げて、私自身の吉田健一に関する知識はかなり限定されたものですし、その文章の魅力を十分に味わえるほどの文学的な感性に自分が恵まれているとも思えません。そこで本日は、私の足りない点を完璧に補ってくださる、お二人のすばらしいゲストにお越しいただきました。

おひとりは、英文学者の富士川義之さん。かつて東京大学文学部で英文学を教授され、実は私も富士川先生のご指導を受けたことがあります。富士川さんは、様々な英米文学の作品の研究・翻訳のほか、日本の作家を論じた文章も多数発表されています。そうした著作のひとつである『新＝東西文学論——批評と研究の狭間で』（みすず書房、二〇〇三）は、ご来場のみなさまの多くはお気づきと思いますが、吉田健一の『東西文学論』を踏まえたタイトルで、吉田健一論も収められています。さらには、国書刊行会の『日本幻想文学集成』の「吉田健一」の巻（一九九二年）の編集・解説も担当されています。また、吉田健一本人ともお会いになったことがあるということで、本日は吉田健一の記号ならぬ実像に迫るお話しをしていただけるものと思っております。

もうひとりのゲストは、作家の柴崎友香さんです。二〇一四年に『春の庭』(文藝春秋、二〇一四)で芥川賞を受賞されたことは、みなさんご存じかと思いますが、他にも『きょうのできごと』(河出書房新社、二〇〇〇)や『その街の今は』(新潮社、二〇〇六)、『わたしがいなかった街で』(新潮社、二〇一二)などの名作を発表されています。このうち『きょうのできごと』は行定勲監督によって映画化されましたが、来年(二〇一八年)には、『寝ても覚めても』(河出書房新社、二〇一〇)も濱口竜介監督による映画版が公開されるそうです。柴崎さんは、以前から吉田健一の著作を愛読されており、先ほどお話しした河出書房の日本文学全集における、吉田健一の巻の月報にエッセイを寄稿されています。ご著書のタイトルからもおわかりのとおり、柴崎さんの小説の特徴のひとつは、「街」もしくは特定の土地や場所が醸し出す感覚を重視している点にあります。その柴崎さんが、ユニークな感性を通じて吉田健一作品における「場所」を捉えると何が見えてくるのか、お話しを伺うのが楽しみです。

私は、いちおう英文学を研究してきた者として、吉田健一が世に出るきっかけとなった『英国の文学』(雄鶏社、一九四九)、および続篇の『英国の近代文学』(垂水書房、一九五九)を主に読解し、吉田健一特有の「英国」という概念を鍵に、彼の文学の秘める無二の魅力を外に開いてみたいと考えております。

というわけで、本日はこれから約二時間(★1)、私達三人で、吉田健一の文学の可能性を様々な方向から検討させていただきます。そこから、吉田健一のテクストがこれだけ現代の、そしておそらく未来の読者をも魅了するのはなぜか、という謎を解くヒントが得られれば、本シンポジウムのタイトルが決して大げさでなかったことになるでしょう。三人の発表、その後の討議と、みなさまからのご質問によって、少しでもこの目的に近づくことができれば、また同時に、これからの二時間が、この場にいる全員にとって充実した時間となれば、とても嬉しく思います。

★1　実際には予定を大幅に超過し、質疑応答も含めて三時間にわたるシンポジウムとなった。

# 吉田健一という生き方

富士川義之

今日は柴崎さん、武田さんという私よりもはるかに年下の、若い世代の方々とのシンポジウムということで、果たして話がうまく嚙み合うのかというある種の戸惑いのようなものを感じながら出てまいりました。

年長の私としましては、この八月三日に没後四十年を迎えることになる吉田健一を、これまでどう読んできたかということを中心に、彼の文学を読み解くための重要な二つのキーワードを手がかりにしながら、しばらく雑談風にお話したいと考えているところです。また、柴崎さんや武田さんのような若い方たちが吉田健一をどのように受け止めておられるのか、どんな風に読みついでおられるのか、うかがってみたいとも思っております。

私が吉田健一を読み始めた一九六〇年代も、はるか遠い昔になってしまいましたが、もうかれこれ半世紀以上読み続けていることになります。読むだけではなく、いくつか吉田健一論を書いてもいます。とくに印象に残っているのは、一九七七年八月三日に吉田さんが六十五歳で急逝された時に、雑誌『ユリイカ』が追悼特集を組み、そこに長めのエッセイを書いた時のことです。

一九七七年夏というのは私にとって忘れられぬ夏となりました。というのも、ちょうど一ヶ月前の七月二日に、スイスのローザンヌでウラジミール・ナボコフが七十八年の生涯を閉じたからです。当時、中央公論社から出ていた、海外文学の紹介に意欲的だった月刊文芸誌『海』がナボコフ追悼特集を組んで、そこにナボコフの生涯と作品について解説を書き、さらに短編を二つ翻訳いたしました。二つの雑誌の締切日がほとんど重なっていたために、暑いさなかに連日、ナボコフや吉田健一の作品を読み返し、執筆するのにただもう必死だったような記憶が残っております。いま思えば体力も気力も充実した夏の日々だったという感慨があります。

持ち時間が二十五分ということですので、本日は吉田健一の生涯と作品について必ずしも意を尽くして論じることができそうにもありません。

そこで、短い時間でできるだけ吉田健一の多面性について知っていただくために、吉田健一の文学に近づくための二つのキーワードを用意いたしました。

「英国」と「文学」が二つのキーワードです。ほかにも時間とか世紀末とか食べ物とか酒とかいろいろと吉田さんの場合はキーワードがあるのですが、時間的に余裕がないためにとりあえず二つのキーワードを選んでみたわけです。そこで、この二つのキーワードについて簡単にご説明しながら、吉田健一の「英国」と「文学」がどのようなものであったかを探ってみたいと思っています。

では、第一のキーワードである「英国」から。吉田健一はつねにイギリスではなく「英国」と表記しています。「英国」の文化や文学であって、イギリスの文化や文学とは決して書かないのです。英国であれイギリスであれ、そのどちらを書こうとたいして違いはないかとも思うのですが、吉田健一は「英国」に頑固にこだわって譲ろうとしない。そういうところに吉田健一の若い頃からの特徴というか、個性がうかがえると思います。まあ、趣味と言ってしまえばそれまでなのですが、彼の場合、英国と表記するほうが断然似合っており、単なる趣味以上の落ち着きと品格さえ感じさせます。いかにもしっくりと様になっているからです。ここにも若い時から、英国風の紳士であった彼のダンディズムが見てとれるのではないかと思います。ただ、吉田健一の英国というのは、イングランドのことであり、英国人とはイングランド人を指すことを断っておかなければなりません。近頃のように、英国人とイングランド人を混同して使おうものなら、スコットランド人やウェールズ人などから猛烈な反発を買うことが少なくない時、英国のなかでイングランドの国力が一番優勢であったために、長いあいだ英国をイングランドで代表させるのがごく普通に行われていた時代の慣習に、吉田健一もまた従っていたことを改めて確認しておくことは必要でしょう。

ご存じのように彼はワンマン宰相と呼ばれ、戦後長期にわたって総理大臣を務めた吉田茂の長男でした。母親は明治の元勲大久保利通の次男、牧野伸顕の長女です。外交官の父親が中国の領事館勤務であったため、幼少年時代の多くを牧野家で過ごし、祖父に非常にかわいがられたとのことです。その牧野伸顕も若い頃から外交官で、ウィーンやロンドンで外交官として勤務していました。「ロンドンでの生活をただ楽しんでいるように見えた」。これは吉田氏の『交遊録』（新潮社、一九七四）のなかで自分の祖父のことを取りあげたところに出てくる表現なのですが、「ロンドンでの生活をただ楽しんでいるように見えた」祖父の存在は吉田健一にとって大きなものであったに違いないでしょう。

第一次世界大戦後のヴェルサイユ条約講和会議では、牧野が全権大使となるので、家族みんなでパリに一ヶ月滞在するという、当時の一般家庭ではなかなか経験できない贅沢を味わってもいます。その後、吉田茂が英国一等書記官に就任したため、ロンドンに転居し、そこの小学校に入ります。数年後、父親が今度は中国の天津の総領事に転任するので十歳から天津に住んで、地元のイングリッシュ・スクールに通っています。十三歳の時、天津から帰国して、東京都内の暁星中学生となり、卒業後すぐに英国ケンブリッジにわたり、六ヶ月間の研修期間を経てから、一九三〇年十月に、同大学のキングス・コレッジに入学します。しかし翌年一月末には大学を中退、三月には父親の反対を押し切って帰国します。「英国で英国の文学の勉強をして、どのていど役に立つか疑問になった」ことが大学中退の大きな理由であったといいます。こうしてもともと三年だった予定を早々に切り上げて、一九三一年四月に帰国する吉田健一ですが、彼は一九五三年まで英国を再訪していません。彼が英国や英国の文学について書き出すのははるかのちのことになります。

最初の著書『英国の文学』（雄鶏社、一九四九）の刊行は、三十七歳の時でした。私が最初に読んだ吉田健一の著書は創元文庫版の『英国の文学』で大学二年生の時でした。これを手に取った動機ですが、それは多分英文学の手引きを得ようというものだったように記憶します。その著書は、当時の私のように英文学の知識に関してほとんど無知であったものにとって手引書、あるいは入門書として実によくできていて、教えられることが数多くありました。また新しい視野が開ける思いをしたことも何度かありました。

今読み返してみて、大変印象的なのは序章の「英国と英国人」です。英国の自然や風土と生活との密接な関わりについて触れていますが、これは単なる形式的な前置きなどといったものではなく、英文学の全体像を概観するにあたって、なによりもまず著者の拠って立つべき心構えを示しておくという性質の強いものとなっています。なにかを論じる時に、まず心構えを示すというのは、以後の吉田健一の基本姿勢となっていきます。彼は英国の生活体験と文学作品の享受や理解がどんな風に関わりあっているかを実例を通じて提示することから始めているのです。雀さえもどこかに姿を消してしまい、水たまりがすっかり凍りついて午後四時にはもう暗くなる英国の冬がいかに惨めで醜悪であるかということから語りだします。そして、湿り気を帯びて土が黒くなり、クロッカスが芽を吹き、ツグミがさえずり、牧場が鮮やかな緑になる、春から初夏にかけての英国の自然が、すぐには信じられないほど美しいかを述べてから、「英国の詩の大部分は英国の自然を詠ったものである」といい、「君を夏の一日に喩えようか」で始まるシェイクスピアのソネット、第十八番の全文を引いています。吉田健一はこのシェイクスピアの詩には「いつかは沈むとも見えない太陽の光線が空中に金粉を舞わせている英国の夏の黄昏がある」と書いています。いかにも美文調の文章ですが、ここからは英国で実際に味わった夏の黄昏の風景に深く魅了された生活体験が言葉によって再現されているという印象を受けずにはいません。単なる美辞麗句とは異なる、大層鋭敏な詩的感性によって捉えられた表現となっているからです。「このように英国の季節は荒涼とした醜さから濃厚な美しさへと移り変わっていく」と語り続けていきます。こうした極端な差異に耐えられるだけの繊細な感性と強靭な生活力を備えているのが、英国人の本質であり、したがってその文学には「優美な抒情性だけでなく、ほとんど猥雑といってもいいすこぶる粗野で野蛮な活力が競争しあっている」。そんな風に英国人と英国文学の本質を見るわけです。

彼は英国についてそれまでに書いたものをまとめて一九七四年に『英国に就て』（筑摩書房、一九七四）という著書を出していますが、これは日本人が書いた様々な英国論のなかでも、抜きん出て優れた名著ではないかと思います。というのも、彼の英国論は客観的な事実や記録ではなく、主観的でしばしばセンチメンタルな思い入れを心地よい言葉で述べたりする類のものでもなく、あくまでも自分のものにした、自分のなかに生き続ける「英国」にこだわることを通じて、その本質を見定めようとする強靭な精神の産物となっているからです。この『英国に就て』では、英国の四季や風景や国民性から日用品や食べ物や飲み物にいたるまで話題が実に豊富です。その点で、現代の日本でよく見かける美麗なカラー写真や図版を満載した英国の魅力を伝える、本や雑誌などで紹介されている、英国の紅茶とかガーデニングとかカントリーハウスとか美しい田園風景とか、そういったいかにも英国らしさの典型についても書かれていることに気づくことがあるでしょう。しかし、そうした出来合いの英国的なイメージをなぞりながら、それなりに目を楽しませてくれるようなものを、吉田健一の英国論に求めてもたぶん無駄でしょう。

試みに、この著書の冒頭に置かれている「象徴」というエッセイを少し読んでみます。その書き出しで、「富士山が日本を象徴するという意味で、それに相当するものを英国に求めるならば、それはなんだろうか」という問いをまず投げかけながら書き進めていきます。「英国人というのは、はにかみやで引っ込み思案で動物を可愛がり、人間に対しても意地悪をする気になかなかならず、はっきりものが言えなくて、それでよく一人前で暮らしていけるもんだという感じがする」と書いています。

「つまり英国人には一般に優しい心の持ち主」が少なくないように見えるのだが、そうした優しい英国人が、世界に誇る強大な海軍をつくり、大英帝国の建設とか、南極やアフリカをはじめとする未開の地への探検や冒険とか、エベレスト登山とかが世界に知られているというのは一体どういうことなのかと問いかけます。彼によれば「英国人の優しさというのは、常に身近にある絵のように美しい風景によって養われたものである。そのことは実際に英国人と付き合い、少しでも英国の土地に住んでみるならば、この印象は決して上辺だけのものではないということが明らかになる」と言っています。このエッセイの核心を成す一節ですが、そこで吉田健一はチェスタトン風の逆説を駆使しながら、英国人の性格の特色を優しい心に見ているのですけれども、それは場合によっては英国人が本当に無慈悲であることにも通じていて、「相手の身になることができなければ、相手を徹底的に苦しめるわけにはいかないからであって、自分が相手になりきった時にはじめて相手の息の根が止められる立場に置かれる」からだと言うのです。それゆえ、英国人の忍耐力も勇気も冷酷も詩情もそこから出ていると見るのです。これは日本人が書いた英国論や英国人論では、あまり見かけない観察ではないかと思います。この観察はとてもユニークで、英国人のメンタリティーの内側に入り込んでおり、それを鋭くえぐり出すような趣きさえある、帝国主義的な英国人の無慈悲さに対しての痛烈な批評ともなっているような印象を受けます。

さらに「文化などということが念頭にないのが、英国の文化に一貫したひとつの性格である」と言えるとし、戦後の日本人がやれ文化会館とか文化会議とか文化住宅とかというように、やたらと文化という名称をつけたがるのとは違って、「英国人が文化などということを考えないのは、そういうものがいくらあってもいずれは死なななければならない自分たちにとってなんになるのだと考え、生きている間は現世での生活に執着し、生きる喜びをすべてに優先させるべきだとする現実主義的な態度となって現れる」と述べています。こうした覚悟と一体となっているのが、いずれは死ぬ人間であっても死ぬまでは生きていなければならず、死ぬまではなんとか耐えていようとするある種の厭世観、あるいは現実主義が英国人にはあると言うのです。賛美と批評の微妙に入り混じる、こうした英国と英国人についてのエッセイは英国通の日本人が誰も触れなかった英国人の心性を鋭くついていて、今読んでも迫力があります。

英国と英国人についてはまだまだ言わなければならないことがたくさんあるのですが、とりあえずここで止めておいて、第二のキーワード「文学」に移ります。

英国から帰国して十三年後の、一九四四年に吉田健一は同人誌『批評』に「過去」(『吉田健一著作集補巻I』集英社、一九八一)というそっけないタイトルの、自分の過去を回想するやや長めの短編小説を発表しています。その時彼は三十二歳でした。これは一読して、小説として未熟の感を免れないのですが、ケンブリッジと思しき古い大学町に住む日本の大学生が主人公で、幾分神経衰弱気味のその若者は、いつもなにかしなければという焦燥感に襲われながらも、なにをしたらいいのかわからない、宙ぶらりんの不安定な精神状態に置かれています。この、「なにかしなければならないが一体なにをしたらいいのかわからない」という不安定な精神状態は、帰国してから『英国の文学』を書くあたりまで、およそ二十数年間続いていたのではないでしょうか。その期間というのは、二十代から三十代にかけての期間ですが、その間吉田健一は一種のモラトリアム状態のなかにいたのではないかと想像されます。若者は明らかにケンブリッジ時代の吉田健一とほとんど等身大の人物として描かれているからです。若者はひどく神経質で、下宿の部屋のなかの置時計が無関心に時を刻むのが気に障って、下宿のおばあさんにそれを持って行ってもらったりする。このあたりの叙述は後年の「時間」のテーマを中心に彼の文学活動が華やかに開花することを知ってから読むと暗示的に見えます。その丸橋という名前の若者は大学の授業に出たり、時に学友たちと一緒に芝居見物に出かけたりするのですが、授業も遊びも退屈でどうやって時間を過ごしたらいいのかほとんど途方にくれてしまっている。そんな倦怠感に悩む著者が唯一慰めを感じるのがヴァレリーやキーツを読む時です。なにかの足しになるかもと思うからです。

武田さんが用意してくださった資料のなかに、漱石に比べると吉田健一の場合、英文学との接触がナチュラルなものであったというある批評家の発言がいまたまたま目に付いたのですが、私は必ずしもそうは思わないですね。英文学との接触は当初からかなりギクシャクしたものではなかったかと思います。彼は「過去」のなかで、「世界中のガラス窓が打ち壊されたとしてもキーツの抒情詩が残っていればいい」と啖呵を切っているのですが、こういうのを読むと、たとえば『葡萄酒の色　吉田健一譯詩集』

（垂水書房 一九六四）という彼の訳詩集がいまは岩波文庫に入っていて、そこでラフォルグの最後の長編詩を訳しています。ラフォルグは三十代初めに夭折したフランスの世紀末の詩人で、日常的に強い虚無感や倦怠感に浸されていました。「過去」に出てくる若者はそういう詩人を大層身近に感じるところが多分にあったのではないかという感じがいたします。

今日はこれを広げて論じると大変なので広げませんが、フランス文学にも同時に惹かれていたことからも知られるように、英文学との接触は必ずしもナチュラルなものではなかったのではないかと思います。キーツを本当に読みこむのは日本に帰ってきてからで河上徹太郎に「キーツは面白いよ」と言われてからちゃんと読み始めていますし、大学生の時にある程度読んではいたでしょうが、若い英国人の文学好きほどには英文学をナチュラルに読むということでは必ずしもなかったのではないかと推察されます。

面白いのは、この丸橋という若者は、授業もつまらないし遊びもつまらない、日本に帰ったら英語の先生にでもなろうかと思っていつもグズグズしている、そういう描き方がされているのですが、そんな彼は「はじめ英語の先生になるつもりでいて、それからしばらくたって文学ということに興味を持つようになった」とあります。その前に「丸橋は文学というものは何なんだろうかと思った」ともあります。やはり漱石と同じような問いに丸橋＝吉田健一も留学中にぶつかっているわけですね。ラフォルグの名前をいまあげましたが、ラフォルグより以前に、彼はヴァレリーと出会っています。「過去」にもヴァレリーを読んでいる、という記述が出てきますが、のちに彼は「ヴァレリーと出会ったことは生涯を通しての決定的なものだったかも知れない」と語っています。「一時はこの他に評論の書き方はないと思った位だった」と書いているほどです。「ただし、必ずしも今はそう思っていない」と書き添えているのですが。この発言からうかがえるのは、「文学とは何か」という若者の素朴な疑問を、ヴァレリーの詩と評論を徹底的に読みこむことで解消していこうとしたということではないでしょうか。彼は「わたしの読書遍歴」のなかで「ヴァレリーの批評や詩が厳密とか正確とかいうことで知られていることは説明するまでもない。そしてこれは確かにそのとおりであるが、それ以上に、厳密や正確を目指してこれを実現した人間が、どのような形で、いわゆる普通の人間と少しも違わないものかということをこの時、ヴァレリーの作品に実際に接して教えられた」と語っています。

戦前の昭和の時代は、ヴァレリーの時代と言えるほどのブームを呈していて、父の書斎にもヴァレリー全集の翻訳が並んでいたことを思い出します。そんな時代にあって当初から吉田健一が大層ユニークであったのは、彼の主たる関心事が普通の研究者や批評家とは違ってヴァレリーの詩や批評が厳密とか正確であることへの単なる解釈や解説にとどまるところにはなかったということにあるのではないかと思います。ヴァレリーという人間が一体どのような人間であったのかということが、若い頃から彼の関心の中心にあったのです。つまりヴァレリーという生き方を自分のものにしようとする発想に促されてヴァレリー論が書かれているということです。仮想現実の上でもヴァレリーの思想を自ら生きてみようとしたというわけです。そして、人生には充実かそれとも虚無か、その二つしかない。充実がない時、人は虚無的な生き方をするしかない、ということを自覚するように徐々になっていくわけです。こういう点でほかのフランス文学者とは非常に異質なアプローチをしていたと思います。

だから、彼はこれはと思い強く魅了される外国詩を暗唱するまで繰り返し読みこみ、これはいろんな人が証言しているのですが、歓談の場で自分のお気に入りの詩を英詩であれフランス詩であれ、すらすらと暗唱してみせて同席したひとたちを驚かせたという逸話がたくさん残っています。『訳詩集　葡萄酒の色』は熱心な詩の愛好家としての吉田健一を知るのに最適の一冊ですが、これは英国とフランスの、彼が本当に愛読した詩のアンソロジーとなっています。興味のある方はぜひ手に取ってごらんになってみてください。

『英国の文学』を出版されるまでのほぼ二十年近いこの時期についてはまだよくわかっていないことがありますが、二十歳の時、年長の批評家・河上徹太郎に出会ったことは彼の人生において決定的なことであったと言っていいでしょう。以後彼は、河上徹太郎を文学上の師として仰ぎ、ふたりの交友関係は四十五年の長きにもわたっているからです。河上徹太郎が書いているのですが、河上の目には、青春の決定的な時期を外国で過ごした吉田健一が「一種の祖国喪失者」の風貌を帯びて見えていたようです。そんな吉田健一に、河上徹太郎は、アテネ・フランセに通って本格的にフランス語を勉強しなさいとか、日本の近代文学の正道がなんであるかを知るために森鷗外と幸田露伴の全集を読むように、と助言しました。彼はフランス語をある程度独学で習得していたのですが、師の助言に従ってフランス語を勉強し直す。フランス語だけでなくラテン語やギリシャ語もかなり覚えたようです。ただ、露伴はどうも性に合わなかったらしく、鷗外をもっぱら熱心に読んだようです。先ほど触れた短編「過去」と同じ年にエッセイ「鷗外の歴史小説（二）」（島内裕子編『ロンドンの味　吉田健一未収録エッセイ』講談社文芸文庫、二〇〇七）を発表しており、鷗外の史伝とリットン・ストレイチーの伝記文学をそこで比較しています。

吉田健一が最初に文学とは何か、という原理をまとまった形で論じたのは一九六四年に出た『文学概論』（垂水書房、一九六二）です。そこでは自分にとって文学とはなんであるかをはっきりさせることが意図されており、究極のところ文学とは言葉本来の正しい使われ方をしたものであり、言葉を探して組み合わせることが考えることだということが繰り返し強調されています。こういう考え方は『文学概論』の少し前に書かれた数多い英語論を含む『英語と英国と英国人』（垂水書房、一九六〇）のなかの「英語というのは絶対に覚えられないものだからそういうことははじめから諦めたほうがいい」（「英語上達法」）という発言と結びついています。あるいは「一国の言語の主体を成すものはその国の文学であって、その言語を知ろうと思えば、その国の文学を読む他ない。そこで言語は初めて生きた形を与えられて、この生きた形を知ることが読むことなのである。つまり読むことが同時に話すことを覚える形で読まなければならいのであって、これはなにも高級なことをいっているのではない」（「読むことと話すこと」）とも明らかに通じ合っています。日本では英語を話すことがなにか特別に高級なことになっている世間の風潮を鋭く批判して、英語を知るというのは、それが日本語と変わらない一つの言葉になるということであって、そこまでいかなければ本当に英語をマスターしたことにならない。そのためには英語で書かれた文学を面白がって読むという習慣を身につけなければならない。日本で英国の文学がつまらないものになっているのは、英会話であれ英作文であれ英語がうまくなることばかりに熱を上げすぎる英語崇拝がはびこっているせいではないか、ということを強調してやまないわけです。

そして人間が暮らすごく普通の生活から文学は生まれるのであって、文学をことさらに権威づけてありがたがるのは会話重視の英語教育と同じく間違いであり、古典であれ現代小説であれ、それが文学と呼べるほどの楽しみを与えてくれるものであるならば、おいしいお酒や食べ物と同じように楽しんだり味わったりすればよいのだし、人はそういうものに親しんでいるうちに次第に文学や人生に目を開かれるものである、ということを諄諄と説いていくのが吉田健一です。

ところで吉田健一は犬が大好きだったようです。最後の長編小説『埋れ木』(集英社、一九七四)は息を引き取った愛犬「彦七」に捧げられています。いろんなエッセイのなかでも犬について触れることが少なくない。そこで最後に初読以来印象に残っている「飲む話」(『酒談義』中公文庫、二〇一七)を取り上げて締めたいと思います。

吉田健一によれば、「犬が寒風をさけて日向ぼっこをしているのを見ると」、「その姿は言ってみれば、酒を飲んでいる時はこういう境地でありたいものだと思わせるものがある。これはやけ酒や絡み酒などとはおよそ正反対の飲み方だ」だというのです。なんとも奇妙な喩えとは思うのですが、ここには吉田健一の文学観の根っこを支えているいわば心構えともいえるものが端的に示されているのではないかと私には思われます。私たちが日常生活でともするととらわれがちな不自然なこだわりやこわばりや気負いなどといった精神状態から解放され、あるがままの自然状態にいることこそが「犬の日向ぼっこ」ではないかと見えるからです。こうした独特な捉え方は、文学において大事なのは精妙な言葉の働き方が人を不自然な思いこみやこわばりから解放し、精神の自由へと導いていくところにある、という晩年に強調される考え方とも一脈通じ合っている趣があります。

若年の頃、つまり『英国の文学』を書いた頃に、人生には虚無と充実の二つしかないと自覚し、自分の人生を充実させるために生きることを選択した吉田健一は、晩年に近づくにつれて大人の成熟ということを強く意識するようになり、「成熟とはものごとをありのままにみること以外のなにものでもないことを、人間は幻滅を通じて学び知るのである」と英語で書いたエッセイ集『Japan is a Circle』(新潮社、一九七五)のなかで述べています。彼は英国の作家イーヴリン・ウォーが好きで、『黒いいたずら』(白水社、一九六四)、『ブライヅヘッドふたたび』(筑摩書房、一九六三)、『ピンフォールドの試練』(『20世紀の文学17』集英社、一九六七)の三作を訳しています。そのウォーについて、彼の作品には、ボードレールやドストエフスキーの作品に出てくるような、いわゆる異常なものが出てこないことを指摘し、「彼の文学が成熟した人間のものであり、ウォーのみならず英国の文学というものが今日に至るまで日本の読者に親しまれない理由」が、日本には成熟という観念があまり行き渡っていないところにあるのではないかと述べています。平常心ということを晩年に強調するようになりますが、これは明らかにそれと結びつく観念でしょう。吉田健一が吉田健一たるゆえんというのは単に指摘するだけでなく、文学通り成熟という観念を自分のものにすることを批評や随筆や小説を書くことを通じて見事に実践してみせたことところにあるからです。

吉田健一は生前、長いあいだ我が国の文学界において異端者扱いをされてきました。彼がようやく脚光を浴びるようになるのは、生涯の最後の七、八年のことです。その文学の豊穣さがにわかに各方面で注目されるようになったからです。正道を貫くその潔い生き方に共感する人が増えたからです。私はその驚異的と言ってよい健筆ぶりをリアルタイムで見ながら畏敬の思いを抱かざるを得ませんでした。以来、彼の愛読者となりました。とは言え、今でもよくわからないところも多々あるのですが、句読点の極端に少ない、息の長い、その独特な文体のリズムに身をゆだねていると、不思議に心が落ち着くというか気持ちが良くなるというか、豊かな気持ちになることが少なくない。晩年の彼は優れた文学作品が持つ効能は、それを読むものの呼吸や脈拍のリズムを正常なものにしてくれるところにある、としばしば語っています。これが吉田健一の晩年に辿り着いた成熟した文学観であり、生き方ではなかったかと私には思われます。そのような境地に辿り着くことは難しいことであるにせよ、人間としての成熟を目指した、そのような吉田健一に、現在の私は大きな魅力を感じているところです。

　若い人たちの文学離れが著しいといわれるいま、没後四十年を記念してシンポジウムが開催されるのは、吉田健一が今も生きている証しであろうと思います。成熟ということがもはやそれほど重要な課題ではなくなった現代の風潮に対して、改めて考え直すきっかけを与えてくれる文学者でもあると思うからです。願わくば彼のすばらしい作品がこれからも読み継がれることを願いつつ予定の時間をかなり超過いたしましたが、私の発表を終わります。

[参考文献]

吉田健一『交遊録』(新潮社、一九七四年)
吉田健一『英国の文学』(岩波文庫、一九九四)
吉田健一『英国に就て』(ちくま文庫、一九九四)
吉田健一「過去」、『吉田健一著作集　補巻I』(集英社、一九八一)
吉田健一「わたしの読書遍歴」、『我が人生処方』(中公文庫、二〇一七)
吉田健一『文学概論』(垂水書房、一九六〇)
吉田健一『英語と英国と英国人』(講談社文芸文庫、一九九二)
吉田健一、島内裕子編『ロンドンの味　吉田健一未収録エッセイ』(講談社文芸文庫、二〇〇七年)
吉田健一『酒談義』(中公文庫、二〇一七)
吉田健一『埋れ木』(集英社、一九七四)
吉田健一『まろやかな日本(Japan is a Circle)』(幾野宏訳、新潮社、一九七八)
吉田健一『20世紀英米文学案内23　イーヴリン・ウォー』(研究社、一九六九)
吉田健一「飲む話」、『吉田健一著作集　第六巻』(集英社、一九七九)
吉田健一訳詩集『葡萄酒の色』(岩波文庫、二〇一四)

# 吉田健一の東京、小説の中の場所

柴崎友香

私は自分が小説家ということもありますが吉田健一の、特に『東京の昔』（中央公論社、一九七四年）という小説がとても好きなので、その『東京の昔』を中心に吉田健一の小説における東京であったり、場所ということについてお話したいと思います。

吉田健一は評論や随筆、小説を書きます。それらの形式にどういう違いがあるかというと、小説は具体的な登場人物を必要としますし、彼らが生きる時間と一定の場所が設定されているということが挙げられるかと思います。

小説に書かれている場所について舞台という言い方をすることもありますが、背景として書かれていることもあれば、風景そのもの場所そのものが小説の主題のひとつであることもあります。夏目漱石の『草枕』は風景そのものを書いた優れた小説のひとつであると思います。実在の場所を詳細に書いた小説もあれば、とある郊外の町といったふうに特定のどこかよりも要素や性質を強調した小説、あるいはS市、N市といったふうに匿名性の高い書き方、また、架空の町や世界を綿密に作り上げる小説もあります。

ともかくも場所をどう書くかというのは小説において非常に重要な要素であると私は思います。そしてある小説がある場所について書く時、あらかじめその街が明確に存在してまさに設定された舞台上で展開するという小説も多いですが、吉田健一の小説では書くことによって、すなわち読者が読んでいくことによって、そこに町が場所がだんだんと現れていくように場所が書かれているのではないか、ということを『東京の昔』を中心にお話ししようと思います。

吉田健一の『東京の昔』はこんな書き出しで始まります。

これは本郷信楽町に住んでいた頃の話である。当時は帝大の前を電車が走っていたと書いても電車も帝大も戦後まであることはあったのだからそれだけでは時代を示したことにはならない。それならば日本で戦前だとか戦後だとか言うようなことになるとは誰も夢にも思っていなかった時代ということにしておこうか。兎に角帝大と電車が出たのだからこれが文久三年といった大昔でないこと位は解る筈である。どうもその頃はその電車が通っている道も砂利道だったような気がする。それだから春になって温い風が吹き始めると埃が立ち、そのために電車通りに並ぶ古本屋の店先の本がざらざらとした。(『東京の昔』)

なかなか複雑に時間が展開します。この小説が発表されたのは一九七三年なのですが、昔ということはとりあえずそこよりも昔、以前ということにはなりますね。この冒頭の短い部分のなかには複数の時間が折りたたまれている。小説が出版された一九七四年あたりの時代というのが読む人のなかにはまずありますし、そしてまず最初に本郷信楽町に住んでいた頃とあります。誰が、本郷信楽町に住んでいたとは書いていない。日本語はこういう場合、語り手が住んでいたんだろうとすんなり受け入れてしまうところがあります。語り手というのは作者なのか、それとも登場人物、主人公なのか、これはまたのちほどお話ししようと思います。

それからその次に、当時は帝大の前に電車が走っていた。電車も帝大もと書いたすぐ後に「電車も帝大も戦後まであることはあったんだから、それだけでは時代を示したことにはならない」と、その直前に書いていたことを否定というか訂正するようなことを書いたと同時に、ということはここまでに、現在、昔、帝大の前を電車が走っていた頃、戦後、など複数の時代を行き来しながら小説のなかの時代というのをだんだんと狭めていくというか、示していくという形になっています。

「日本で戦前だとか戦後だとか言うようなことになるとは夢にも思っていなかった時代、文久三年といった大昔ではない」とまた別の言い方で時間が説明され、そして「電車が通っている道の砂利道」、「春になって温い風が吹き始め」、「電車通りに並ぶ古本屋の店先の本がざらざらした」と具体的な光景が実態ある感触をともなって急にレンズのピントがあうように見えてきます。

戦前、具体的にはおそらく昭和一桁から十年頃までのいついつごろとすんなり書かずに、なぜこんな面倒な書き方で示すのか。それはこの小説の中に東京という場所を存在させたいからに他なりません。

『東京の昔』は語り手が本郷の下宿に住み始めた、それも特別な理由はないというか、思い出せないくらいのふとしたきっかけで住み始めたというようなことから話が始まり、下宿のおしま婆さん、自転車屋の勘さん、帝大生の古木くん、勘さんが作ったブレーキの商売を相談する実業家の川本さんといった人物との交流、もっと具体的に言いますと、下宿で酒を飲み、おでん屋で酒を飲み、銀座や神楽坂のバーでも酒を飲み、円タクに乗って移動してまた飲む、喋るという、基本的には酒を、時には紅茶を飲みながら飲んでしゃべっているという、ほとんどそういう話です。場所や店などの描写は詳細かつ具体的です。銀座の店は資生堂パーラーなど今でも残っているところもありますし、実際の店が詳細に書かれています。他の場所もお店も大抵、実在のところでしょう。先日会った人は本郷のおでん屋のところに住んでいるといっていましたので、下宿周りの地理も現実に即して書かれていると思われます。

一方、暮らし向きについては、中古の自転車を仕入れてきて手入れして新品として売るとか、横浜でコーヒーを買ってきて少し高く売るとか、そんな調子でその頃は暮らしていけたみたいなことが書いてあって、これは『東京の昔』より少し早く発表され、戦後すぐの焼け跡での生活を書いた『瓦礫の中』(中央公論社、一九七〇年)でも同じような感じなんですが、読んでいるとまあそんなことはないだろうとつい思ってしまいます。自分がその時代にいたら、まあそんな風には暮らせなかったんじゃないだろうかというようなことを考えてしまうのですが、『東京の昔』に書かれている東京は地理的には紛れもなく正確に当時の東京を書いていて、しかしそれが当時の東京の現実かといわれると、おそらくそうではないでしょうし、だからといって『東京の昔』に書かれたような、なんとなくうまい具合に生活し暮らして、毎日おでんやで酒を飲んでいたというような東京が存在しなかったということにはならないと思います。

『東京の昔』の東京は、やはりどこかには存在したある一面の東京であって、それを小説のなかに存在させる、小説のなかに存在するっていうことは現実でも存在したということになる。そのために複雑な時間の語りで始まり、この小説を語っている時には、読み手が読んでいる時には私達はその東京という場所で生きられる、そのためにこの小説は書かれているのではないかと思います。

とにかく、その戦後という言葉が使われるようになると思っていなかった戦争の前の、経済の状態も良く、文化活動も盛んだった一時期、その時代の東京という場所にとって外国がどれくらいの距離だったか。東京の中に外国がどのように存在していたか。それを語ることによって、ある時代の東京、つまり今は失われてしまった東京という場所を、吉田健一はこの小説のなかに作ろうと試みている。おでん屋で、帝大生でフランス文学を勉強している古木くんと出会った語り手は、銀座の水辺を眺めることのできる喫茶店でパリやフランス文学について話し、ウイスキーを飲み、紅茶を飲み、紀伊国屋で洋書を買います。そこの場面を少し読みます。

銀座といえばその頃の円タクにも先ず断られなかった。それが数寄屋橋という橋が本当にあってその下を掘り割りの水が流れていて三原橋も橋であり、その下を流れる水と数寄屋橋の下を流れるのを別の掘り割りが縦につないでいる銀座だったのだから今と昔とどっちを本当と考えたものか解らない気がする。今の方が幻ではないにしても嘘だということはある。その頃は東京の下町がどこもそうして川か掘り割りで区切られていて空から見れば道路よりも縦横に流れる水が網の目を張り巡らせていて東京は世界でも橋が多い町だった。そういう町だったからかどうなのか兎に角銀座も賑やかなのよりも明るくて静かな町で人にぶつからずにゆっくり鋪道が歩いていけた。それだから店の窓の前に立ち止まってそこに出ているものを眺めることも出来た。併し紀伊国屋は本屋だったからこれは今の東京で普通に寄って見る本屋の作りと同じで通りに向かって開け放された敷き地に幾つも置かれた台に本が並べてあった。

ただ一番目に付く台に置かれているのがフランスの新刊書でそれが発行された日付からたっている日数が日本の新刊書と殆ど変わりがなかった。恐らく発行されると同時にシベリア便で東京に送られて来たものだったに違いない。それがフランスの本だったのはこれを読むものが多かったからで何故そうだったかを説明しようとすれば所謂、文学の話になる。ようするにジードでもコクトーでも紀伊国屋に並んでいた作者の名前を思い出すだけでもフランスより当時の銀座が戻って来る。そのコクトーでもエティアンブルでもの新刊書から眼を上げて服部時計店の天辺にある時計を見てもただ本屋の店先を冷やかしている感じしかしなかった。これはフランス語の本が当時はドイツ語や英語のと違って立身出世と縁がないものだったからそれが読みたいものだけに争って買われてそれで本らしい本の役目を果たしていたということかも知れない。(『東京の昔』)

と、いつまでも読んでいたくなるのですが、時にフランス語を交えて会話は続いて、語り手と古木くんの会話は続いていきます。吉田健一の書いたもののなかにあるフランス語は私はなぜか音読したくなり、声に出して読んでみることがあります。フランス語は意味がわからなくともとりあえず発音はできるので、意味が日本語で特に言い直されないのも吉田健一の書き方だと思うのですが、とりあえずそこで響きだけを感じる。先ほど富士川先生が、吉田健一が詩を暗唱していたということをお話しされていましたが、自分の言葉の一部になるくらいにフランス語、小説や、他の文章でも引用されているフランス語や他の言語の詩がそれくらい吉田健一の体のなかに身についていたからこそ読んでいてもなぜかそれを発音したくなる、響きだけでも自分がそれを受けとったような気がする、そういう気持ちになるのではないか、と思いました。とりあえず響きだけは感じることができる、そうしたくなるのはそれが吉田健一の思考のなかにフランス語が不自然でなく、フランス語でしか表しようのないことだからそう書かれているとわかるからでしょう。

当時その銀座に、先ほど少し音読したところのように外国語があるというのは、何かそれに近いような感じだったというのを吉田健一は書こうとしているのではないでしょうか。外国の本を読むこと、読んでその場所を知ること、そして行ったことのないその場所に想いを馳せること、実際にその地に行って場所や文化を知ること、今自分たちがいる場所を知る、その距離をはかること、その日本と東京と外国についてのその思索が続きます。

吉田健一の書いたもの、特に小説は、その思考の過程にこそ読んでいる途中にこそ何かが浮かび、掴めそうになるものであって、一文を抜きだしても正確には伝わらない。吉田健一の本を読んでいるととても面白い、なるほどと思うような表現ばかりで、読んでいると、こんな感じで私は付箋をいっぱい貼ってしまうのですけども、さっきもちょっと一文読もうと思ったら長くなったんですが、それをいざ書評などで引用しようとすると結局全部書き写すしかなくなってくる。そういうふうに、ずうっと吉田健一の文章というのは長く続いていきますけれども、やっぱり自分では抜き出すだけでは表せないその思考の過程、それを読むことでしか何か感じられないものがある。

『東京の昔』に書かれている本郷や銀座も、そうして読んでいるうちにだけ私達に見える場所のように思います。古木くんが川本さんとともに外国へ行く、語り手と勘さんとが横浜港でその船を見送るというところで小説は終わります。

一九七四年に出版されたこの小説を私が初めて読んだのは二〇〇三年の冬から翌年にかけての頃でした。二〇〇三年のたしか春か夏頃に東京の神保町の近くに来た時に、今はちくま文庫から数年前に復刊されたんですけれども、当時は古本屋でしか手に入らない状態だったので、それを買いました。これは私が初めて読んだ吉田健一なんですが大阪で読みました。神保町の古本屋で買ったので、誰かのATMの明細が挟まっていました。中公文庫の方の『東京の昔』で、今奥付を見たら再版で一九八五年となっています。その本に、いまは合併で無くなった銀行の名前の銀行の明細書が挟まっていて、今とは違うしっかりした紙でした。そのことをよく覚えています。

その後も好きな本ということで何度も書評でも書いたので読み返していました。最初に読んだ時もとても面白いと思いましたし、読み返していた時も、特に私は地理的なことに興味があって大学でも人文地理を専攻していたんですけども、都市とは何かとか場所とは何か、人の生に結びついている場所の観念みたいなものをどういうふうに小説で描くことができるかということに興味がとてもあったので、特に『東京の昔』はそういう小説、都市とは非常に都市的な人間の生き方というものが、人間が生きている場所としての都市というのがとてもよく描かれた小説として読んでいました。今回また読み直して初めて、このずっと酒を飲んでしゃべっている、何も起こらないなんて言われてしまうかも知れない小説が、東京であるとか都市という場所について書いているっていうだけはなくて、もしかしたらこれは古木くんがどうやって外国にいくか、どうすれば外国に行けるかを小説のなかで実現したい、というそれを書いた小説なのでないかと思いました。

初めて読んだ二〇〇三年、私はまだ東京に住んでいませんでした。東京には何度も行っていましたが、それはまだフィクションのなかにあるような場所という感じで、例えば『東京の昔』に出てくる本郷っていう場所に、やはり東京に来て行ったとしても「ああ『三四郎』に書いてあるあの場所、思い浮かべてたのとおんなじやな」というような感じで、三四郎も本郷も、東京の昔の本郷も、同じようにイメージのなかに浮かんでいる架空の場所のような感覚はまだありました。その後、東京に住んでもう十年以上たつのですが、そうすると本郷は何度か行きましたし、その周りを歩くこともありましたので、家から乗りかえて何分くらい何線に乗って、何分くらいの周りにどういう店があって、三四郎池は、最初に行った時に小説の書いてある通りと思ったのですけど、いまは「あ、めっちゃ蚊にさされたなあ」というような現実の場所になっていて、少し東京という場所について感じ方が変わっています。

私はそれまでほとんど外国に行く機会がなかったんですけども、この四、五年のあいだに行く機会が増えました。特に昨年は、アメリカに三ヶ月滞在して今年の二月には初めてイギリスに行きました。

ヨーロッパという場所に行くこと自体それが初めての経験でした。私は夏目漱石の『草枕』が本当に好きな小説なので、そのなかに出てくるオフィーリアをテート・ギャラリーで見たいというのが、イギリスにいるあいだの一つの目標でした。それを見にいって、その後、まず二月なのでとても寒かったですけれど、真冬の曇り空の下テムズ沿いに北に向かって歩いて行って、ウエストミンスター寺院があって、それからウエストミンスター宮殿があって、そこで歩いていると建物の向こうに時計塔が見えました。ロンドンの名所のひとつのビッグベンです。屋根越しに見えたその時計塔は予想をはるかに越えた大きさで、装飾も美術館のなかで見るような工芸品が、とんでもない大きさで屋外にそびえているという印象を持ちました。しかも時計なんです。あんなに大きな時計が塔のてっぺんに設えられている。これは日本にも、それから去年三ヶ月いたアメリカにもない、何か別のものだという感じがとてもしました。さっき少し読んだ銀座のところにも服部時計店の時計が出てきたんですけれども、ああ言う感じではなくて、もっともっとっても自分の想像していたのよりもすごい大きさであったし、何か圧倒するような豪華な時計台でした。それはイギリスの文化というか、文明の歴史を象徴するように私には思え、その時、突然吉田健一の『ヨオロッパの世紀末』（新潮社、一九七〇）とそれから『東京の昔』の中の外国というものを思いました。以前は『東京の昔』で語られる外国についての部分を読んでいても、そんなに私はよくわかっていなかったのだと思います。それがビッグベンが突如として視界に現れた時に、急にその距離を自分が今まで生きてきた世界とは別の文化で成り立っている世界があるということを実感したのです。

その感覚を経て今回読んだ『東京の昔』は日本と外国の交易はあり、日本のなかに外国の文化が入ってきてはいるものの、まだまだ実際のその場所を知っている人が少なかった時代。ヨーロッパに行くのも船で四十日近くかかったり、留学するとなると家がたつほどの費用がかかった。当時のパリやロンドンは今よりももっと日本の街と違った文化、圧倒的な差異があったでしょう。

それを吉田健一は自分の暮らした場所として身をもって知っていた。その物理的金銭的心理的な距離を越えて、外国という場所と日本あるいは東京という場所を実感することによって『東京の昔』で書かれている東京と外国の場所の関係というのはやっぱり、この場所があるからこそ、その外の別の場所があるという、この、いま自分がここにいる場所を実感しなければ外の場所もないのではないかということが書かれているように私は思うのですが、それをどうやって古木くんが実感して、外国に行く船に乗せる、古木くんを外国に行く船に乗せることができるか。フランス文学に興味を持って外国の文化を知りたいと熱望する学生をどうすれば外国に行くというのが実現できるか、ラストシーンが古木くんを見送る場面なのだから素直にそのための小説だったのではないかという思いを持ちました。

『東京の昔』は一九七四年に出版されたといいましたけれども、その当時はもう『東京の昔』に書かれた時代とは、かなり外国、日本の中の外国文化であったり、外国っていう感覚もかなり変わっていたと思うんです。

『東京の昔』に書かれていた古木くんとちょっと歩いて話をする銀座には、一九七一年にはマクドナルドができていますし、もっと外国にも行きやすくはなっていたとは思いますが、例えば今現代の日本を見ても情報が入ってきたり容易に行けるようになったからこそかえって関心が薄れるということもあったりしますすし、そういった外国に対する感覚、外国文化の受容だったり、感覚の変化というものについて吉田健一がここで何か書かなければならないと思ったからこそ一九七四年、書いたのはその少し前だと思いますけれども、その時にあえて戦前の一時期の東京を書いたのではないかと思います。

『東京の昔』より前に書かれた『瓦礫の中』（中央公論社、一九七〇）の書き出しはこんな感じです。

こういう題を選んだのは曾て日本に占領時代というものがあってその頃の話を書く積りで、この頃は殊に太平洋沿岸で人間が普通に住んでいる所を見回すと先づ眼に触れるものが瓦礫だったからである。そしてそういう時代のことを書くことにしたのは今では日本にそんな時代があったことを知っているものは少くて自然何かと説明が必要となり、それをやればやる程話が長くなって経済的その他の理由からその方がこっちにとって好都合だからである。他意ない……（『瓦礫の中』）

と始まります。

吉田健一の小説は、常に小説世界の外側に語り手がいます。作者が小説の中に姿を現すということですね。現代の小説は小説の語り手の姿を見せないようにするのが一般的です。

例えば『カラマーゾフの兄弟』なんかだと作者が聞いたある事件の報告という体裁になっています。それでもまだフィクションという鉤括弧に囲まれたなかの世界という感じがする、という語りなんですが、それより前の小説では、作者が読者に向かってもっと直接語りかけるような書き方がされている。

吉田健一の語り方はそちらに近いというか、近代以前の、現代の小説とは違うそれを意識して書かれていたのではないか。時々語り手が姿を現す。『東京の昔』やいくつかの小説で特徴的なのは、全体はいわゆる一人称で進みます。しかし一人称の主語が書かれることはほとんどない。他の『埋れ木』(集英社、一九七四)などもそうです。登場人物、三人称的に登場人物が設定されているのですが、『東京の昔』はかなり一人称に近い。しかしその一人称の主語が書かれることはなく、たまにごく少なく出てくるその主語が私や僕ではなく、こっち、なのです。日本語は主語が明確ではなくても成り立つ、少なくとも普段それでも気にならずに文章が読めてしまうという特徴が日本語にはあります。英語は主語、必ずしも人とは限らない主語が何かに対してアクション、主語動詞目的語というふうにアクションする言葉で、日本語はある何か状況に入っていくような言葉だ、というのを作家の片岡義男さんが言っています。片岡義男さんはハワイの日系人の家庭に生まれて最初に習得した言語が英語ということで日本語と英語についての本をいろいろ書かれていますが、そのなかに日本語はその状況に入っていくというような言語ではないかと書かれていたんですけれども、英語やフランス語に堪能だった吉田健一がそういった言葉の特性を意識して書いていないはずはないと思います。

状況というのはシチュエーション、位置関係でもありますが、こっちというのはまさに場所や位置を表す言葉であって、私と書けば読み手にとって他人である人物が、ある特定の人物が間に入ることになる。こっちと書くことで時々姿を現す書き手とストーリーの中で銀座や本郷を行き来する主体と読む側が何かゆるやかにつながっている。小説はいったい誰が誰に向かって話しているのか私はいつも不思議で、小説家として今十八年目ですけれども、自分が書く時にもその不自然さを意識せずにいられません。

時々三人称のことを神の視点なんて言ったりしますが、そんなに簡単に神にはなれないわけで、いつも小説を読むたびに、これは誰が誰に向かって何のために話しているんだろう、と思うのですが、吉田健一の小説は書く側と読む側を完全にフィクション内とフィクションのこちらの現実と完全に分けてしまうのではなくて、たとえば、おでん屋や銀座の喫茶店で話しているような状況に近いものにしたいのではないか。そうすることによって、小説の中で書かれた場所は書き手と読み手が思索を語らう場所にもなりうるのではないでしょうか。

小説はいくつかある芸術や創作の形式のなかでも、ある場所と別の場所を行き来することが比較的容易です。場所というのはすなわち時間のことでもあって、ある場所と別の場所、現在と過去、回想がなめらかに接続され、小説のなかの時間の進み方も圧縮したり、引き伸ばしたり、複数の時間を絡めるようなこともできます。『東京の昔』でたびたび話題にのぼるプルーストはまさにその好例でしょう。吉田健一の『金沢』（河出書房新社、一九七三）では、金沢のバーで飲んでいると、とっても良いバーでお酒も美味しいから、目の前にいるそのバーの店主が別の二つの東京の好きなバーの店主と区別がつかなくなって、店もその三つの場所に変わっていく、というとても好きな場面があります。『酒宴』（東京創元社、一九五七）では銀座の蕎麦屋で飲んでいたら灘の酒蔵の技師と知りあって朝まで飲んでそのまま大阪、灘に行って、またそこでまた大宴会が始まって延々と飲み続けるうちに、周りの人がみんな酒のタンクになって、それでもまだ飲んでいるという時間も空間も超越した世界が、『酒宴』はとても短い話なんですけど、そのなかに描かれています。

どちらも酒で酩酊しているというところがとても吉田健一らしいですけれども、その酒で時間も場所もまざっていくようなことを小説は書くことができます。小説は現在とは距離がある、思い出せるけれども行くことができない場所を書くことによって蘇ようとしていると言うこともできます。東京の昔の本郷、信楽町に住んでいた頃、帝大の前を電車が走っていた、でも戦前だとか戦後だとかいうことになる、ということになるとは誰も夢にも思っていなかった時代、春になってぬるい風が吹き始めるとほこりがたち、電車通りの本屋の店先がざらざらしたというような時間、その時代の東京、『瓦礫の中』の日本に占領時代というものがあってその頃、ことに太平洋沿岸で人間が普通に住んでいるところを見るとまず目にふれるものが瓦礫だったという時代の東京。ある時代の東京、いまは失われたけれども、またいずれ失われるけれども、書くことによってだけそこに蘇らせることが可能になったその場所、ある時に確実に存在したその場所へ読者を迎え入れてくれる、吉田健一の小説はそのような稀有な小説であると私は思います。

〔参考文献〕
吉田健一『東京の昔』（中公文庫、一九八五）
吉田健一『瓦礫の中』（中公文庫、一九七七）

# 吉田健一と「英国」の文学

武田将明

私のお話は、吉田健一が一九四九年に刊行した、実質的なデビュー作である『英国の文学』に見られるユニークな文学観を解き明かしながら、吉田にとって「英国」とは何だったのかを考察します。さらには、『英国の文学』とその続編といえる『英国の近代文学』（垂水書房、一九五九）とが、吉田健一の文学活動全般といかにつながっているかを論じたいと思います。

最初は、吉田健一のケンブリッジへの留学について、簡単にお話しします。彼は一九三〇年、十八歳の時にケンブリッジ大学のキングズ・コレッジに入学します。そこで彼は、主にディッキンソンという六十代のすでに講義をリタイアした教授と、ルカスという三十代後半の少壮気鋭の研究者の指導を受けます（★1）。吉田は後に、この二人について『交遊録』（新潮社、一九七四）という著作の二番目、三番目で扱うほど敬意を抱いていましたが、意外なことに、彼がこの二人の指導を受けた期間は、半年にも満たないものでした（★2）。留学を早々に切り上げたきっかけのひとつとして、吉田自身は、ディッキンソンに「外国語で書くということは、到底出来ないことだ。コンラッドの文章でも、間違いだらけだ」と言われたことを挙げています（★3）。

この帰国について、吉田健一の伝記作者である角地幸男と長谷川郁夫のどちらも、それまで日本語よりも英語を自分の第一の言語だと思っていた健一青年が、ケンブリッジに留学して自分がイギリス（★

4）にとってアウトサイダーであることを実感し、一刻も早く日本に帰って自分のアイデンティティを構築する必要性に駆られたため、といった理由づけをしています。角地の『ケンブリッジ帰りの文士吉田健一』（新潮社、二〇一四）には、次のような解説が見られます。

ロンドンの小学校に学んで以来、英語という「第一の母国語」で育った文明開化の体現者――喜怒哀楽の表現から思考の道筋に到るまでが、完璧に英語で出来ていた日本の子供――は、圧倒的な過去が実在するケンブリッジの近代に感染することによって、生まれて初めて英語が自分の「第一の母国語」でないことを痛切に意識したに違いない。（中略）吉田健一は自分の拠って立つ根幹が揺らぐほどの窮地に立たされたと言っていい。

これに続けて、同書は「吉田健一は、まさにケンブリッジで故国（第一の母国語＝英語）を喪失したのだった。（中略）十八歳の少年吉田健一の「決心」とは、（中略）一刻も早く日本に帰って故国（＝日本語）を発見しなければという切羽詰まった焦燥感だったのではないか」と指摘します。

同様に、長谷川の『吉田健一』にも、このような一節があります。「日本に帰る。それは日本人としてのアイデンティティを恢復するためであった。（中略）英国に来て、不思議なことに「英国といふ国が嫌ひになつた」（「留学の頃のこと」）というのも、日本人であることを痛切なまでに実感させられたからである。正常であることをもとめる直角的な平衡感覚が、十八歳のデラシネに、日本の風土のなかに定着せよ、と緊急に促したのだともいえる。」
二人とも、イギリス留学が吉田健一に日本の「発見」あるいは日本への「定着」を促したと述べているものの、決してこれを日本の国家や民族への特別な愛情、すなわちナショナリズムに引き寄せて説明してはいません（★5）。これに私も同意します。外国で挫折した青年がナショナリストになって帰国する、というのはありがちなパターンですが、吉田健一がそうではないことは、彼のデビュー作のタイトルが『英国の文学』だった、という一事をもってしても明白でしょう。

ですが私は、ケンブリッジで精神的なショックを受けた吉田が、日本国あるいは日本語に「故国」や「アイデンティティ」を見出したとも思いません。吉田健一という書き手が、特定の国家や言語に帰属することをよしとするとは思えないからです。といって、彼はいわゆるコスモポリタンや根無し草《デラシネ》とも異なります。子供の頃外国で暮らしたのは親の事情に因るものですし、いまお話ししたケンブリッジ留学から帰ってからは、決して頻繁に海外に出てはいません。彼には、彼なりの居場所がありました。それが何であるかを理解するには、もはや伝記的な事実ではなく、彼の文章、とりわけ『英国の文学』を読まないとなりません。

ここから本論に入るのですが、その前に簡単に、吉田健一に関する、ありがちなイメージへの警戒を呼びかけておきます。最初に、その生前からずっと言われてきた、「吉田健一はイギリスやフランスの文学を外国文学として学ばず、自然なものとして身につけた」という神話です。文芸評論家でフランス文学者の中村光夫は、帰国後の吉田健一が無名だった頃から親交を結んでいましたが、のちに中村が吉田のことを回想した「今はむかし」という文章を引きながら、長谷川は次のように述べています。

フランス文学を「学問」として受けとめてきた中村［光夫］にとっては、それは知識の対象にとどまるものでしかない。かれの目には、外国で育った健一青年が英語の習得に「格別の努力を払わ」ずに、その文学を「イギリス人と同じ形で身につけることができた」と、映ったのだった。「（中略）ここに少なくも外国文学について、僕よりずっと本物の素養を、ずっと金のかかるやりかたで身につけた人がいると、羨望の念を覚え」た、という。（長谷川郁夫『吉田健一』）

ここでは、外国育ちの吉田健一が外国文学の「本物の素養」を「格別の努力を払わ」ずに習得できたことへの羨望が語られていますが、こうした「吉田健一」像は、西洋文化との葛藤を感じる必要のない、恵まれた環境に育ったがゆえに、吉田は文学の原理的な問題に対して無感覚なのだ、という批判へと容易に反転します。他方で角地は、批評家の柄谷行人による次の文章を引用しています。

漱石は、ロンドンで「文学とは何か」ということを解明するために、「十年計画」をたてて猛烈な勉強をしていた。吉田健一には、漱石のこういう姿勢が野暮ったく重苦しくみえたにちがいない。それは、彼が英仏の文学をほぼナチュラルに受けとっていたからである。その意味では例外的な日本人だった。しかし、漱石の問いの野暮ったさは、まさに「文学」をナチュラルなものとしては受

け取れないところからきているのである。（柄谷行人『反文学論』、角地前掲書で引用）

私小説に象徴されるような、日本の近代文学の視野の狭さを批判した中村光夫にとって、「吉田健一」的な知性が憧憬の対象となったことは想像に難くありませんし、一九六〇年代以降、欧米の思想界を席捲した西洋中心主義批判に日本でいち早く呼応した柄谷からみれば、「吉田健一」は恰好の批判の対象だったでしょう。しかし、持ち上げるにせよ、批判するにせよ、いま両者が前提としている「本物の素養」や「ナチュラル」な受容なるものは、あくまでも相対的に判断できるものにすぎません。そもそも、『文学の楽しみ』（河出書房新社、一九六七）という著作もある吉田健一にとって、文学は「勉強」して身につけるものではない、ということに、ここで注意を払うべきでしょう。つまり、吉田健一の文学が持つ屈託のなさや自然さには、その生育環境に回収しきれない、彼自身の文学観との関わりもあるように思われるのです。少なくとも、文学者・吉田健一が言葉を駆使して演出する自然さを、吉田健一という個人の生い立ちから説明したところで、記号としての「吉田健一」の呪縛を逃れられないのは自明です。

「演出」という点でいうなら、吉田健一がいくつかのエッセイで語っているケンブリッジの姿もまた、あくまでも吉田健一の文章世界における「ケンブリッジ」だということにも、注意を払うべきでしょう。夏目漱石の『文学論』（一九〇七）序文に、漱石がイギリス留学の初めにケンブリッジを訪ねた時の話が書かれているのですが、そこで紳士たちが暢気に社交し、真剣に勉学に励んでいない様子を見て、どうせ学費も賄えないし、在学しても自分には意味がないと思ってロンドンに戻った、と述べられています。

これについて、吉田健一は次のような感想を記しています。「[漱石がケンブリッジ大かオックスフォード大に在籍しなかったことが」残念に思われるのは、（中略）オックスフォオドやケムブリッヂには英国の一流の人材が集っているのであり、所謂、社交界と違って、そういう人々と交際するのに金は掛らず、又彼等が代表する知識階級に接するのでなければ、何も漱石が英国まで行く必要はなかった筈だからである。」（『東西文学論』新潮社、一九五五）

本物のイギリス社会を知る吉田健一が、漱石の見識の浅さを嘆いているように読めますが、先ほど述べたとおり、吉田が実際にケンブリッジに滞在したのは六ヶ月足らず、その前後の期間を含めても一年ほどで日本に戻っています。不平を抱きつつも、イギリスで二年ほど研究に没頭した漱石よりも、吉田がイギリスを直接知っていたと言い切れるでしょうか（★6）。ちなみに、ケンブリッジ大学に英文科が設置されたのは以外に遅く、一九一一年。つまり、漱石の留学時にはケンブリッジで英文学を専門に学ぶこと自体ができませんでした（★7）。限られた時間のなかで、ケンブリッジで学べるものが少ないと漱石が判断したのは、特に間違いとも思えません。

加えて、吉田健一が語る自身の留学体験についても、演出の匂いがしないではありません。テリー・イーグルトンの『文学とは何か』（一九八四）によれば、まさに吉田健一が留学した時代のケンブリッジでは、F・R・リーヴィス、Q・D・リーヴィス、I・A・リチャーズ（★8）といった若い研究者たちが台頭し始めていました。彼らはいずれも「名門大学で文学教授の職にあった愛国主義者のディレッタントではなくて、地方のプチ・ブルジョワ階級の子女」であり、彼ら・彼女らこそが、第一次大戦後のイギリスを襲った「現代文明の精神的危機という大問題」に立ち向かうために、英文学研究を単なる学問から倫理的な探究へと刷新した、とされています。イーグルトンは、「一九二〇年代後半から一九三〇年代にかけて、ケンブリッジ大学で学生が英語英文学を専攻するということは、産業資本主義社会の俗悪性に対して果敢に挑みかかる論戦に、一種異様なかたちでまきこまれるということであった」と述べていますが、このような革新の空気を、吉田健一の回想するケンブリッジに感じることはできません。吉田の師事したディッキンソンも、ルカスも、研究者としては旧世代に属する人たちで、リーヴィス夫妻、リチャーズとは学問上対立していました。しかし、現代の英文学研究の基礎を築いたのは、ディッキンソン、ルカスではなく、リーヴィス夫妻、リチャーズであるのは、事実として揺るぎようがありません。吉田が誉めたたえるケンブリッジは、イギリスにあっても衰滅しつつあった、上流階級の文化の残光のようなものでした。

少し脱線が長くなりましたが、結果的に本来の問いに戻ったともいえます。というのも、吉田健一の語る「ケンブリッジ」や「英国」に、独自のバイアスがかかっているのだとすれば、彼の「英国」を彼自身のテクストから明らかにすることで、文学者・吉田健一の精神的な居場所が判明するはずだからです。これから、『英国の文学』を元に、その居場所を探り、同時に彼独自の文学観にも光を当てましょう。

最初に、次の引用をご覧ください。なお、『英国の文学』は、一九四九年に雄鶏社から初版の刊行されたあと、一九六三年に大幅な改訂を施した垂水書房版が刊行されています。この発表では、基本的に岩波文庫の『英国の文学』を参照しますが、これは垂水書房版の本文に基づいています。雄鶏社版を引用する時には、その旨お知らせします（★9）。

春から秋に掛けての英国の自然が、我々東洋人には直ぐには信じられないくらい、美しいならば、英国の冬はこれに匹敵して醜悪である。そして冬が十月に来る国では、この二つの期間はその長さに掛けてまず同じであって、英国人はこういう春や夏があるから冬に堪えられるのでなしに、このような冬にも堪えられる神経の持主なので春や夏の、我々ならば圧倒され兼ねない美しさが楽《たのし》めるのである。いずれの場合も、現実に堪え抜く強靭な生活力がそこに働いていることに変りはなくて、（中略）いかに美しいものにも対抗することが出来る忍耐力ということが、英国人の国民性に認められる一つの特徴であると言える。或るものを美しいと見るにも力がなければならず、それを美しいと見た上で更にそれを自分のものにするには、力が一層に必要なのである。（『英国の文学』）

これは全体の序論に当たる箇所からの引用です。ここで強調されているのは、英国の冬の厳しさと夏の美しさが、どちらも日本人には想像もつかないもので、彼らの日常生活では、常に「現実に堪え抜く強靭な生活力がそこに働いている」という点です。ちなみに、戦後間もないころに刊行された初版では、英国の日常生活が「我々には想像し難いほど貧弱」で、「酒場の開業には面倒な規則があるので数が少く、煙草は午後五時か六時に店が締まれば翌日まで買えない。果物は贅沢品であり、花屋はあるだけで珍しい。そういふ点では戦後の日本の方がまだ増しかと思はれる」とまで書かれています。

ともあれ、吉田健一が「英国」および「英国人」に見出したのは、彼らの生きる現実の厳しさ、激しさと、そうした現実に踏みとどまる不屈の忍耐心、および恐ろしいほどの冷静沈着さ、とまとめられるでしょう。こうした性質は、吉田によれば、英国の文学を古くから特徴づけています。例えば、シェイクスピアの『リア王』における、「娘の邪悪を憎んで叫喚《きょうかん》するリヤ」の場面を引用した彼は、そこに「英国的」な態度を見出します。

一口に言えば、彼［シェイクスピア］の態度はあくまでも英国的であり、それはボオドレエルやドストエフスキイの作品が新約聖書の精神に貫かれているのに対して、彼の作品に見られる傾向がヘブライ的であり、旧約聖書の精神に従っているということである。（中略）ボオドレエルやドストエフスキイにとっては、悪とはこれと格闘し、その悪との戦いに敗北して絶望したその彼方に救いを予知させるもの、又その意味では、快癒期の病人が懐かしく回顧する大患の苦しみのようなものであるが、リヤの場合、悪とはどこまでも憎み、呪詛する他ないものであり、それとの戦いは悪が消滅する日まで続く。（中略）ここに見られる道徳的な態度は英国の文学に共通する一つの著しい特徴であって、（中略）これは既に度々言った、英国人の現実に執着する態度から来ているものと思われる。（前掲書）

悪との戦いの彼方に宗教的、より正確にはキリスト教的な救済の光を垣間見せるボードレールやドストエフスキーに対し、時代でいえばずっと古いシェイクスピアの文学の方が現世的・実践的だと吉田は指摘します。これを吉田は新約聖書ではない、旧約聖書の世界だと述べていますが、今日のところは、彼の言う「英国の文学」の本質は、彼岸に救いを求めない徹底した現世主義にある、と確認すればよいでしょう。

そしてこの現世に踏みとどまるリアリズムを前提に、次の二つの引用を読む必要があります。

ここで、シェイクスピアの劇作品の凡てに認められる特徴の一つを初めに言って置くならば、それは登場人物がいずれも生きた人間として彼の作品に登場することである。これは、（中略）彼の作品に出て来る人物が先ず生きていて、それが彼の作品に登場するようなのであり、作者による彼らの扱い方が彼らを生かすのだという感じがしないのを、彼らが生きて登場すると言う以外にどう表現したものか解らない。（中略）我々が知っている人間を我々が正確に観察し、彼らの心理の動きに微妙に反応するのと変らなかったと考えられるまでに、シェイクスピアの作品に登場する人物が我々に見せる各自の姿は鮮かなものである。（前掲書）

フィイルディングがこういう多くの人物をこのように鮮かに描いているのは、一つには、人間というものに飽きることがない興味を持っていた彼が実際に多くの人間と交渉があったからであり

（中略）、更に根本的には、彼が書いている人物に対して実在の人間と同じ烈しい好奇心を抱き、それだけでもそれを生きたものに仕上げずにはいられなかったのである。（中略）しかし彼にとって一つの作品で現実を再建するということは、その作品を書くためにその現実を分析して見るということではなくて、実際に生活するのと変らない情熱でその作品の世界を生きることだった。（前掲書）

これはシェイクスピアとフィールディングの文学について、どちらも登場人物が実在の人間と思われるくらい生き生きとしている、と述べた文章です。その際、シェイクスピアについては「作者による彼らの扱い方が彼らを生かすのだという感じがしない」と言い、フィールディングについては「彼にとって一つの作品で現実を再建するということは、（中略）その現実を分析して見るということではなくて、実際に生活するのと変らない情熱でその作品の世界を生きることだった」と指摘しています。

ここから判明するのは、吉田健一の一元的な世界観・文学観です。彼によれば、「英国の文学」の優れた特徴は、もっぱら現世を描いている点、しかも作家によって書かれた世界と作家が（さらには読者が）実際に生きる世界とが区別されない点にこそあります。先ほどのフィールディングに関する引用に続けて、吉田はこう主張します。

英国の小説家は生活者としての現実に対する関心から出発して、成熟して彼が得たその現実に対する理解を通して人間の生活を認識し、これを作品で再現しようと試みる。（中略）そしてそこには、我々が日々生きている現実と変わらない多様な性格が認められて、英国の小説を繋げて行くならば、人間が住んでいる実際の世界と見分けが付かない、無限に豊富な一つの世界が出来上るに違いない。（前掲書）

吉田によれば、英国の小説が描くのは、作者の生きている現実そのもので、その上でも下でもありません。ゆえに、「小説家が現実に生きる姿」は「その書き方」と同じとなり、仮構《フィクション》という形式は「現実のこの多様な性格を追究するため」に作家が選択したものにすぎません。

興味深いのは、これに続けて、「この［英国作家の］手堅い態度に比べれば、我が国で私小説と呼ばれている多くの作品は拵《こしら》えものであるという感じがする」と述べられている点です。これは、小林秀雄の「私小説論」（一九三五）や中村光夫の『風俗小説論』（一九五〇）とはおよそ異なる私小説批判だと言えるでしょう。詳しくお話しする時間はありませんが、小林も中村も、フランス十九世紀の長篇小説を念頭において、日本の私小説が広い社会を描けないことを問題視するのですが、吉田はむしろ、日本の私小説が作者の生きる世界と作品世界とを一致させる点で不十分で、現実を離れた「拵えもの」に留まっている点を批判するのです。

吉田健一の世界観・文学観を基礎づけているのは、この文学と現実が同一の地平で「一つの世界」を成しているという認識です。ここには、作家の書く世界も含まれている、というより巻きこまれているため、作家は世界の作り手であると同時に、世界を生きる者でもあるという、二重性を備えることになります。言い方を変えれば、作家は自分の作品を作るだけでなく、それを生きていなくてはならないのです。

それゆえに、小林や中村とは異なり、吉田健一は十九世紀のヨーロッパ文学をあまり重視しません。この時代の小説は、フランスでもイギリスでも、バルザックやディケンズを輩出して全盛期を迎えていたはずですが、吉田の『英国の文学』は、十九世紀のイギリス文学を、十八世紀と二十世紀の国際的な文学に比べて排他的で田舎臭いと断定しています。

［十八世紀英国の］この国際性、あるいは自分を世界に住む人間の一人と見ることで自分の立場を決定する態度はナポレオン戦争、またそれに続いて英国が遂げた飛躍的な国力の増進によって一世紀ばかりの間、一種の排他主義に取って代わられた。ヴィクトリア時代［十九世紀］に見られる英国風の生活様式の完成や、その反面にある田舎臭さはそこから起り、これは文学にも反映されている。そしてこの傾向はペイタアやワイルドの批評が示す通り、十九世紀末に至って再び国際性を取り入れる立場に変化し始めた。フォオスタアの小説が現れたことは二十世紀の到来とともに、この変化が決定的なものになったことを意味している。（前掲書）

岩波文庫版の『英国の文学』は二四八ページありますが、このうち十九世紀の文学を扱った章は二七ページしかありません。この一事をもってしても、吉田健一の描き出す「英国の文学」は、一般的なイギリス文学史とはかけ離れたものであることがわかります。十九世紀ヨーロッパの小説についてよく言われることに、語りの技法の完成というのがあります。十八世紀の小説は、「私」という一人称で主人公が語る、視野の限られた作品が多かったのに対し、十九世紀の小説は、作者が多くの登場人物の内面に入って語ることで（このような話者を「全知の語り手」と呼びます）、より多様で複雑な世界を描けるようになった、とされているのです。

ここで注意したいのが、十九世紀の小説の長所とされるものは、作者が自分の作品世界の上に君臨し、多くの登場人物たちをコントロールすることで可能となっている点です。しかし吉田健一の考える「英国の文学」の本質あるいは美質は、作者と作品の両者が渾然一体となるような、批評用語を用いて言い換えるなら、メタレヴェルの存在しないような状態にこそありました。こうした文学観をもつ吉田にとって、作者と作品との上下関係が確立している十九世紀型の小説は、そもそも好みに合わなかったのではないでしょうか（★10）。

ここで先ほどの引用に立ち返ると、吉田健一は十九世紀のイギリス（帝国主義華やかなりし頃のイギリス）を「排他的」で「田舎臭い」と否定的に述べる反面、そこに「英国風の生活様式の完成」を見てもいます。逆に言えば、吉田健一の「英国」とは、ヴィクトリア朝のイギリスが体現するような「英国風の生活様式」に収束するものでは決してなかったのです。今日でも、しばしば雑誌など各種メディアが取り上げる「英国風の生活様式」は、もっぱらヴィクトリア朝の風俗・習慣を前提としていますが、吉田健一の「英国」は、そうしたイメージと一線を画していることを、読者である私達は忘れてはならないでしょう。吉田健一にとって大事なのは「英国」であって、「英国風の生活様式」などではないのです。

この時「英国」とは、もはや特定の国家というより、ある種の精神状態、もしくは生き方の呼称と見なすべきです。そこでは世界と文学作品は地続きで、つまり眼前の現実と想像の世界に区別はなく、距離や時間を超越して、作者と読者は同じ地平に立っています。そしてここにこそ、ケンブリッジ留学を切り上げて日本に移ってから『英国の文学』刊行までの、十八年という異様に長い修行期間を経て吉田健一が見出した、彼の居場所があります。敗戦直後の荒涼とした東京で『英国の文学』を書いている時、その肉体こそ日本にありながらも、吉田健一はこのような「英国」を発見したのではないでしょうか。そしてその後も、少なくとも文章を書いている時、必ず彼は「英国」にいたし、さらには私達読者がそんな吉田健一の存在を生々しく感じる時、私達もまた「英国」にいるのです。

ここからも、十九世紀イギリスの文学に対する吉田の懐疑的な態度は説明できるでしょう。いくら華々しく、威風堂々たるものだとしても、それは固定したイメージに囲い込まれた、排他的な国民国家《ネーション》の文学で、彼のいう「英国」や「英国の文学」とは本質的に相容れないものだったのです。これに対し、十九世紀末からイギリスで生じた新しい文学潮流は、彼にとって「英国の文学」の再生を意味するものだったといえるでしょう。実際、先ほどの引用の後半でも、英国の文学は「十九世紀末に至って再び国際性を取り入れる立場に変化し始めた」と述べられています。この新しい潮流のことを、一般的な文学史は「モダニズム」（Modernism）と呼びますが、吉田健一は頑固にこの言い方を用いず、常に「近代文学」という紛らわしい日本語を使います。まるで自分の語る「英国の文学」の歴史は、教科書的な文学史とは別の物語だというかのように。

一九五九年、ちょうど『英国の文学』初版刊行の十年後に、吉田健一は『英国の近代文学』を上梓します。これは『英国の文学』の続篇で、モダニズム期以降を扱っていますが、両著を隔てる十年の間に、吉田健一は自己の立脚点を定め、独自の文体も確立していました。そのせいか、こちらの本を読んでいると、ほとんど彼は「英国の近代文学」をダシにして自分を語っているように思えることがあります。

本書の冒頭で、吉田は「英国では、近代はワイルドから始る」と断言します。この大胆な宣言は、さらに数ページ後に「ワイルドについて語るのに必要なのは「意向集」と題する論文集に収められた「芸術家としての批評家」という対話だけであって、これがあれば彼が英国の近代文学の始祖であることを示すのに足りる」という（教科書的な文学史から完全に逸脱した）断定に引き継がれ、読者は吉田健一ワールドにぐいぐいと巻きこまれていきます。ですが、いまはあえて吉田のワイルド評を冷静に確認しましょう。

彼はワイルドの「芸術家としての批評家」を参照して、「近代文学」では詩人や小説家と批評家との区別がなくなったと指摘します。「近代」以前であれば、作家が霊感に導かれて、人生、自然、政治、道徳といった主題を追究することは自然になされていたのですが、近代に入ると「霊感というものが退けられ」、文学は言語を用いて意識的に構築するものだ、という考えが主流になります。するとそれまで「文学的」とされてきた主題は、文学の本質とは関係ないもの、あるいは「文学以外のもの」と考えられるようになります（ちなみに、その背景には、近代に入って様々な知識が細分化し、文学の世界とそれ以外の世界との繋がりが見えにくくなったことがある、とも述べられています）。ゆえに、近代の作家は、何を書くにもまず言葉について考えなければならない、すなわち、「文学の仕事をするものは先ず、批評することから始めなければならなくな」った、と吉田は「近代文学」の本質を解説します。

これはそのまま、吉田健一の文学活動を説明しているのではないでしょうか。自分の帰属する国家や言語を持たなかった彼にとって、完全に自発的という意味で「自然」な創作などありえませんでした。彼の文学活動は、他でもない書くことを通じて、自覚的・批評的に自然状態を立ち上げることから始まったといえます。そしてこれは、彼の出発点でもあり、目的地でもあったのです。なぜならそこは、書くことと生きることとが区別なく存在する、明確な始まりも終わりもない、ひとつの状態だったのですから。いわば彼は、世界と文学との自然な連続性が見失われた「近代」を逆手にとって、言葉を用いて「一つの世界」の立ち現れる様を描き続け、そこに生き続けたのです。この「一つの世界」こそ「英国」であると指摘するのは、もはや蛇足でしょう。

ここで二点、注意しないといけないことがあります。いま吉田が論じている「批評」とは、今日言われる批評理論とはまったく異なるものです。吉田の場合、つねに批評は創作と同じ地平にあるので、批評家がテクストを読んで分析を加えること自体、彼の考える文学とは相容れません。『英国の近代文学』には、英文学者・批評家のウィリアム・エンプソン（一九〇六〜一九八四）と共に、F・R・リーヴィスとI・A・リチャーズを（概して批判的に）論じた章がありますが、英米の批評理論の始祖とも言えるリーヴィスやリチャーズの分析的批評は、吉田の立場からすれば、文学を狭い袋小路に追い込むだけでした（★11）。

もうひとつ、いわゆるモダニズム文学の文脈から興味深いのは、吉田が「近代文学」の本質は言葉にあると断言する一方で、決して言葉の価値を現実よりも上位に置くことはなく、作家が独自の言葉を用いて別世界を創造することには懐疑的だった点です。『英国の文学』でも強調されていたように、吉田健一の文学世界では、「この一つの現実」の手前にも彼方にも、別世界はありません。ゆえに彼は、豊穣な言葉の海の中で生きることと書くことを一致させたプルーストのような作家を「近代作家」として高く評価する反面、言葉そのものや、構成そのもののユニークさが前面に現れているジョイスのような作家には驚くほど批判的で、その冷たさは「無理解」という言葉がしっくりくるほどです。次の文章を読んでみてください。

「プルーストが書いたものは明らかに近代小説と言えるのに対し」我々は「ユリシイズ」を読んで近代を感じることは出来ないのである。（中略）「ユリシイズ」のレオポルド・ブルウムやスティイヴン・ディダラスがはっきり十九世紀の人間であるという印象を我々に与えるのは少しも構わない。しかし我々は同時に、こういう人間がそれを描いたジョイスと精神的に一致しているのを感じる。（『英国の近代文学』）

一般に二十世紀文学を代表する書物とされるジョイスの『ユリシーズ』（一九二二）を、十九世紀文学であると断言する書き手は、吉田健一のほか世界のどこにいるでしょうか。寡聞にして私は知りません。ただ、繰り返すようですが、ここで吉田は決して奇を衒っているのではなく、彼には確乎とした「近代文学」の観念があり、そこにジョイスが当てはまらないというのは、論理的に筋が通っています。簡単にいえば、徹底して意識的に言葉を使う人が、書きながら自分の世界と言葉の世界との一致を経験するのが、吉田の「近代文学」です。この時作者は作品の外と内に同時にいる、というより、心理的な没入によって内部と外部の境界が掻き消されています。ゆえに、次のようなジョイス批判も書かれることになります。

普通は何か書くべきものがあって、それを書く努力をしているうちにその人間の文体が生じ、これが同時にまた、その書くべきものの性質を当人に知らせる作用もする。しかし（中略）ジョイスの（中略）初期に属する「ダブリンの人々」で我々が不満に感じるのは、それが凡《およ》そ洗練された文章で書いてありながら、そこにそれを書いた人間がいるとは思えないことで［ある］。（前掲書）

「ダブリンの人々」とは、『ダブリン市民』や『ダブリナーズ』とも訳されている、ジョイスの短篇集（一九一四）のことです。ここからジョイスは次第に言葉による実験を深め、すでに触れた『ユリシーズ』を経て、最後の『フィネガンズ・ウェイク』（一九三一）になると、もはや英語というよりジョイス語と呼ぶべき言語で一貫して書かれているのですが、ジョイス文学の到達点、いや人類が言葉で到達できる極限を示す『フィネガンズ・ウェイク』（吉田の呼称では「フィネガンのお通夜」）に対する、吉田健一の評価は実に素っ気ないものでした。彼から見れば、本作でジョイスは「芸術の働きを信じた果てに、表現とか再現とかいうことを創造に取り違えるまでに至ったとしか思え」ず、「文学は生命にその表現を与え得はしても、生命を作ることは出来ない。そこにジョイスの痛ましい錯覚がある」とまで述べています（前掲書）。

実は、『英国の近代文学』ではなく、『英国の文学』の方の初版には、現在の一般的な版では削除されたジョイスへの言及があります。吉田はそこで、「ジョイスの作品が文学であるとするならば、次の問題は、それが英国の文学であるかどうか、ということである」と述べ、断定こそ避けているものの、仮にジョイスの作品を文学と呼べるとしても、それは彼の考える「英国の文学」には入らないことを示唆しています（★12）。また、これに続けて「［ヴァージニア・］ウルフが優れた作家であるならば、同じくガアネット、コリヤ、T・F・ポウィス（★13）などを挙げるべきであり、これらの人々も、一流の文学の伝統を有する国の、二流作家たる域を出ているとは言えない」という一節も見られ、こちらも現在の版では削除されていますが、ジョイスと並ぶモダニズムの代表的な作家であるヴァージニア・ウルフも、吉田の文学観からは「二流作家たる域を出てい」なかったようです。ジョイスとウルフのいないモダニズムなど、現代の英文学研究では考えられないので、やはり吉田健一の「近代文学」は一般的な英文学史におけるモダニズムとは似て非なるものなのです。

いささか長いお話しとなってしまいましたが、これで吉田健一の『英国の文学』（と『英国の近代文学』）を読みながら、彼の文学観を洗い出す、という目標はだいたい果たされたと思います。あとは少しだけ、このような文学観がその後吉田のなかでどう定式化されたかについて、触れておきましょう。『英国の近代文学』の翌年に発表された『文学概論』（垂水書房、一九六〇）には、次のような一節が見られます。

従って、この散文と文体の問題は、我々が人間であるということと関係がある。我々は人間である為に、ものを書く人間である必要は少しもない。併し書く人間ならば、例えば批評を、或は書評を書くのに余りに力を用いたので、他のことを書くのは思いも寄らないということがあるだろうか。（中略）凡て人間と縁があることが文学の対象である。その時、例えば、小説を書くのに適した言葉しか知らないというのは、自分が人間であることに対して根拠がない限定を加え、言葉が用いられる範囲を自分から狭めることで、そうして使った言葉は不完全であることを免れない。言葉で描くというのは、景色だけのことではないのである。我々が言葉を使って描くことに熟達した時、我々は散文を書くことになり、それを書いた人間はその文体で解る。（『文学概論』）

文章を書くことと、書く人の人間性とが切り離せないことを指摘した上で、文章を書く人間は、批評や小説といった特定の分野に自分を押し込めるべきではなく、ジャンルと無関係の「散文」を書くことを心がけるべきだ、と吉田健一は述べています。ここでは、特定の小説や批評文を完成させることよりも、散文を書くという行為そのものの重要性が強調されています。「英国」という言葉こそ出てきませんが、やはり吉田にとって、書くこと自体が彼の文筆活動の立脚点であることがわかります。

これは逆に言えば、書くことを止めてしまえば、文学者「吉田健一」も存在を消失することを意味しています。実際、『文学概論』の「散文」を論じた章は、次のように終わっています。

詩は我々に言葉を聞かせてくれて、聞き終った後でも、言葉の余韻が残り、言葉が幾つもあって一つの世界をなしているのを我々に感じさせる。（中略）散文の言葉も、我々が直ぐに忘れてしまうことはない。併しそれよりも我々の記憶に残るのは、言葉が働いたということであって、散文の場合、それは或る言葉であるよりも、言葉というものがあって或る結果を我々の精神に生じたという印象なのである。それ故に、散文では言葉は言葉というものただ一つであり、そこへ向って我々が聞き、又読んだ言葉の一切が畳み込まれて行く。詩の言葉の余韻も、遂には消える。それだけ又、無は充実するとも言えるだろうか。それならば、言葉を通して無に帰するということに、文学の目的があると見て差し支えないのである。（前掲書）

最後の一節、「言葉を通して無に帰するということに、文学の目的があると見て差し支えないのである」とは、衝撃的な言葉です（少しキザな気もしますが）。ここで興味深いのは、この言葉と、『英国の文学』のシェイクスピアの章の終わりとの、見事なまでの一致です。一般にシェイクスピア最後の作品とされている『嵐』について、「大作に大作を重ねて書いてきた彼［シェイクスピア］がその果てに、またそれ故に凡てのものに見るに至った空しさは、彼の作品の中で彼がその本心を打ち明けた唯一の場合となって、『嵐』の終詞に或る悲痛な響きを伝えているように思われる」と吉田は述べ、その終詞をすべて引用してから、「世界の文学で、余りに多くのものを作り出したために虚無に戻された例は、シェイクスピアの他にないのである」と指摘して章を閉じています（『英国の文学』）。

果たして、ここにあるのは根無し草の作家、吉田健一のニヒリズムでしょうか。もちろんそうではありません。これらの引用に出てくる「無」や「虚無」が、魔術のような豊かさを備えていることは、吉田健一の愛読者のみなさんには、すでにおわかりでしょう。そしてこの無を豊かにするのはなにか、それも吉田健一は示唆しています。吉田が引用した『あらし』の終詞を見てみましょう。これは、劇中人物のプロスペロが観客に呼びかける形で語られるものです。プロスペロはかつてミラノの大公でしたが、弟に地位を追われ、孤島で魔術の研究をしながら復讐を目論んでいました。自分の敵を島におびき寄せたものの復讐を思いとどまり、彼らと和解を果たしたのち、みずから魔術の杖を折ったプロスペロは、観客にこう訴えます――「ここに私の魔術は凡て失われ、私にはただ私自身の力しか残っていない。（中略）親切なみなさん、手を差し伸べて、私をここから連れ出してください」（シェイクスピア『嵐』。吉田健一『英国の文学』より引用）。この台詞を語る役者は、劇中世界（プロスペロの島）と現実世界（劇場）を結びつけるだけでなく、この作品で魔術ならぬ創作から引退したとも言われる作者シェイクスピアの生きる世界さえも召喚します。魔術の放棄を語る台詞の中で、魔術のように複数の世界が遭遇しますが、この奇蹟の演出に不可欠なのは、惜しみない拍手を送る観客です。

これはそのまま、吉田健一の文学観に対応しています。文学とは、畢竟するところ実体のない虚無です。しかしだからこそ、それは作品の内と外、作者と作品の境界を超えることができます。そしてこの虚無を一挙に充実した世界へと転換させるのは、それを読む者にほかなりません。「親切なみなさん、手を差し伸べて、私をここから連れ出してください」とは、自分の文章の読者に対し、吉田健一が送っているメッセージでもあるように、私には感じられます。彼の世界は、彼の「英国」は、まさに読まれることのなかで生起するものです。その生々しい立ち現れ方ゆえに、きっと吉田健一の文学は、没後四十年を経てもなお、私達に新鮮な印象をあたえるのでしょう。

★1　ゴールズワージー・ロウエス・ディッキンソン（一八六二～一九三二）は、ケンブリッジ大学で古典学を修めたのち、同大学やロンドン・スクール・オブ・エコノミクスで政治学を教授した。その著作は古代ギリシャの社会、十九世紀のイギリス議会史、さらには中国の役人の視点から西洋を批判したフィクションなど多岐に渡った。政治的な立場は革新派で、第一次大戦のさなか、のちの国際連盟の原型となる組織の必要性を提唱したことでも知られる。作家のＥ・Ｍ・フォースターと親しく、ケンブリッジ大に留学中の吉田健一をフォースターに引き合わせたのはディッキンソンである。そのフォースターと同様、同性愛者であった。なお、ディッキンソンおよびルカスと吉田との交流については、吉田健一『交遊録』参照。フランク・ローレンス・ルカス（一八九四〜一九六七）は、ケンブリッジ大学で古典学を修め、最初は同大学で古典学を教えていたが、やがて新設の英文学科に活動の比重を移した。ギリシャ・ローマの古典文学、エリザベス朝の演劇、フランス文学など多種多様な分野で優れた研究業績を残し、また詩・演劇・小説をみずから執筆もした。同時代の文学の批評も行い、エズラ・パウンドやT・S・エリオットのモダニズム詩には辛口だった。また、ケンブリッジ大の英文学科でF・R・リーヴィスたちの実践していた、分析的な文学批評にも批判的だった。こうした文学・批評の嗜好は、吉田健一に影響をあたえたものと思われる。第一次大戦では最前線の偵察部隊で活躍、第二次大戦では（その高度な言語能力を買われて）「エニグマ」と呼ばれたドイツ軍の暗号解読に貢献した。

★2　角地幸男『ケンブリッジ帰りの文士 吉田健一』に、「高橋智子「吉田健一『過去』注解」（平成十六年「日本女子大学紀要」第五十三号）は（中略）［吉田健一のケンブリッジへの］滞在六ヶ月であることを特定している」とある。

★3　吉田「ケンブリッヂの大学生」。長谷川郁夫『吉田健一』における引用を参照した。

★4　本稿では、現実の国家としてのイギリス（連合王国）を指す時には「イギリス」、吉田健一の著作に登場するイギリスを指す時は（彼自身の用法に従い）「英国」を用いる。

★5　特に角地は、「これは断じてナショナリズムの問題ではなく、吉田健一個人のアイデンティティに関わる危機である」と断言している。

★6　もちろん、八歳から十歳までの期間、父の仕事の都合で吉田はロンドンに住んでいるが、少年がイギリス社会をどの程度見聞できたかは不明である。

★7　オックスフォード大では、一八九四年に英文科が設置されていたが、そこでの研究は文学を論評するというより、語学的・実証的な傾向が強く、おそらく漱石の考える英文学研究とは相容れなかっただろう。

★8　フランク・レイモンド・リーヴィス（一八九五〜一九七八）は、『偉大な伝統』（一九四八）や雑誌『スクルーティニー』（一九三二〜一九五三）などで知られる英文学者・批評家。ケンブリッジ大学の英文科で長年教鞭を執るが、一九五四年まで専任の講師としては迎えられなかった。T・S・エリオットやD・H・ロレンスの新しい文学を高く評価し、紹介した。アイヴァー・アームストロング・リチャーズ（一八九三〜一九七九）は、『実践批評』（一九二九）などで知られる文学研究者、教育者。ケンブリッジ大の英文科で分析的な文学批評を実践したあと、中国での教育活動に情熱を注いだが、日中戦争の勃発によりアメリカに活動の場を移し、ハーヴァード大学で教鞭を執った。クイーニー・ドロシー・リーヴィス（一九〇六〜一九八一。旧姓ロス）は、ケンブリッジ大学で英文学の博士号を取得し（指導教員はI・A・リチャーズ。E・M・フォースターが論文審査に加わった）、博士論文『フィクションと一般読者』は出版され（一九三二）、高い評価を得た。この論考はF・R・リーヴィスの「マス・カルチャー」論に影響を受けていたが、そのリーヴィスと一九二九年に結婚し、『スクルーティニー』誌の編集などで夫の仕事に協力しつつ、自身の文学研究も継続した。

★9　本書の編集方針に則り、雄鶏社版からの引用も新字新仮名に改めている。

★10　「単調で堅実なのが特徴なのかと疑われるヴィクトリア時代の文学」といった表現さえ、『英国の文学』に見られる。これはすぐに、実は十九世紀文学は「予想に反して豊富で、多面的なものである」と訂正されるものの、そもそも多くのイギリス文学者は、十九世紀の文学が殊に単調で退屈だとは思っていないはずなので、吉田健一自身の嗜好を反映した表現と捉えるのが自然である。吉田健一のヴィクトリア朝文学・文化に関する見方を詳しく知りたければ、『英国に就て』（一九七四、筑摩書房）所収の「ヴィクトリア風」という文章を参照のこと。また、十八世紀と二十世紀に対して十九世紀を批判する吉田の歴史認識は、『ヨオロッパの世紀末』（一九七〇、新潮社）において明瞭に展開されている。

★11 例えば、リーヴィスやリチャーズの「視野の狭さ」を指摘する、次の一節を参照。「大体、詩は人間を調和の状態に置くとか、一時代の文化を表現するとかいうことは、詩の効用を説く限りでは差し支えないことであるが、注意しなければならないのは、そうして説かれる詩の効用の多くは何も詩に特有のものではないということである。（中略）リチャアズやリイヴィスの批評を読んでいると、詩がひどく窮屈なものになり、この薬が利くはずの近代がただ恐しげにその外で動いている感じがするのは、こういう視野の狭さから来ている。」（『英国の近代文学』）

★12 もちろんこの指摘は、ジョイスがアイルランド人であることを考えると、差別的（少なくともイングランド中心主義的）な意味合いを感じないではない。吉田健一の著作には、スコットランドへの差別的な表現も見られる。「まだスコットランドが独立した王国だった時代に、その王室の紋章は薊で、標語のラテン語は、誰も傷かず［ママ］には私に触れることは出来ないという意味のものだった。いかにも強国にいじめつけられ続けて自尊心ばかり強くなった小国らしい紋章であ［る］。」（「象徴」、『英国に就て』）

★13 デイヴィッド・ガーネット（一八九二～一九八一）は、『狐になった奥様』（一九二二、邦訳は岩波文庫）

などで知られるイギリスの作家。ジョン・コリアー（一九〇一〜一九八〇）は、怪奇・幻想味のある短篇小説を得意とするイギリスの作家。シオドア・フランシス・ポウィス（一八七五〜一九五三）は、寓意的な小説『ウェストン氏の格別のワイン』（一九二七）などを発表したイギリスの作家。

［参考文献］


吉田健一『英国の文学』（雄鶏社、一九四九）
吉田健一『英国の文学』（岩波文庫、一九九四）
吉田健一『英国の近代文学』（岩波文庫、一九九八）
吉田健一『東西文学論・日本の現代文学』（講談社文芸文庫、一九九五）
吉田健一『文学概論』（講談社文芸文庫、二〇〇八）
吉田健一『文学の楽しみ』（講談社文芸文庫、二〇一〇）
吉田健一『交遊録』（講談社文芸文庫、二〇一一）
吉田健一『英国に就て』（ちくま学芸文庫、二〇一五）
吉田健一『ヨオロッパの世紀末』（『池澤夏樹＝個人編集　日本文学全集20　吉田健一』河出書房新社、二〇一五）
角地幸男『ケンブリッジ帰りの文士　吉田健一』（新潮社、二〇一四）
小林秀雄「私小説論」『小林秀雄初期文芸論集』（岩波文庫、二〇〇二）
中村光夫『風俗小説論』（講談社文芸文庫、二〇一一）
夏目漱石『文学論（上）（下）』（岩波文庫、二〇〇七）

長谷川郁夫『吉田健一』（新潮社、二〇一四）
テリー・イーグルトン『文学とは何か─現代批評理論への招待（上）（下）』（岩波文庫、二〇一四）

# Ⅷ

# ブックガイド

# ブックガイド

川本直、樫原辰郎、仙田学、渡邉大輔、武田将明、
宮崎智之、渡邊利道、白石純太郎、輿梠旦

## 批評

◇『英国の文学の横道』（講談社文芸文庫、一九九三）
雑誌『英語青年』に掲載されたものを中心に英国文学批評を集めたアンソロジー。初版は一九五七年に出たが、現在一般に入手できる講談社文芸文庫版は増補版で、修行時代だった一九三九年から晩年の一九七〇年までの批評文を収録している。

古典に関する批評もあるが、主なものは執筆当時に日本に紹介された二十世紀イギリス文学について。T・S・エリオット、W・H・オーデン、グレアム・グリーン、D・H・ロレンス、エリザベス・ボウエンらが論じられている。オルダス・ハックスリーは二つの評論で取り上げられているが、ハックスリーは小説家としても思想家としても限界があると手厳しい批判が展開されている。アンガス・ウィルソンとの会見を描いた軽いスケッチもある。『英国の文学の横道』は『英国の近代文学』と対をなす書だと言っていい。『英国の近代文学』で吉田健一は「英国では、近代はワイルドから始る」とし、オスカー・ワイルドから始めてイーヴリン・ウォーで筆を置いた。『英国の文学の横道』もワイルドを論じ

た「オスカア・ワイルド」、ウォーの『ブライヅヘッドふたたび』を評した「イィヴリン・ウォオの近作に就て」とウォーの人生を論じた「イィヴリン・ウォオ」が収録されている。特に「イィヴリン・ウォオの近作に就て」は本書の白眉だ。

（川本　直）

◇『英国の近代文学』（岩波文庫、一九九八）

デビュー作『英国の文学』（一九四九）の続篇として、一九五九年に初版が刊行された本書は、この十年のあいだに吉田健一が作家としての地歩を固めたことを示している。『英国の文学』の方は一九六三年に改訂版を出し、文章を全面的に直さねばならなかったのに対し、『英国の近代文学』は最初から、吉田健一特有の文体で書かれていた。『英国の文学』では中世のチョーサーとマロリーから始め、十九世紀末〜二十世紀の文学に少し触れて終わっていたが、本書はその十九世紀末から第二次世界大戦終結までのイギリス文学を主に扱う。つまり、吉田にとって「近代文学」は十九世紀末に始まることになり、一般的な文学史でいう「モダニズム」がこれに当たる。なお、第二次大戦後の文学は「現代文学」と呼ばれている。『英国の文学』で十九世紀文学を「単調で堅実」、「田舎臭い」と断じた吉田にとって、これに続く「近代文学」は、イギリス文学が生命力と国際性を取り戻す時期に当たる。しかし近代とは同時に、ヨーロッパ文明が黄昏を迎え、神が消滅し、人間が解体の危機に瀕する時代でもあった。本書の冒頭で、「英国では、近代はワイルドから始る」と宣言する吉田は、ワイルドの「芸術家としての批評家」を引きながら、この時代の文学者は文学の本質を文学自身、つまり言葉に見出すほかなく、創作はかならず批評を伴うことになると指摘する。ただし、吉田はT・S・エリオットの高度に技巧的な詩や、ジョイスによる大胆な言語実験には共感を示さず、言葉の分析を重視する文芸批評家にも冷淡である。代わりに、ホプキンス、イエイツ、ディラン・トマス、D・H・ロレンス、ウォーについては、近代の危機と対峙しつつ、人間の再生を目指した文学者として高く評価する。こうした文学観は、書くことと生きることの一致を目指した文人、吉田健一の面目躍如であるが、他方で彼の文学史には女性がほとんど登場せず、外国人も少ないことにも触れずにいられない。これは、吉田の嫌いな批評家のひとりであるF・R・リーヴィスが、イギリス文学の「偉大な伝統」としてオースティン、ジョージ・エリオット、ヘンリー・ジェイムズ、コンラッドという、女性と外国出身者ばかりを挙げたのと対照的といえる。

（武田将明）

◇**『文学概論』**（講談社文芸文庫、二〇〇八）

みずからが編集同人を務めた同人雑誌『聲』に一九五九年から翌年まで三回にわたって連載され、のち単行本化されるにあたって補足が書き下ろされた文芸評論。

連載物だが、最初から単行本化されることが予定されていたらしく、ワンセンテンスが長く、反復の多い融通無碍な文章は表面的には難解そうでも、内容は至ってシンプルで散漫なところはまったくない。タイトルが示す通り、人間にとって文学とはいかなるものであるか、をごく身近なところから丁寧に考えていく論考である。

まず、文学は言葉で成り立つものであり、その言葉は単なる意味伝達の道具としてのものではなく、その言葉を組み合わせることで、読む時に読者に与える感興こそが、文学の本体であるとする。その〈読むこと〉の身体的な快楽以外に文学の意味はなく、「詩」「散文」「劇」というジャンルに沿った、著者の具体的な読書体験から導き出された文学観が開陳されていく。出典も明記されない時には英仏の原文だけの引用の多い文章は不親切なようで、教科書的な知識に還元されない〈読む快楽〉を味わうためであると理解してほしい。

とにかく〈普通であること〉が強く意識されており、それは著者当時の日本文学に閉鎖的な偏向を感じ、不満を持っていたためで、その意味で本書は穏やかな文体とは裏腹に非常に戦闘的な書物でもある。

（渡邊利道）

◇『文学の楽しみ』（講談社文芸文庫、二〇一〇）

文芸誌『文藝』に一年間連載された原稿をまとめた中期の代表的な文学批評。本書の趣旨は、冒頭近くに記される、「文学は学問ではない。ここの所が大事である」という一文に端的に要約されているだろう。

吉田の他の文学批評と同様、本書においても制度に寄り掛かった文学的な事大主義、権威主義が、古今東西の文学を完全に自家薬籠中のものとした無類のビブリオフィルの視線から、洋の東西を問わず徹底的に批判されるのだ。例えば、本来は訓詁学であった古典学の方法を適用したことで夜郎自大化した

I・A・リチャーズら同時代の「ニュー・クリティシズム」派がもたらした弊害が説かれたりする。その代わりに打ち出されるのが、新旧、東西の別を問わず「文学とは楽しむもの」であり、「優雅、温み、又、こまやかという」言葉本来の持つ可能性を最大限に活かしたものならば、すべてが文学であるという鷹揚な文学観である。後半では「新しさ」「生きる喜び」「孤独」といった、吉田文化論の重要キーワードについても平明に説かれる、悠揚迫らぬ佇まいで記されたふくよかな文学案内。（渡邉大輔）

◇『交遊録』（講談社文芸文庫、二〇一一）

『ユリイカ』誌上で一九七二年に始まった連載をまとめたもの。吉田健一がその人生において親しく交わった人々の名を挙げて、回想録ふうに描いたエッセイ集になっている。連載が始まった年に還暦を迎えた吉田には、人との交流を通じて自分の歩みを振り返り、確認する意識もあったのだろう。

登場する人物はケンブリッジ大学時代の恩師、昭和を代表する文士たちから編集者、酒造家や元総理大臣と様々で、親しくなった順に並んでいる。本来最も身近なはずの父である吉田茂は最後に登場する。父が歴史に残した足跡の大きさと、吉田健一が文学活動の初期に「宰相の御曹司」というイメージに付きまとわれ、親しくなるのに時間を要したからだろう。「交友」でなく「交遊」と題した点が興味深い。「交遊」で示される友人たちとの関係は、単なる「お友達」同士ではない。精神の深い交わりがあった、いわば「精神同士の遊び」の営みこそ「交遊」であり、本書にはその軌跡が記されている。吉田健一の足跡が垣間見える自伝的エッセイであると同時に、その文学観や人生観も織り込まれた味わい深い一冊。

（白石純太郎）

◇『昔話』（講談社文芸文庫、二〇一七）

一九七五年から翌年にかけて雑誌『ユリイカ』で連載した長編評論。「こういう題を付ければ昔のことは幾らでもあるから材料に困ることはない」という理由で書き始めたと「あとがき」にある通り、多くは書物を通して著者が触れた過去、或は歴史上のエピソードを自由に書き連ね、それらにまつわる思念を展開した著作。

後期の吉田健一の特徴であるどこまでも続く句読点の少ない文章で、洋の東西を問わない該博で、しかし特定の好みがしっかり窺える生きた教養が浸透した芳醇な酒にも似た味わいのある文学世界を構築している。たとえば第一章に登場するのはタメルラン（ティムール）であり、森鷗外の筆になる伊沢蘭軒と菅茶山であり、フイツィンハ（ホイジンガ）描くところのファン・アイク兄弟、秀吉家康にオスカー・ワイルドとアンドレ・ジッドといった名前たちである。文章の大まかな主題は、友情と人間の生活とでもいったところだろうか。そこには、歴史を或る隔たりを置きつつも、人間として感応するよすがを生み出す精神の形態としての言葉に対する感受性がある。

これに続く長編評論である『時間』『変化』に比べ、ずっと具体的なエピソードと思索が豊富に展開するので、ごく素直に読んで面白く、あまり知られていないものの初心者にはオススメの一冊だ。

（渡邊利道）

◇『時間』（講談社文芸文庫、一九九八）

文芸誌『新潮』に一年間連載された原稿をまとめた哲学的エッセイとも文明批評とも呼べる随想風の批評であり、吉田の豊穣な文業の到達点とも評される名著。

その簡潔な題名のとおり、「時間」という主題をめぐって十二の断章が水面に映じる波紋のように、幾重にも相互に円を重ねるようにして綴られる。後期の吉田における批評的著作の大きな特徴と呼べるものに、「時間」や「歴史」に対する問題意識の前景化があるが、本書はその最大の成果だろう。吉田の多くの著作と同様、本書もまた、「時間」について論じながら、それを綴る言葉自体が、まさに滔々と推移する時間そのものと化して自由闊達に描きだされているため、余人の安易な内容要約を拒むエクリチュールの物質性に支えられている。とはいえ、本書はさしあたり人間が日常生活で通常、用いている定量的で物理的な「時計の時間」というものに疑問を挟み、アンリ・ベルクソンのいう「生の純粋持続」にも似た人間の意識の働きを成熟させる「持続」としての時間性に、一貫したふくよかな眼差しと思索が向けられる。したがって、原理的に、どこから読んでもいいし、どこで読み終えても構わない、さらには読む度に新鮮な印象がもたらされるという、日本近代文学が持ち得た稀有な書物である。（渡邉大輔）

◇『変化』（青土社、二〇一二）

批評誌『ユリイカ』に連載されたが、吉田の急逝により未完の絶筆となり、没後刊行された遺著。『ヨオロッパの世紀末』『時間』などと並ぶ、晩年の吉田文明論の白眉である。前年の『時間』の主題をさらに変奏して展開した哲学的随想とも言える。

本書で展開されるのもまた、ある意味では対照的とも言える二つの主張である。第一に本書では、一九世紀的な硬直した野蛮さが「固定」と呼ばれて退けられ、その代わりにこの世界の基調低音としてある「変化」の諸相が精彩に記述されていく。とはいえ第二に、吉田はその変化を、いみじくも四方田犬彦も指摘しているように（「『変化』をめぐる断章」、『吉田健一頌』）、強い同語反復の主体（「変化が止まなくて同じであるもの」「或るものがそのものである為には絶えず変化する」）としても描き出すのだ。あるものはある、いいものはいい、とその身体感覚に根づいた事実を単純に肯定する同語反復的な世界観と知性が、吉田の文学の核心にある。そして、この思想は、「朝であるのは世界が朝なのである」と私達に告げ知らせる『時間』の時間の内実とも何ら変わりはない。このような「同語反復の思想」は、日本近代文学の中でもおよそ類例を見ないものだろう。「変化」という題名を持つ本書もまた、それを全編にわたって肯定し続けるのだ。

（渡邉大輔）

## 随筆

◇『**新編　酒に呑まれた頭**』（ちくま文庫、一九九五）

一九五五年に刊行された吉田健一の第二随筆集『随筆　酒に呑まれた頭』（新潮社）を再編集し、一九九五年にちくま文庫に収めたもの。第一随筆集『宰相御曹司貧窮す』（文藝春秋新社、一九五四年、私家版『でたらめろん』と同じ）から、「旅と酒 三題」などを収録。題名の通り酒や旅、食べ物のほか、「国籍がない大使の話」「マクナマス氏行状記」「ロッホ・ネスの怪物」といった〝呑まれた頭〟を彷彿とさせるユーモア随筆も印象深い内容だ。なかでも本書の紀行文（エッセイ）でも取り上げた、埼玉県の児玉町を訪れた際の随筆「或る田舎町の魅力」は有名である。

舌の上でいつまでも味わい続けられるような吉田の文体はすでに顕在で、〝呑まれた頭〟であるうえに、視界が鮮明でもあるから不思議だ。新潮社版の後記では、「雑誌社から小説を注文して来て、それに応じて書いたものも幾つかこの中に入っている」という記述があるが、吉田の随筆について、嘘であるか、本当の話であるかを問うのはあまり意味がなく、小説、評論、随筆がすべて一つなぎになっていると捉えた方がいい。したがって、本書をフィクションとして読むか、ノンフィクションとして読むかは読者の自由であり、それが随筆本来の楽しみ方でもある。第二随筆集の「新編」ということで、吉田文学の端緒に触れるためにも、ぜひとも押さえておきたい作品だ。

（宮崎智之）

◇『甘酸っぱい味』（ちくま学芸文庫、二〇一一）

一九五七年に熊本日日新聞に連載された随筆をまとめ、同年、新潮社から出版されたもの。日本で随筆と言えばほとんどが身辺雑記の類だが、一読しただけで、そんなものとはまったく違うことがわかる。『甘酸っぱい味』は戦後日本社会の優れた文明批評なのだ。

よくある堅苦しい言葉で書かれた人生に関する説教ではないから、気楽に読めばいいが、吉田健一の舌鋒は相当苛烈である。吉田健一は進歩的歴史観、唯物史観、文化人、知識人、高級という概念、近代、日本の小説などを片っ端から批判の遡上に載せていく。擁護するのは「人間」であり、「生活」であり、「日常」であり、「大人」であり、「成熟」である。第二次世界大戦後から二十一世紀の今に至るまで、日本ではほとんど顧みられることがなかった我々人間が生きていくための「土台」の「大切さ」がここでは語られている。

（川本　直）

### ◇『日本に就て』（ちくま学芸文庫、二〇一一）

一九五七年八月に講談社から出版され、第四回新潮社文学賞を受賞した『日本について』という随筆集の改訂新版。一九五四年から一九六二年までに書かれた随筆から構成される本書は、吉田健一が初期に書いたものを集めた一冊である。『日本に就て』の出版に前後して、吉田は様々な事情で満足のいく出来ではなかったと語ったそれまでの随筆集を再編集している。『新編　三文紳士』（筑摩書房、一九七四）、『定本落日抄』（小澤書店、一九六七）など一連の定本化作業の一環として、この本も出版されたとみていいだろう。

当時の日本や文学者、批評家、知識人を鋭く批判しており、その切り口は、読んでいて胸のすくような爽快さを感じさせる。吉田健一の批判の論点は、言葉の乱用にあった。当時の「知識人」の唱えたイデオロギーを吉田は「思想的な貧困」と喝破する。例えば、保守反動といった大文字の言葉に踊らされる人々も、吉田に言わせれば「合言葉の魔術にかかっている」と映る。濫造される言葉を非難し、生活の実感に基づいた「生きた言葉」で考え表現すること。吉田のこの主張は未だに有効である。

（白石純太郎）

◇『舌鼓ところどころ／私の食物誌』（中公文庫、二〇一七）

二〇一七年に中公文庫で相次いで刊行された「没後四〇周年記念エッセイ」の一冊。『舌鼓ところどころ』（文藝春秋新社、一九五八）と、『私の食物誌』（中央公論社、一九七二）の二大食味随筆を一冊にまとめたものとなっている。

吉田健一が全国各地の美食を堪能し、軽妙な筆致で記したこれらの随筆は、『舌鼓ところどころ』初版刊行から六十年近く経った現在でも多くの読者に愛され続けている。巻末に付けられた地域別の目次を見るだけでも面白く、旅行に行った際は、必ず持参したい一冊である。吉田の師である河上徹太郎は、食味随筆（おそらく『舌鼓ところどころ』のこと）を連載していた文藝春秋の編集者に、「健坊ってうまい奴を君はつかまえたものだよ。あいつは別に味が分るってのじゃないけど、うまいものを本当にうまいと思って食べる情熱を持っている奴だ」と評したらしい。さらに、「吉田君のこの態度は、同時に彼の文学鑑賞にも共通するのである」とも（「食味評論家　吉田健一」、『河上徹太郎全集　第五巻』勁草書房、一九七〇）。言葉を言葉として、そして食べ物を食べ物として味わい尽くすといった吉田の同語反復から見られる態度は、独特の楽観を読者に与え、食べる喜び、すなわち「生きる喜び」を堪能させる。

（宮崎智之）

◇『英語と英国と英国人』（講談社文芸文庫、一九九二）

その長い文筆歴を通じて、吉田健一はイギリスの言語・社会・文化に関する文章を発表している。本書は、『でたらめろん』（別名『宰相御曹司貧窮す』一九五四）、『文学あちらこちら』（一九五六）、『英語上達法』（一九五七）および『随筆英語上達法』（一九六一）に収められた文章を再録し、そこに単行本未収録のものを併せて一九六〇年に刊行された。ただし、このときの題名は『英語と英国と英国人と』（傍点筆者）で、最後の「と」が消えたのは集英社の『吉田健一著作集　第九巻』（一九七九）に収められてからである。

この『著作集』の解題に示されているとおり、本書の内容の多くは、『英国に就て』（一九七四）に再録されている（なお、この解題に掲載されている収録作品の対照表では、「英国の料理」と「ロンドンの公園と郊外」が『英国に就て』に未収録とされているが、これは誤り）。そこで「英国」と「英国人」に関する文章は、『英国に就て』のブックガイドに譲り、これと重複しない「英語」に関する文章（「英語」から「チャアチルと沙翁の台詞」まで）の一部をここでは紹介する。

主に一九五〇年代に書かれたこれらのエッセイでは、しばしば戦後日本の英語教育・英語学習熱が痛烈に皮肉られている。とりわけ「英語上達法」と「続英語上達法」は必読である。吉田によれば、当時の日本人は「ぺらぺら」英語を喋れることをもって「英語が旨い」と考えていたそうだが（この点、現代も変わらない）、彼はそれを「軽業師」の「芸当」にすぎないと切り捨てる。吉田にとって英語は言葉であり、言葉は自然に語られるものでなければならず、つまり自意識の充足や受験勉強のために学習するものではなかった。ゆえに彼は、言葉の美しさを伝える文学作品こそ、英語を身に着けるのに最適だと述べる。ただし、現代の教室では絶えて久しい英語の小説や詩の訳読を推奨するのでもなく、日本語に訳す手間を省いて英語の音と意味の重なりを楽しむよう、読者は促される。吉田の文章を読んでいると、戦後七十年経っても日本人が一向に英語を言葉として体得しないのは、英語を受験科目として学校で教えるせいではないか、という結論になり兼ねないが、英語教師である筆者としては、あとは実際に読んでご自身でお考えくださいとお茶を濁すしかない。

（武田将明）

◇**『英国に就て』**（ちくま学芸文庫、二〇一五）

初版刊行は一九七四年。『英語と英国と英国人』（一九六〇）所収の文章のほか、十篇を収める（うち「英国の景色」は『日本に就て』（一九五七）所収）。およそ二十年にわたって書かれてきた、吉田のイギリス文化・社会論の集大成といってよいだろう。

「英国」の風景、絵画、公園、クラブ、そしてもちろん食事と酒にも及ぶ多彩な内容だが、一貫して彼の文章には、イギリスの厳しい気候ゆえに育まれた、生を楽しむための工夫や、その工夫を自然に演出する成熟した人間性への敬意が溢れている。ただし十九世紀のイギリス文化はあまり評価されず、「ヴィクトリア風」という文章では、いわゆるヴィクトリア朝道徳が、産業革命後の中産階級の台頭がもたらした「融通が利かない」ものとして論じられる。他方、イギリスの風景と食べ物の記述は（ときに贔屓の引き倒しと感じるほど）優美を極め、たとえば「英国の四季」における「[秋の]日光が教会の塔に斜めにさして、四方に枝を広げている大木が芝生の上にその縁とくっきり一線を劃した黒い影を落している時に、我々は死のうとは思わない」という文章は英詩をそのまま日本語にしたようだし、「食べものと飲みもの」における「胡瓜のサンドイッチ」の味わいの描写はあまりにすばらしく、もはや実生活でキュウリのサンドイッチを食べられなくなるほどである。

最後に二つ、細かいことを記すと、「英国紀行」に「スタアンは一生独身だった」とあるが、ローレンス・スターン（一七一三〜六八）には妻と娘がいた。おそらくジョナサン・スウィフト（一六六七〜一七四五）と混同したのだろう。また、「ロンドンの公園廻り」は『英語と英国と英国人』では「ロンドンの公園めぐり」と「ロンドンの公園と郊外」の二篇に分かれて収録されているが、公園の面積に関する記述が異なっている。これは『英語と英国と英国人』の底本である集英社の『吉田健一著作集　第九巻』（一九七九）で、吉田の勘違いや計算違いを編者が修正したためである。

（武田将明）

◇『思い出すままに』（講談社文芸文庫、一九九三）

一九七五年一一月号から三回に分けて雑誌『すばる』で連載されたものを単行本にまとめたもの。十二の章から成り立っているこの本は吉田健一の生前、最後に刊行された。最晩年に書かれたということもあり、この本から漂ってくるのは、思索の成熟だ。

内容は彼が愛した探偵小説作家であるエリオット・ポール、バルザックの小説、イーヴリン・ウォーについての文学論に止まらない。レンブラントやアントワーヌ・ヴァトー（ワットー）の絵画論、文明論、ひいては時間論まで展開している。それらが統一されている印象を受けるのは、主語が「私」ではなく文学や、赴いた場所といった「ものや経験」に置かれているためであろう。吉田健一は、あくまで目にしたものに先導される形で「思い出すままに」筆を進めている。読むものは特徴的な文体にゆっくり導かれながら、あたかも自分が吉田になり、彼の体験を追うかのような思いに浸ることができる。

（白石純太郎）

◇『旨いものはうまい』（グルメ文庫、二〇〇四）

全国各地の「旨いもの」と酒についてのエッセイを集めたアンソロジー。広島の牡蠣、能登の岩海苔、京都の漬けもの、甲府の鮑の煮貝、新潟の筋子、肉が詰まったワンタンなど数々の旨いものが、うねるような筆致で描かれている。

吉田健一は、薩摩のかるかんを「何か食べているということとそれがどこか甘いということの他に何もない菓子」で、菓子の一つの理想型だという。食味エッセイに顕著だが、対象を切り離して観察したり、抽象化して蘊蓄を披露したりすることとは正反対の、どこまでも具象にこだわって経験を大切にする態度が吉田の文章にはある。

「長崎の唐墨」の描写があまりにも美味しそうだったので取り寄せてみたところ、「上等なのは舌触りがねっとりしていて、その優しい味というのをもう少し説明すると乾し柿のようでもあれば、よく焼き上げたパンの耳にも似た所があり、そしてどこか胡桃を思わせる」という吉田の文章そのままの味で驚いた。エッセイを読んで興味があれば、取り上げられている食べ物を試してみるのもおすすめだ。

（興梠　旦）

◇『酒肴酒』（光文社文庫　二〇〇六）

『酒肴酒』『続・酒肴酒』の二冊を再編集して一冊にまとめたもの。全編、旨い食べ物、美味しい酒、楽しい旅について書かれている充実した一冊。

『舌鼓ところどころ』では取材旅行も兼ねているとはいえ、ずっと飲み食いしているし、他のエッセイでもとにかく酒を飲んでいる。たとえば「山海の味・酒田」では地酒の初孫を片手に車海老の刺身、最上川の鮭、茹で蟹、飛鳥の鮑などの肴を二泊三日の間、飲み食いし続けている。吉田健一は大酒飲みと言われる。エッセイからも酒量が凄まじいことはわかるが、節度ある酒飲みという印象も伝わってくる。実際、長谷川郁夫によると家では来客のある日のほかはめったに酒杯を口にしなかったそうだ。吉田健一は旅館本菊水で飲んだ菊正について、「こういう本ものの常として、ある程度以上に酔わせもしなければ、それ以下に酔いを覚めさせることもない」（「以上の裏の所」）と言い、ある程度悪酔いを経験すると「酔う為ではなくて酒の為に酒を飲むようになる」（「飲む話」、『旨いものはうまい』）とも書いている。

吉田健一にとって、酒のために酒を飲むとは、どんなに飲んでも良い心地のままでいることだから、悪酔いしそうになると吐いてまた飲む。かと思うと二日酔いでも飲んだりする。酒を飲む上での行動の思い切りがよく面白いが、これは食べ物に対する吉田健一の姿勢と共通する。吉田健一が好んだのは旨いもののための食事、酒のために酒を飲むことだった。

（興梠　旦）

◇『ロンドンの味　吉田健一未収録エッセイ』島内裕子編（講談社文芸文庫、二〇〇七）

全集である『吉田健一著作集』（集英社、一九七八〜一九八一）や単行本、文庫にも入ることはなかった未収録エッセイを集めたアンソロジー第一弾。四部構成。

Ⅰは「旅と食」がコンセプト。表題作「ロンドンの味」はロンドンで飲んだティオ・ペペについて叙情豊かに語った忘れがたい小品。Ⅱは評論と書評を集めたもの。なかでも「シェイクスピア」は『ハムレット』を論じながら「文学とは何であるかと問うのを、文学が何であるかを知る前にやる」「日本の文学青年」のあり方に疑義を呈し、自身の文学観を明確に示している。他にもラフォルグ論、ボードレール論、西村孝次訳のオスカー・ワイルドの『芸術論』（吉田自身による翻訳もある）の書評など、吉田健一の文学の基盤をなした詩人たちに関する文章が読める。Ⅲは自らの翻訳書の解説。児童書として訳した『ロビンソン・クルーソー』と『ふしぎの国のアリス』の解説は「文学の世界に深入りして、子供の時に読んだアンデルセンのお伽噺に興味を失ったものは文学について語る資格がない」と語った吉田健一らしいものだ。Ⅳでは日本文学について書かれたエッセイを収録。修行時代に師・河上徹太郎に全集を読むことを薦められ、吉田健一の核となった森鷗外やドナルド・キーンの『日本文学史』、中島敦の『光と風と夢』を「古典」と高く評価したエッセイが収められている。

（川本　直）

◇『おたのしみ弁当　吉田健一未収録エッセイ』島内裕子編（講談社文芸文庫、二〇一四）

未収録エッセイ第二弾。二部構成。

Ⅰには駅弁、ラジオ、喫茶店、お金、青春、自らの文学観など多岐にわたる随筆が収録されている。吉田健一は政治とは無縁だったと思われているフシがあるが、「吉田内閣を弁護する」と「政治が澄むとき」というふたつの政治エッセイも入っている。表題作「おたのしみ弁当」では横川の駅弁を紹介するが、有名な『峠の釜めし』ではなく、普通の駅弁の『おたのしみ弁当』を推奨する。しかし、話が進むに連れ、『おたのしみ弁当』よりもっと素朴な『にぎり飯』のほうが「上かも知れない」と言い出す無邪気さが可愛らしい。Ⅱは文芸評論と書評がメイン。特に「我々が文学を要求するとすれば、それは我々の精神がそれによって楽しまされるからである」とし、「我々の夢を育み、我々に夢を追う勇気を与えること、これが文学の最も重要な在り方」だと説く「文学の実体について」というエッセイは簡潔に吉田の文学観のエッセンスを伝えるものだ。他にも若き日の吉田が愛読した古典だけではなく、同時代の海外作家、日本作家の書評も読むことができる。なかでも注目すべきは「三島由紀夫『鏡子の家』」だ。吉田は留保を加えつつも『鏡子の家』を称賛している。『鏡子の家』は出版当時、批評家に評判が悪く、吉田も悪く言ったとされ、三島との決裂の原因のひとつになったと言われるが、この書評に限っては公平な評価を与えている。

（川本　直）

◇『英国の青年　吉田健一未収録エッセイ』島内裕子編（講談社文芸文庫、二〇一四）

未収録エッセイ第三弾。二部構成。

Ⅰは戦前に書かれたエッセイを集めたもの。「ストルツ先生の授業」は暁星中学校時代、フランス語の授業を担当したストルツ先生に徹底的に文法を教えこまれたことが後の仕事にとても役に立ったことが記されている。吉田健一が最初から楽々と多言語を操れるコスモポリタンではなく、必死に外国語を学んだことによって文士としての自分を形成していったことがわかる貴重なエッセイだ。Ⅰには他にも、自らが学んだケンブリッジについてのエッセイや同時代の海外の文学紹介も数多く収録されている。Ⅱは戦後のエッセイを集成したもので、ジャーナリスティックな英文学の紹介が多い。吉田健一が好んだイーヴリン・ウォーの名前が頻出するので、ウォーのファンにとっても必読だろう。チョーサーから始まって二十世紀の作家までを論じる「イギリス文学―世界文学案内」は吉田流英文学入門にはうってつけだ。「現代文学における神の問題」も堂々とした評論で一読の価値あり。

（川本　直）

◇『汽車旅の酒』（中公文庫　二〇一五）

『汽車旅の酒』は「或る田舎町の魅力」、「姫路から博多まで」、「呉の町」など吉田健一の旅の記録が集められた一冊である。吉田は目的のある観光旅行を嫌い、旅先でひたすら飲み食いしている。「酒を道連れに旅をした話」では、東京駅から飲み始め、京都までの道中、ビールを飲み続けた様子を「汽車がごとごと、ビールをがぶがぶ」とユーモラスに表現している。「酔旅」は東京から新潟・酒田への旅である。曇天が多い新潟・酒田は昼から酒を飲むのに適しているという。道中でシェリー酒を飲み、ビールを二本飲み、宿で初孫を飲む。帰りの電車ではウイスキーを飲み、築地で白鶴を飲み、家に帰る。

吉田は十五年以上の間、毎年二月に同じメンバーで金沢旅行をした。同じ場所に何度も出掛けるのは金沢が「何度も行って、いつ出掛けても楽めることが解っている」からだ。日常から解放されて一日中飲み続けたい、本当の姿になって自由な気分を満喫したいという心情がエッセイ「金沢」からは伝わってくる。旅の様子は能楽師である観世栄夫による巻末エッセイ「金沢でのこと」にも記されており、「ふん、――こいつはすげえ――」と胡桃餅が気に入って繰り返し声を上げ、目をしばたたいてその味をたしかめるといった吉田健一の茶目っ気たっぷりの姿を知ることができる。観世のエッセイには小説『金沢』が随所に引用されているので、実際の様子と比べて読んでみるのも楽しい。同行した辻留の若主人、雛留が一晩中、骨酒を飲んで吐いたのを聞いて「お酒って、のみ過ぎたと思ったら吐けばいいんです。血を吐いたあとのお酒って、いい気持なもんですよ」と言いながらビールを飲んでいたというエピソードもある。私はお酒が飲めないが、吐いてからけろりとした顔で飲み続ける吉田健一を想像して好感を抱いた。

（興梠　旦）

◇**『酒談義』**（中公文庫、二〇一七）

吉田健一と聞いて多くの人が連想するのは酒だろう。『酒談義』は独自編纂された「没後四十年記念エッセイ」の第一弾。すべて酒について書かれた随筆と短編小説「酒の精」が収められている。どの作品も語り口はとてもユーモラスで、「面倒臭いから飲んじまったらどうだろう」で終わる「禁酒の勧め」に至っては抱腹絶倒だ。吉田健一はバーでワインについて薀蓄を垂れるような人種とは対極の酒飲みである。吉田健一は優れた食味随筆の書き手でもあるが、食通と言われることを嫌った。酒についても同じである。この本は酒の飲み方についての講釈ではない。「自分だけの話で誰の参考にもならないことしか書いていない」(「飲む場所」)のだ。吉田健一は「……結局、酒を飲むのはどうあっても無駄なことだということになり、これに対して適当な答えが見付かる訳がない」(「酒と人生」)という。彼にとって酒を飲むのは「暇潰し」(「酒の飲み方に就て」)だ。通った酒場についても書かれており、「はち巻岡田」や横光利一とよく飲んだ鰻屋「竹葉亭」は今も銀座にある。『酒談義』を読んでから訪れてみるのも一興だろう。ただし、酒量だけは真似しないほうが賢明だ。私は吉田健一のような飲み方を数年間続けた結果、肝機能が悪くなり、胃潰瘍を患った。くれぐれもお酒はほどほどに。(川本　直)

◇『**わが人生処方**』(中公文庫、二〇一七)

『酒談義』と同じく「没後四十年記念エッセイ」の第三弾。独自の編集で吉田健一が人生を語ったエッセイが収められている。

安易な人生論が語られていると思うと肩透かしを食らう。冒頭の表題エッセイでは「青年時代のことは別として、人生とは何ぞやという態度にどれ程の意味があるのか、兎に角、つまらない」とあっさり人生論を切り捨て、「耳を済ませると、自分の体が動いているのが聞えるものであって、それを聞いているのが幸福な状態であるあることなのだと思うのである」と結ばれる。吉田健一が嫌った鹿爪らしい言葉を敢えて使えばここで語られているのは心身一元論だ。そもそも吉田健一にとって観念的な心身二元論は砂上の楼閣に映ったのだろう。「……時間がただそれだけで充実しているのに何かしなければならないのが億劫であるからこそ人間なのである」と綴られる名エッセイ「時をたたせるために」、読書経験を語ったエッセイの数々も収録されている。本書の最後を飾るのは吉田健一の随筆の中核を成す「余生の文学」。吉田健一は日本で持て囃されている「青春」を一蹴し、「文学がなくても誰も困りはしない」という前提から文学の役割を問い直す。巻末に併録された長女・吉田暁子と松浦寿輝の対談「夕暮れの美学」では、家で吉田健一が『おそ松くん』のイヤミの物真似をよくしていた、というエピソードも飛び出し、吉田健一の愛嬌たっぷりな実像を知ることができる。

（川本　直）

◇『父のこと』（中公文庫、二〇一七）

「吉田茂没後五十年」に吉田健一が父・吉田茂について書いたエッセイと父子対談「大磯清談」をまとめたアンソロジー。巻末には吉田健一の長女・暁子の「祖父と父」も入っており、吉田家三代の言葉を伝える構成になっている。

今や吉田茂は戦後きっての名宰相という評価を受けているが、首相在任中はそのワンマンぶりやバカヤロー解散、演説会でカメラマンに水をぶっかけたり、人を食った言動のせいもあって毀誉褒貶が激しかった。ところが、「大磯清談」の吉田茂はユーモアたっぷりの鷹揚な常識人で「かわいいおじいちゃん」と言っても差し支えない。茂が首相の座を降りるまで、この親子はあまり親しいとは言えなかった。お互いの仕事が政治家と文士というまったく異質なものだったことが大きかったようだ。ただし、茂の書斎にあったクリストファー・イシャーウッドの小説を後に健一が翻訳していることから、英文学を好んだ父からの影響は見過ごせない。茂が退任し、健一も書くべきことは書いて「余生」に入ってからは毎月に一度、父の大磯の屋敷に家族で訪れるほど仲良くなった。「大磯清談」では皮肉を交えながらも楽しそうに語る親子の姿を見ることができる。そこには偉大な父への息子の反抗もなければ、べたべたした互いへの依存もない。吉田茂と吉田健一の親子関係が絶妙な距離感を保ちつつも、温かいものだったことがよくわかる。

（川本　直）

## 小説

◇『**絵空ごと　百鬼の会**』（講談社文芸文庫ワイド、二〇一六）

「名を捨てて実を尊び」、世間的、社会的には何もしていない人々が、酒場や料理屋や家で顔を合わせては酒を飲んで語り合う。何もしていないことに葛藤も対立も悲壮感も伴わないのは、描かれる人々に経済的余裕があるからではない。

誰に売る気もなく絵の贋作を制作している元さん、どこかの社長らしいが陽の高いうちから酒場でウイスキーを飲む小峰さん、十数年ものあいだ主人公の勘八が関係を持ちながら年齢も知らない女性の牧田さん、元さんと同棲しているとき子さん、学生向けの寄宿舎を経営しているイギリス人ウィルコックス。誰もが常識的な規範を超えたところで自由に生きている。だからこそ、繰り返し表れる本物と偽物の違いについてのテーマが心に残る。イギリスにいた頃に、勘八はある老人から贋作の絵を高額で買い取る。その老人の絵に対する執着から買うことを決めるのだが、その絵から滲みでているのが執念や焦心のみであり、その先にあるものが見えなかったため、失敗作と断じて破棄するのだ。（仙田　学）

◇『金沢・酒宴』（講談社文芸文庫、一九九〇）

文学の桃源郷とはこの一冊のことをいう。一種のユートピア文学と称されることもある吉田健一の長編の中でも、とりわけユートピア気分が濃厚な『金沢』と、チェスタトンの翻訳家でもあった吉田がこよなく愛したイギリス・アイルランド系の奇想短編小説『酒宴』のカップリングは極上の組み合わせになった。

東京は神田で屑鉄問屋を営む主人公が小金持ちで金沢に土地を持っているという設定で、長編では東京ばかり描いていた作者が、この作品では石川県の金沢を舞台としている。戦後の一時期、都会では屑鉄屋が儲かったという歴史があり、そういった小金を稼いだ人たちが東京から足を伸ばして観光という少しばかりの贅沢を味わおうかという気持ちになれたのが戦後の昭和という時代なのだ。だからまるで夢のような小説であるにも関わらず時代精神はある。

いつもながらの人を喰ったような書き出しから、旅をするような気分で頁をめくれば、読んでいる間は脳内に気持ちのよい物質が分泌されるようでとにかく気持ち良いことこの上ない。たとえば食にまつわるエッセイなどから吉田健一の文章に惹かれるようになった人が、彼の小説も読んでみようかと思った場合に最初にお勧めしたくなる一冊になっている。幻想小説、奇想小説の愛好家にとっても味わい深く、いつまでも噛みしめていられる。これは読むスルメだ。もちろん北陸の海で捕れたイカを地元の浜辺で干した極上品である。

（樫原辰郎）

◇**『東京の昔』**（ちくま学芸文庫、二〇一一）

一九七三年に文芸誌『海』に連載後、単行本として上梓された著者五作目の長篇小説。一九三〇年代、つまり二つの世界大戦の狭間にあったかつての東京を、雨のにおいや夜の静けさ、朝から夕暮れにかけての陽光の変化などを淡々と、けれども懐旧の情をこめたこまやかで色彩豊かな筆致で描く。本郷信楽町という架空の町を舞台にしているのは、どこかでお化け狸のイメージがあるのかも知れない。それほど、おしま婆さんの営む下宿住まいの主人公が、自転車屋の若旦那勘さんや実業家で金持ちの村本さん、フランス文学を研究する帝大生古木くんといった面々とくりひろげる無為で豊かな交際には桃源郷の趣がある。もっともこの自由で寛いだ人間関係は、知性と教養に裏打ちされたエリーティズムが前提されているともいえるだろう。

湯豆腐をつつき、酒を酌み交わしながら語られるのは、明治以降の日本、なかんずく東京を焦点とした文明論である。物語は実際のフランスを知らずしてその文学を理解できるのかと悩む古木くんが念願の渡欧を果たす場面で終わる。この古木くんの苦悩はそのままで著者がみずからの若い頃を思い返してのものだろうし、それゆえ主人公らが彼に語りかける言葉は、どれもが戦後日本を生きる著者の視点から、過去の自分へ語りかけるもののように感じられる。この温かな過去へのまなざしが本作品の幸福感のゆえんなのだろう。

（渡邊利道）

◇**『埋れ木』**（河出文庫、二〇一二年）

一九七四年に文芸誌『すばる』に一挙掲載された後、単行本が刊行された著者六作目にして最後の長篇小説。前作と対になって「東京の今」のようだと評された作品で、これまでの著者の小説が寛げる場所、充実した時間を語ってきたのに比べると、ともすれば繁栄と見紛うばかりの空々しい喧噪の中にあって己の姿を見失いがちな、どこか茫洋として単色な七十年代の東京を描くところから始まる。

主人公は新聞社などに雑文を寄稿していくばくかの金銭を得る人物で、何の変哲もない普通のことを書くことから昨今珍重され、小石川に家を構えて、身の回りの世話をしてくれる婆やと一緒に何不自由のない暮らしをしている。友人にも恵まれ、食事も酒も旨い。東京はどんどん建物がひしめき、町はまるで素知らぬ他人のような顔をしているが、それでもそこにも生活はあり、流れる時はある。いかにも来るべき時代を予感させる地上げ屋の姿などもチラホラするが、それとても、かつて戦争が東京の昔を押し流して過ぎ去っていったようにこの「今」を押し流していくだけで、そして人は生きつづけていく以上、単に生きているだけでよいのである。空白が、そのままで充実に置き換えられる、そういう著者晩年の境地を活写した希有な作品だ。

（渡邊利道）

◇『旅の時間』（講談社文芸文庫、二〇〇六）

ロンドン、パリ、そして東北、大阪、京都などへの旅をモチーフにしていながら、この短編集に収められた小説が描いているのはそれらの街ではなく、タイトル通り「時間」だ。

極端に読点が少なく、入り組んでいながらも明晰極まりない文章が、少しずつ私達を論理的思考から解き放ち、未知なる時間の概念に触れさせる。それは瞬間ごとに相貌を変えていく状態の集積として事物を捉えさせ、私達から連続性や同一性を失わせる。日常的意識には馴染みのない、というよりも耐え難いこうした時間の概念は、だが読み進めるうちにこの上なく自然なものに変わっていく。とはいえ、その時間の概念が本当の意味で見いだせるのは、私たちの記憶の中においてのみ。その意味で、本書が真に描いているのは「時間」ではなく「人間」なのだ。

（仙田　学）

## 翻訳

◇『訳詩集　葡萄酒の色』（岩波文庫、二〇一三）

この翻訳詩集は五百部限定の特装本として、一九六四年十一月に垂水書房から出版された。取り上げられているのはシェイクスピア「ソネット抄訳」、ラフォルグ「最後の詩」、エリオット「荒地」を中心に、吉田文学に何度も登場した英仏の詩人たち。彼の裡で咀嚼され血となり肉となった詩篇が並んでいる。付録として『横道に逸れた文学論』（文藝春秋新社、一九六二）初出の「翻訳論」が収録されており、吉田の「翻訳観」が記されている。

日本語ではなく英語と仏語が母語であったとも言える彼にとって、訳業は日本語を磨くことと同義であった。それは原文に「惹かれる」ことが始まりで、次に「どの程度生きた日本語になるか」という可能性を模索するという営みだった。愛着から滴り落ちた美しい訳詩からは、吉田健一の詩人としての一面が現れているようだ。

（白石純太郎）

## 選集

◇『日本幻想文学集成16　吉田健一　饗宴』富士川義之編（国書刊行会、一九九二）

吉田健一の短編小説と「嘘の含有量」が高い随筆は、奇想天外で幻想的な色彩を帯びた作品が多い。そのなかから寄りすぐった作品をまとめたのが本書である。

巻頭を飾る「海坊主」は新聞に連載された随筆『乞食王子』のうちの一編だが、語り手が銀座の「岡田」という料理屋で同席した、とんでもない酒量を誇る健啖家の男と、焼鳥屋、バーと梯子していき、最後に隅田川のほとりで飲んでいると男は川に入って大亀になり、泳ぎ去ってしまう、というホラ話。「饗宴」は胃潰瘍になって何も食べられなくなった時の心配から始まり、御馳走を暴食する妄想を描いた短編。「邯鄲」は芦原温泉で飲んでいた語り手がいつの間にか時空を超えて新潟で狐にきつねうどんをご馳走し、パリのバーの主人とセーヌ川を散歩して、最後は金沢の旅館で目を醒ますところで終わる。

ストーリーだけ抽出すると現実離れした作品のようだが、落ち着いた筆致で日常の細部を描きつつ物語が進行するため、読者は気づかないうちに吉田健一の空想の世界に連れて行かれる。ゴシック小説の先駆についてのエッセイ「ホレス・ワルポオル」、珠玉の随筆「或る田舎町の魅力」、晩年の傑作批評『時間』からも第Ⅰ章が収録されている。

（川本　直）

◇『池澤夏樹＝個人編集　日本文学全集20　吉田健一』（河出書房新社、二〇一五）

おそらく現在日本で初めて吉田健一を読むに最適な一冊である。『文学の楽しみ』と『ヨオロッパの世紀末』の二つの長編評論を巻頭に置き、イーヴリン・ウォーやディラン・トマス、石川淳などの読書、食と酒、旅、家族などについてのエッセイ、さらに短編小説とシェイクスピアのソネットの翻訳と、広範囲にわたる著者の業績を一望することができる。

特に名著の誉れ高い『ヨオロッパの世紀末』は、現在この本でしか新刊が手に入らないらしい。これは雑誌『ユリイカ』で、一九六九年から翌年にかけて連載された文芸評論で、主題の示唆は詩人大岡信によるもの。ヨーロッパ文明が完成されたのが十八世紀であるという驚くべき断言から出発し、十九世紀はその膨張の果て、野蛮と卑俗が支配して「人間」が見失われてしまったが、世紀末に及んで最初に詩人達が言葉を通して自分たちが何者であったかを思い出す、と語る。極めて個性的な、文明論であり同時に文学論でもある希有な作品であり、文学（言葉）こそが人間の自由をもたらすという著者の思考をあますところなく論じている。

編者である池澤夏樹の解説は吉田が日本文学のなかでどのような存在だったかを簡潔にまとめたもの。折り込みの月報では、松浦寿輝と柴崎友香が二人とも、本書に未収録の長篇小説『東京の昔』に触れているのが興味深い。

（渡邊利道）

# おわりに

この本を出そうと言い出したのは川本直で、色んな人に声をかけたのも彼である。私、樫原辰郎も彼に招集された一人にすぎない。結果的に大勢の人たちが集まってくれてこの一冊ができあがった。我々は何度か顔を合わせて話し合い、時間をかけて形にした。その際に細々とした諸々の雑事を引き受けてくれたのは今は柏書房にいる編集者の竹田純で、今はと書いたのは企画が始まった時点では別の会社にいたからだ。つまりこの本ができあがるまでには一人の人間が転職するくらいの時間がかかったということだ。それだけ時間がかかってしまった責任の一端は樫原にある。なんというか、手っ取り早く仕上げたような本にはしたくなかったので、時々ブレーキをかけたような記憶はある。

結果的に、一冊の本を作ったというよりは、吉田健一というあまりにも多彩にして多才な書き手に魅せられた人達が集まって宴を開いたような印象があり、ここにある文章達は各々がその宴に持ち寄った料理のようなものなので、どこから読んでくださってもかまわない。あまりにも多岐にわたった吉田健一の仕事を存分に味わうための入口になれば幸いである。

樫原辰郎

［編　者］

川本　直（かわもと・なお）

一九八〇年生まれ。文芸評論家。二〇一一年、『新潮』にて「ゴア・ヴィダル会見記」でデビュー。以降、『新潮』、『文學界』、『文藝』などに寄稿。著書に『「男の娘」たち』（河出書房新社、二〇一四）。現在、フィルムアート社のWebマガジン「かみのたね」で『日記百景』連載中。

樫原辰郎（かしはら・たつろう）

一九六四年大阪生まれ。映画監督・脚本家・文筆家。大阪芸大在学中に海洋堂に関わり、完成見本の組立や宣伝などを手がけた後、脚本家から映画監督に。監督作に『美女濡れ酒場』（二〇〇二）、脚本作に『大怪獣バトルウルトラ銀河伝説』（二〇〇九）など。近年は文筆業が多く、著作に『海洋堂創世記』（白水社、二〇一四）、『「痴人の愛」を歩く』（白水社、二〇一六）、『帝都公園物語』（幻戯書房、二〇一七）がある。

［執筆者］（執筆順）

宮崎智之（みやざき・ともゆき）
一九八二年生まれ。東京都出身。フリーライター。地域記者、編集プロダクションなどを経て、フリーライターに。カルチャーや男女問題についてのコラムのほか、日常生活の違和感を綴ったエッセイを、雑誌、Webメディアなどに寄稿している。ラジオなどのメディア、イベント出演も多数。著書に『モヤモヤするあの人 常識と非常識のあいだ』（幻冬舎文庫、二〇一八）。

白石純太郎（しらいし・じゅんたろう）
一九九一年生まれ。ライター・批評家。批評総合誌「ヱクリヲ」執筆・編集を担当。Webサイト"Re:minder"にてエッセイを連載中。「福永武彦研究会」所属。文学・映画・音楽のレヴューやWeb記事での宣伝・英日翻訳・批評を手がける。モリッシー非公式ファンクラブ"Tokyo Morrissey Club"にてDJやイベント運営も行っている。

渡邊利道（わたなべ・としみち）
一九六九年生まれ。作家・批評家。二〇一一年、「独身者たちの宴 上田早夕里『華竜の宮』論」で第七回日本SF評論賞優秀賞を受賞。二〇一二年、「エヌ氏」で第三回創元SF短編賞飛浩隆賞を受賞。寄稿した論集に『北の想像力《北海道文学》と《北海道SF》をめぐる思索の旅』（寿郎社、二〇一四）、小説のアンソロジーに『人工知能の見る夢は　AIショートショート集』（文春文庫、二〇一八）などがある。

渡邉大輔（わたなべ・だいすけ）
一九八二年生まれ。批評家・映画史研究者。跡見学園女子大学文学部専任講師。日本大学藝術学部非常勤講師。専攻は日本映画史・映像文化論・メディア論。二〇〇五年に文芸評論家デビュー。以後、映画を中心に純文学、本格ミステリ、アニメ、情報社会論などを論じる。著書に『イメージの進行形』（人文書院、二〇一二）。共著では『川島雄三は二度生まれる（仮題）』（水声社）、『戦前日本映画論集』（ゆまにて書房）などが近刊予定。

仙田　学（せんだ・まなぶ）
一九七五年生まれ。小説家。二〇〇二年に第十九回早稲田文学新人賞を小説「中国の拷問」で受賞。著書に『盗まれた遺書』（河出書房新社、二〇一四）、『ツルツルちゃん』（オークラ出版、二〇一三）がある。Web上では以下のエッセイやコラムを連載中。「女装小説家・仙田学の『女の子より僕のほうが可愛いもんっ!!』」（『日刊SPA!』）。「女性の自由と孤独」をテーマにしたコラム（朝日新聞運営『DANRO』）。

武田将明（たけだ・まさあき）
一九七四年生まれ。英文学研究者・文芸評論家・東京大学大学院総合文化研究科准教授。二〇〇五年に“These

Men against Arbitrary Power Are the Most Absolute in Their Families': Patriarchal Challenge to Daniel Defoe."で第二十七回日本英文学会新人賞佳作、二〇〇八年に「囲われない批評――東浩紀と中原昌也」で第五十二回群像新人文学賞評論部門を受賞。訳書にダニエル・デフォー『ロビンソン・クルーソー』（河出文庫、二〇一一）、同『ペストの記憶』（研究社、二〇一七）、共著に『『ガリヴァー旅行記』徹底注釈』（岩波書店、二〇一三）、『世界の8大文学賞――受賞作から読み解く現代小説の今』（リットーミュージック、二〇一六）などがある。

富士川義之（ふじかわ・よしゆき）

一九三八年生まれ。英文学者。東京都立大学助教授、東京大学教授、駒澤大学教授を歴任。著書に『風景の詩学』（白水社、一九八三、復刊二〇〇四）、『記憶のランプ』（沖積舎、一九八八）、『世界の文学のいま』（共著、福武書店、一九九一）、『ある唯美主義者の肖像――ウォルター・ペイターの世界』（青土社、一九九二）、『英国の世紀末』（新書館、一九九九）、『ナボコフ万華鏡』（芳賀書店、二〇〇一）、『きまぐれな読書』（みすず書房、二〇〇三）、『ある文人学者の肖像――評伝・富士川英郎』（新書館、二〇一四。ヨゼフ・ロゲンドルフ賞・読売文学賞受賞）など。編著に『日本幻想文学集成〈16〉吉田健一』（国書刊行会、一九九二）、『亡霊のイギリス文学　豊饒なる空間』（国文社、二〇一二／結城英雄共編）、『オスカー・ワイルドの世界』（開文社出版、二〇一三／玉井暲・河内恵子共編）など。訳書にウラジーミル・ナボコフ『セバスチャン・ナイトの真実の生涯』（講談社、一九七〇／改訳版、講談社文芸文庫、一九九六）、エドガー・アラン・ポー『アッシャー家の崩壊、黒猫　ほか』（集英社世界文学全集、一九七六／改訂版一九八〇／集英社文庫、一九九二）、ピーター・コンラッド『オペラを読む』（白水社、一九七九／新装版、二〇〇三）、ヘンリー・ミラー『画家ヘンリー・ミラー』（福武書店、一九八三）、ウラジーミル・ナボコフ『青白い炎』（筑摩世界文学大系81、一九八四／ちくま文庫、二〇〇三／改訂版、岩波文庫、二〇一四）、ケネス・クラーク『名画とは何か』（白水社アートコレクション、一九八五／ちくま学芸文庫、二〇一五）、ウォルター・ペイター『ルネサンス』（白水社、一九八六／新装版、一九九三／白水Uブックス、二〇〇四）、アンジェラ・カーター『血染めの部屋　大人のための幻想童話』（筑摩書房、一九九二／ちくま文庫、一九九九）、ブラム・ダイクストラ『倒錯の偶像』（パピルス、一九九四／訳者代表）、A・S・バイアット『マティス・ストーリーズ』（集英社、一九九五）、『対訳 ブラウニング詩集 イギリス詩人選〈6〉』（岩波文庫、二〇〇六）、『ウォルター・ペイター全集（全3巻）』（筑摩書房、第1・2巻：二〇〇二、第3巻：二〇〇八／訳者代表）他多数。

柴崎友香（しばさき・ともか）
一九七三年生まれ。小説家。一九九九年、「レッド、イエロー、オレンジ、オレンジ、ブルー」でデビュー。二〇一四年、『春の庭』（文藝春秋）で芥川龍之介賞受賞。『きょうのできごと』（河出書房新社、二〇〇〇）、『その街の今は』（芸術選奨文部科学大臣新人賞受賞、新潮社、二〇〇六）、『寝ても覚めても』（野間文芸新人賞受賞、河出書房新社、二〇一〇）など著書多数。二〇〇四年に『きょうのできごと』は行定勲監督により映画化、二〇一八年には『寝ても覚めても』が濱口竜介監督により映画化された。

興梠旦一（こおろぎ・あきら）
ライター。本書がデビュー作となる。今後は文学・映画・漫画のジャンルで創作と批評を執筆予定。

# 吉田健一ふたたび

川本直・樫原辰郎 編

二〇一九年二月二十一日　第一刷発行
二〇一九年三月二十八日　第二刷発行

発行者――坂本喜杏
発行所――㈱冨山房インターナショナル
東京都千代田区神田神保町一-三　〒一〇一-〇〇五一
電話〇三（三二九一）二五七八
印　刷――㈱冨山房インターナショナル
製　本――加藤製本株式会社

ISBN 978-4-86600-057-2　C0095　NDC914